꾸뻬 씨의 사랑 여행

꾸뻬 씨의 사랑 여행

프랑수아 를로르 지음 | 이재형 옮김

열림원

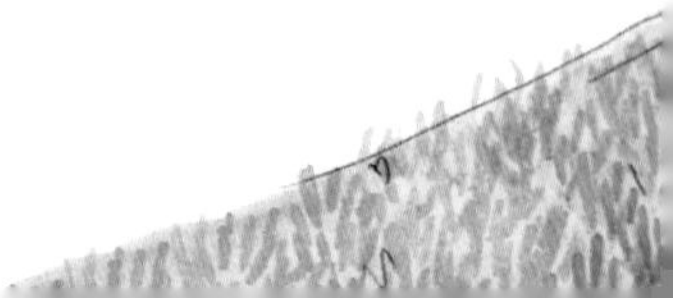

당신은 사랑을 찾았나요?

차례

사랑으로 힘들어하는 사람들	9
초대	19
비밀회의	25
사랑의 감정을 제어하는 약	34
코르모랑 교수를 찾아 아시아로	49
타국에서 다가온 사내	60
사원의 편지	65
그리움은 사랑의 한 증거	79
사랑의 실험 대상이 된 꾸뻬 씨	90
열정적 사랑의 유효기간은 18개월	105
지나간 사랑의 잔재, 그리움 혹은 미련	116
실연의 아픔을 구성하는 첫 번째 요소 – 결핍	125
질투는 사랑과 떼려야 뗄 수 없는 관계	136
실연의 아픔을 구성하는 두 번째 요소 – 죄의식	146

코르모랑 교수의 새 실험실 165
실연의 아픔을 구성하는 세 번째 요소 – 분노 182
캄보디아에서 다시 시작하는 사랑 여행 197
실연의 아픔을 구성하는 네 번째 요소 – 자기 비하 205
꾸뻬 씨, 오랑우탄과 그나 도아족을 만나다 216
스파이들의 정체가 밝혀지다 227
실연의 아픔을 구성하는 다섯 번째 요소 – 두려움 241
사랑은 어느 한쪽을 택하는 것 251
꾸뻬 씨, 그나 도아족의 지혜를 배우다 267
꾸뻬 씨, 사랑을 구하다 277
사랑을 구성하는 다섯 가지 요소 285
당신은 사랑을 찾았나요? 290
한국어판 저자 서문
행복하기 위해서 우리는 사랑해야 한다 294

사랑으로 힘들어하는 사람들

정신과 의사란 흥미로운 직업이긴 하지만 몹시 피곤한 일이다. 그들은 부러진 다리를 깁스해야 한다거나 종양 제거 수술을 해야 하는 의료 행위와는 또 다른 종류의 피로를 느낀다. 젊은 정신과 의사 꾸뻬는 직업에서 오는 스트레스를 좀 줄여보고자 그가 좋아하는 그림들로 사무실을 꾸몄다. 그중 한 점은 중국에서 가져온 것으로 커다란 붉은색 목판에 아름다운 중국 문자가 장식된 그림이다.

정신과 의사인 꾸뻬를 만나러 오는 사람들은 자신의 온갖 불행한 이야기를 털어놓기 위해 오는 경우가 대부분이다. 그는 환자들의 이야기에 귀 기울이다 피곤해지면 금박을 입힌 아름다운 중국 문자들을 바라보곤 하는데 그러면 기분이 한결 나아졌다. 가끔은 자신이 얼마나 불운한지 이야기하던 사람들도 이따금 그 중국 목판에 눈길을 던지곤 했다. 그들 중에는 중국어로 쓰인 문장이 무슨 뜻인지 꾸뻬에게 물어오는 이들도 있었다. 그럴 때면 그는 몹시 난처했다. 그 자신도 그게 무슨 뜻인지 몰랐던 것이다. 중국 여행을 다녀왔고 중국 여자와 알고 지낸 적은 있었지만 중국어는 읽을 줄도, 말할 줄도 몰랐다. 그렇지만 의사로서 무엇에 대해 모른다는 사실을 환자에게 들키는 것은 난처한 일이다. 환자들은 의사가 뭐든지 다 알고 있다고 믿고 싶어 하고 그래야 안심을 하는 경향이 있기 때문이다. 그래서 꾸뻬는 그 목판에 대한 질문을 받을 때마다 문장을 하나씩 지어내곤 했는데, 그에게 질문을 던지는 사람을 가장 편안하게 해줄 만한 대답을 찾다 보니 문장이 매번 달라졌다.

작년에 이혼했지만 아직까지도 아이 아버지에게 화가 나 있는 소피에게는 그 중국어 문장이 다음과 같은 뜻이라고 알려주었다.

수확이 줄었다며 너무 오랫동안 눈물 흘리는 자는 그다음 해에 씨 뿌리는 걸 잊어버린다.

소피는 붉어진 이마를 찌푸린 채 눈을 동그랗게 떴고, 점차 혐오스러운 괴물, 즉 전남편에 대해 얘기하는 횟수가 줄었다.

신이 자신에게 말을 걸며, 또 그분의 대답이 머릿속에서 울린다는 믿음을 갖고 있는 로제르는 길거리를 돌아다니며 아주 큰 소리로 신과 대화를 했다.

신과 말할 때 현인은 침묵을 지킨다.

여러 차례 병원에 입원한 적이 있는 로제르에게 중국어 문장이 그런 뜻이라고 말해주자, 그는 이 문장이 중국인의 신에게는 통할지 모르지만 자신에게는 해당되지 않는다고 말했다. 진정한 신에게 말을 하는 것이기 때문에 큰 소리로 분명하게 자기 생각을 표현하는 건 당연하다는 거였다. 꾸뻬는 그 말에 동의하지만 신께서는 모든 걸 다 들으시고 모든 걸 다 이해하시므로 그분을 생각하는 걸로 충분하지, 굳이 그분께 큰 소리로 말할 필요는 없을 것 같다고 말해주었다. 그렇게 하면 길거리에서 골치 아픈 일을 안 당해도 되고, 병원에 오랫동안 입원해 있지 않아도 된다고 말이다. 꾸뻬가 말하는 동안에도 여전히 찌푸린 눈을 하고 입술을 움찍거리던 로제르는 자기가 병원에 입원하는 건 신의 뜻이라고 대답했다. 신앙은 시련 속에서 인정되기 때문이라는 거였다. 말은 그렇게 했지만 로제르는 그전보다 말도 덜 하고 소리도 줄였다. 정신과 의사로서 환자들의 이러한 변화를 확인하는 것은 분명 보람 있는 일이다. 하지만 이런 보람들이 꾸뻬의 누적된 피로까지 덜어주지는 못했다.

지금 꾸뻬를 가장 피곤하게 만드는 건 사랑이다. 그가 직접 휘둘리고 있는 사랑 때문이 아니라 꾸뻬를 만나러 오는 사람들이 겪고 있는 사랑 때문이다. 그들은 자기들을 고통에 빠뜨리는 가장 큰 불행 인자가 사랑이라고 생각했다.

"선생님, 전 사는 게 너무 지루해요. 저 자신이 한심하고요. 다들 사랑하고 사랑받는데…… 전 왜 그게 안 될까요?"

사랑이란 걸 아예 해보지 못했다며 한탄하던 안느 마리 또한 중국어 문장이 뭘 의미하느냐고 꾸뻬에게 물었다. 남자로서 꾸뻬가 보기에 안느 마리는 잘만 꾸미면 충분히 매력적으로 보일 수 있는 여자였다. 그럼에도 그녀는 어머니가 입으라는 대로 옷을 입는 데다 일밖에 몰랐다.

꾸뻬는 이렇게 대답해주었다.

물고기를 잡고 싶은 사람은 강으로 가야 한다.

얼마 후 안느 마리는 성가대에 들어갔다. 조금씩 화사한 느낌의 화장을 하더니 그전과는 다른 스타일의 옷을 입고 나타나기 시작했다. 그녀는 부지런히 물고기를 잡고 있는 중인 듯했다.

반면, 너무 지나칠 정도로 한 사람을 사랑하고 있어 건강을 위협받는 사람들도 있었다. 혈중 콜레스테롤 수치가 높아 건강을 위협받는 사람처럼 말이다.

"정말 견디기 힘들어요. 이제 그만둬야 할 텐데……. 우리 사인 이미 끝났는데도 자꾸만 그 사람 생각이 나요. 머리에서 떠나질 않는다니까요. 편질 써야 할까요? 아님, 전화를…… 그것도 아님, 그 사람이 일하는 사무실 입구에서 기다려볼까요?"

클레르, 그녀는 유부남과 연애를 했다. 연애를 시작할 때 그녀는, 재미는 있지만 그 남자를 진정으로 사랑하는 건 아니라고 꾸뻬에게 말했다. 그러다 그 유부남을 진짜로 사랑하게 되었고, 그 남자 역시 그녀를 사랑하게 되었다. 그럼에도 두 사람은 더 이상 만나지 말자는 결정을 내렸다. 남자의 아내가 뭔가를 눈치채기 시작했고 남자는 아내와 헤어지고 싶지 않았던 것이다. 이별 후 무척이나 힘들어하던 클레르가 그 중국 목판에 뭐라고 쓰여 있는지 물어왔을 때, 꾸뻬는 잠시 생각한 뒤에 이렇게 대답했다.

당신 소유가 아닌 땅에는 집을 짓지 마라.

그 말을 듣고 클레르는 허리를 꺾으며 울음을 터뜨렸고, 꾸뻬는 그런 말을 한 자신이 그다지 맘에 들지 않았다.

사랑으로 고통받는 남자들도 그를 찾아왔다. 그런데, 이건 훨씬 더 고약한 경우다. 남자들은 더 이상은 도저히 견딜 수 없든지, 그걸로 친구들을 진절머리 나게 만들어놓든지, 아니면 너무 괴로워서 알코올에 의지하기 시작할 때가 되어서야 겨우 정신과 의사를 만나러 오기 때문이다.

뤼크가 그랬다. 좀 만만하게 보일 정도로 사람 좋은 이 청년은 여자들이 자기 곁을 떠날 때마다 무척이나 힘들어했다. 어렸을 때 그의 어머니가 그다지 상냥하게 대해주지 않은 탓인지, 그리 상냥하지 않은 여성들을 선택했기 때문에 더더욱 그랬다.

표범이 무섭게 느껴지거든 영양을 사냥하라.

꾸뻬는 중국 목판에 쓰인 문장이 그런 뜻이라고 뤼크에게 말해주었다. 그렇지만 곧 중국에 영양이 있나 하는 의문이 퍼뜩 들어 멈칫하는 순간, "속담치고는 상당히 잔인하군요. 중국 사람들이 원래 그렇게 잔인한 민족인가요?" 하며 뤼크가 정색을 했다. 꾸뻬는 이번엔 실패했다는 사실을 깨달았다.

남자들도 그렇고 여자들도 그렇고, 아주 많은 사람들이 또 이렇게 말했다. 함께 살고 있는 사람에게 정은 있지만 사랑이 느껴지지 않는다고.

"오랫동안 함께 살면 이렇게 되는 게 당연한 건지도 모르겠어요. 그 사람이랑은 무슨 일이든 척척 맘이 맞긴 해요. 하지만 잠자리를 같이 안 한 지가 벌써 여러 달째예요."

꾸뻬는 그들에게 유익한 의미를 찾아내려 애썼다.

현명한 사람은 계절마다 그 나름의 아름다움을 느낄 줄 안다.

고심 끝에 내뱉은 말이었지만 평범하기 짝이 없었다.

사랑하긴 하지만 상대가 좋은 사람이 아니라며 불평을 늘어놓는 사람들도 있었다.

"그 사람이랑은 지금도 그렇지만 앞으로도 끔찍할 거예요! 하지만…… 그래도 그 사람이 좋은 걸 어떡해요?"

비르지니는 여자들에게 인기 좋은 남자들하고만 사랑을 나누었는데, 처음 시작할 때는 무척이나 흥분했지만 끝날 때쯤이면 너무나 고통스러워했다. 꾸뻬는 비르지니에게 딱 떨어지는 문장 하나를 생각해냈다.

사냥하는 사람은 매일 새로 시작해야 하지만, 농사짓는 사람은 벼가

자라나는 걸 매일 지켜볼 수 있다.

비르지니는 중국인들이 겨우 글자 네 개를 가지고 그렇게 긴 이야기를 할 수 있다니 참으로 놀라운 일이라고 말했고, 꾸뻬는 그녀가 자기보다 조금 더 영리하다고 느꼈다.

사랑을 하면서도 결혼에 대해서는 불안해하는 사람도 많았다.

"서로 사랑하는 건 사실이에요. 하지만 그가 과연 나랑 딱 맞는 사람일까요? 결혼, 그건 아무것도 아닌 것 같아요. 누구랑 결혼하는 건 그냥 생활을 위해서일 뿐이죠. 그리고 난 내게 주어진 자유를 더 오랫동안 만끽하고 싶다고요."

대개의 경우 꾸뻬는 이런 사람들에게 그들의 엄마 아빠에 대해서, 그리고 그들이 어떻게 서로 의견을 맞춰나가는지 말해달라고 부탁하곤 했다.

스스로 못난 사람이라 생각하고 그런 자신이 사랑이라는 걸 하고 싶어 해도 되는 것인지, 그게 자기에게 너무 과분한 건 아닌지 생각하는 사람들도 있었다.

"내가 과연 누구의 관심을 끌 수 있을지, 정말 모르겠어요. 솔직히 난 내가 썩 매력적이라곤 생각하지 않거든요. 심지어 선생님까지도 지금 좀 지겹다는 표정이시잖아요?"

꾸벅꾸벅 졸고 있던 꾸뻬는 그 말을 듣고 화들짝 놀랐다. 그러고는 아니라고, 전혀 그렇지 않다고 부인했다가 곧 후회했다. 그럴 때는 "무엇 때문에 그런 생각을 하게 되신 거죠?"라고 말해야 했던 것이다.

많은 사람들이 꾸뻬를 찾아와서 사랑을 하기 때문에, 혹은 사랑을 하지 못하기 때문에 잠도 제대로 잘 수 없고, 생각도 제대로 할 수 없고, 제대로 웃을 수도 없으며 심지어 제대로 생활도 할 수 없다고 말했다. 꾸뻬는 이런 사람들에 대해 깊이 주의를 기울여야만 했다. 왜냐하면 이런 상황에 처한 사람은 사랑 때문에 스스로 목숨을 끊을 수 있기 때문이다.

정신과 의사인 꾸뻬도 사랑에 빠져본 적이 있었고, 그래서 사랑이 사람을 얼마나 고통스럽게 하는지도 잘 알고 있었다. 그는 더 이상 그를 만나주지 않는 한 여자 때문에 고통스러워한 적이 있다. 그녀를 만나려고 편지도 써 보내고 전화도 걸어보았지만 소용없었다. 잠도 못 자고 먹지도 못 하다가 미친 듯 그녀가 사는 도시로 찾아갔지만 그는 거절당했다. 그날 늦은 밤, 낯선 도시의 호텔 방에서 미니바에 놓인 샘플용 술을 모조리 비우고 그는 기절하듯 쓰러졌다.

그에게도 이런 추억들이 있기에 사랑의 고통을 호소하는 사람들을 더 잘 이해할 수 있는 것이다.

물론 그가 고통을 안겨주었던 여자들도 있었다. 그녀들도 꾸뻬를 사랑했고 그 역시 그녀들을 진지하게 사랑했지만 말이다. 그리고 서로 사랑하면서도 상대방을 괴롭혔던 경우도 많았다.

하지만 이제 꾸뻬에게 이 같은 종류의 고통은 완전히 막을 내렸다. 한 치 앞을 내다볼 수 없는 것이 인생이라지만, 어쨌든 꾸뻬는 한 여자에게 안착했다. 그녀가 바로 클라라다. 물론 함께 살고 있는 그녀와 이런저런 다툼 정도야 없진 않지만 그녀와는 결혼과 아기를 생각할 정도로 깊이 사랑하고 있다.

사랑에 지친 사람들은 마지막 사랑을 간절히 원한다. 사랑하고 또 사랑받는다고 느끼는 누군가를 만나면 그것이 평생 함께할 마지막 사랑이 되기를 바라는 것이다. 그런데 문제는 안정된 사랑을 갈구하면서도 시작되는 사랑의 설렘에 대한 기대를 버릴 수 없다는 데 있다. 설렘 후의 고통들을 뻔히 알면서.

꾸뻬는 이러저러한 경험들에도 불구하고 사랑은 여전히 복잡하고 예측 불가능하며 정신과 의사인 자신의 머리를 아프게 하는 것임을 환자들 뒷모습을 보며 절감한다.

초대

클라라는 집에 돌아오지 않았다. 일류 제약회사 연구소에서 일하고 있는 그녀는 회의 때문에 늘 퇴근이 늦었다. 이 연구소는 툭하면 규모가 더 작은 연구소들을 먹어치우곤 하는데 언젠가 자기보다 규모가 더 큰 연구소까지 먹어치우려고 시도했다가 실패한 적도 있었다.

연구소 소장은 성실하고 일도 열심히 하는 클라라가 마음에 들었는지 자기 대신 회의에 참석시키거나 읽을 시간이 없는 두터운 서류들을 요약해달라고 부탁하곤 한다. 꾸뻬는 클라라의 상관들이 그녀를 신뢰한다는 사실을 알고 나서 기쁘긴 했다. 그러나 그녀를 신뢰하면서도 약학계의 중요 인사들이 참석하는 정말 중요한 회의에는 그녀를 따돌리고 아이디어에 대한 생색은 자기네들이 다 내는 일로 클라라의 기분이 상해 있는 것을 보면 마음이 언짢았다.

꾸뻬가 간단하게 저녁을 때우고 혼자 커피를 마시고도 한참이 나 지난 후에 클라라가 들어왔다. 그런데 웬일로 클라라가 환하게 웃으며 들어섰다.

"오늘 좋은 일 있었어?"

꾸뻬는 클라라가 상냥하게 미소 짓는 걸 보자 기분이 좋아져서 물었다.

"아니, 힘든 하루였어. 계속 회의가 있어서 제대로 일을 못 한데다가…… 우리 회사에서 제일 잘 팔리는 약품특허권이 곧 소멸돼서 다들 불안해하고 있어. 이젠 어쩔 수 없이 값을 내려야 하니까."

"하지만 당신 표정은 만족스러워 보이는데?"

"그거야 자기 얼굴을 보니까 좋아서 그런 거지, 내 사랑."

애교스럽게 콧소리를 섞은 클라라는 쑥스러운 듯 크게 웃었다. 그녀는 이렇게 농담하는 척 사랑을 표현하곤 했다. 꾸뻬는 거기에 익숙해져 있었고, 클라라가 자신을 진정으로 사랑한다는 것에 대해 조금의 의심도 없었다. 클라라는 여전히 얼굴에 웃음을 띤 채 말을 이었다.

"정말이야! 거기다 오늘 기분 좋은 이유가 한 가지 더 있어. 초대를 받았거든."

"누가 초대를 받았다는 거야?"

"당신. 나도 당신이랑 같이 갈 수 있을 것 같아."

클라라는 서류 가방에서 초대장을 꺼내 꾸뻬에게 내밀었다.

"원래는 우편으로 보내야 하는 건데, 다들 우리 사이를 잘 알고 있어서 나한테 준 거야."

편지는 클라라가 일하는 연구소의 아주 높은 자리에 있는 사람이 써 보낸 거였다. 클라라도 그렇게 자주 보지는 못하는 주요 책임자들 중 한 명이다. 그는 꾸뻬를 높이 평가하고 신뢰해서 비밀 회의에 초대했으니 꼭 참석해서 아주 중요한 주제에 관한 연구소 사람들의 질문에 답변해주었으면 좋겠다고 적었다. 꾸뻬가 꼭 와주었으면 좋겠다는 뜻이 거듭된 편지는 경구警句로 마무리되었다. 꾸뻬는 정신과 의사 세미나에서 그와 두어 차례 악수를 나누었던 사실을 기억해냈다.

봉투 속에는 회의 장소가 나와 있는 종이도 한 장 들어 있었다. 종려나무들이 서 있는 아름다운 해변에 세워진 호텔 사진이었다. 꾸뻬는 왜 그렇게 먼 곳에서 회의를 하는 건지 갑자기 궁금해졌다. 자기 집 소파에 앉아서도 얼마든지 좋은 아이디어를 짜낼 수 있는데 말이다. 하지만 곧 그를 중요 인물로 생각한다는 뜻을 전하려는 연구소 사람들의 방식일 수도 있겠다는 생각이 들었다.

봉투에는 그것 말고도 종이가 또 한 장 들어 있었다. 꾸뻬가 초대에 응해 답변을 해주는 데 대한 대가를 받게 될 것이라는 안내와 함께 그 액수가 적혀 있었다. 그 숫자를 보는 순간 꾸뻬는 영 하나를 더 읽은 게 아닌가 싶어 다시 쳐다봤다.

"이거 잘못 써넣은 거 아냐?"

"아냐, 그게 맞아. 다른 사람들도 같은 액수를 받게 될 거야. 다들 비슷한 정도를 요구했어."

"다른 사람들?"

그녀는 함께 초대된 정신과 의사들의 이름을 꾸뻬에게 알려주었다. 꾸뻬도 그들을 알고 있었다. 나이가 아주 많고 늘 나비넥타이를 매고 다니는 정신과 의사도 초대되었는데, 주로 돈은 많지만 늘 우울한 사람들이 그를 찾았다. 그는 이따금씩 가난한 사람들도 진찰했고 그들에게는 돈을 받지 않았다. 이번 초대에는 키가 작고 익살스러운 여의사도 포함되어 있었다. 그녀는 이러저러한 이유로 사랑 행위를 할 수 없게 된 사람 중 거액의 치료비를 지불할 능력이 있는 사람들을 주 고객으로 삼았다.

꾸뻬는 여러 의문이 생기는 이번 초대의 내용물을 접어 넣으며 말했다.

"좋아, 짧긴 하지만 어쨌든 휴가라는 걸 즐길 수 있겠군."

"그거야 자기 얘기지. 난 회의 때마다 지겹게 보는 얼굴들을 거기 가서 또 봐야 한단 말이야."

"그래도 이번엔 함께 떠날 수 있게 됐잖아."

꾸뻬의 말이 끝나기도 전에 클라라는 스타킹 말던 손을 멈추고는 그에게 쏘듯이 말했다.

"말에 어폐가 좀 있는 것 같네. 우리, 이탈리아도 함께 갔었잖아?"

"갈 때야 함께 갔지. 하지만 자기가 회의에 참석하는 바람에 나 혼자 휴가를 보내야만 했잖아. 자긴 항상 자기 일이 우선이고 그게 우리 사이 모든 걸 좌지우지해."

"그럼 자긴 내가 집에서 살림이나 했으면 좋겠어?"

클라라는 자주 이렇게 이야기를 비약시킨다. 그러면 또 이야기는 논점을 벗어나 감정의 골을 타고 재빠르게 다른 방향으로 가버린다.

"아니, 내가 바라는 건 자기가 이제 착취에서 벗어나 제때 집에 돌아오는 거야."

꾸뻬는 벗어난 방향을 잡기 위해 다시 명확하게 말의 의도를 전달하려 했다. 하지만 클라라는 여전히 다른 얘기를 하고 있었다.

"자긴 내가 반가운 소식을 전해줬는데도 어쩜 불평불만이 그렇게 많아?"

"시작은 자기가 먼저 했잖아!"

"말도 안 돼! 자기가 먼저 시작해놓고선."

이러자는 게 아닌데 하면서도 꾸뻬는 클라라와의 말다툼을 멈추지 못했다. 결국은 서로 포옹도 하지 않고 잠자리에 들었다.

답답해진 꾸뻬는 한밤중에 일어나 불도 켜지 않고 형광펜을 찾아 글을 썼다. 사랑으로 힘들어하는 많은 사람들을 상담하면서도 스스로의 사랑에는 서툰 자신을 위해서라도 '사랑'에 대한 탐구를 정리하고 싶어진 것이다.

무슨 일이 있어도 다투지 않는 것. 그게 바로 이상적인 사랑이다.

그는 잠시 생각에 잠겼다. 이 문장에 확신이 가지 않은 탓이다. 그리고 앞으로 적어나갈 문장들을 뭐라고 불러야 할지에 대해서도 곰곰이 생각해보았다. '교훈'이라고 하기엔 우스꽝스럽고, '성찰'이라는 단어로 묶기에는 조금 무거운 감이 있었다. 그러다 퍼뜩 떠오른 것이 작은 꽃이었다. 이런 짧은 생각은 이제 막 꽃봉오리가 생기긴 했지만 피어날지 피어나지 않을지 알 수 없는 한 송이 꽃에 비유하는 것이 가장 적절할 듯했다.

첫 번째 작은 꽃 무슨 일이 있어도 다투지 않는 것, 그게 바로 이상적인 사랑이다.

그럴까? 첫 번째 작은 꽃을 보면서 꾸뻬는 더 많은 생각에 잠겼다. 생각할수록 답답하고 더 어려워졌다. 그녀의 알 수 없는 마음을 훔쳐보기라도 하듯 감기는 눈을 부비며 꾸뻬는 잠든 클라라를 바라보았다.

두 번째 작은 꽃 때로는 가장 사랑하는 사람과 가장 크게 다투기도 한다.

비밀회의

섬의 해안은 온통 분홍색 게로 덮여 있었다. 그것들은 서로의 몸 위에 올라타거나 싸웠다. 그런데 올라탈 때는 항상 수놈이 암놈 위에 올라타며, 싸울 때는 항상 수놈끼리만 싸운다는 것을 꾸뻬는 금방 알아챘다. 수놈들은 암놈 위에 올라타려고 자기들끼리 싸우고 있었다. 그러다 결국엔 한쪽 다리를 잃고 마는 수놈들. 게들에게조차 사랑이란 아주 힘든 일인 듯 보였다.

한참 동안 작은 게들을 보고 있던 꾸뻬는 자신의 환자를 떠올렸다. 그는 한 여자를 너무 사랑했고 그래서 꾸뻬에게 그 고통을 토로했다. "그녀를 만나느니 차라리 내 한쪽 팔을 잘라버리는 게 더 나았을지도 몰라요." 이 말은 물론 과장된 것이다. 게들과는 달리 우리 인간들의 팔은 다시 자라나지 않으니 말이다.

"당신, 그 친구들이 그렇게 좋아?"

클라라가 눈부시게 하얀 수영복을 입고 꾸뻬를 불렀다. 피부가 구릿빛으로 살짝 그을기 시작한 그녀의 몸매는 싱싱한 복숭아만큼이나 탐스러워 보였다.

"당신 미쳤어? 우리 둘만 있는 게 아니잖아. 거기다 게들도……."

게들을 보고 있다가 마음이 싱숭생숭해진 탓도 있지만, 호텔의 가장 큰 방갈로 테라스에서 식전주食前酒를 마시고 있던 연구소 직원들이 자기네를 쳐다보고 있는 걸 발견했기 때문이다.

파도는 해변으로 밀려와 부드럽게 부서졌고 붉고 환해진 해는 바닷물에 풀리듯 가라앉고 있었다. 그 빛은 클라라를 온통 금빛으로 물들였다. 꾸뻬는 이 풍경 속에 존재하고 있는 지금 이 순간이 바로 행복이라고 느꼈다. 그러자 클라라가 더욱 사랑스러워졌다.

날은 금방 어두워졌다. 사람들이 저녁 식사를 하기 위해 넓은 방갈로에 모였다.

"다들 이렇게 초대에 응해주셔서 고맙습니다."

연구소 고위층인 군테르가 입을 열었다. 큰 키와 넓은 어깨에 비해 약한 억양이 인상적인 사내였다. 키가 무척 큰 그는 초콜릿을 주로 생산하고 큰 규모의 제약 연구소들이 집중되어 있는, 대단히 부유하고도 작은 나라 출신이었다.

"다들 감사합니다."

같은 연구소에서 일하는 마리클레르가 매혹적인 미소를 지으며 인사를 이었다. 큰 키에 갈색 머리인 그녀의 손에는 많은 반지가 반짝거리고 있었다. 꾸뻬는 그녀와 클라라가 서로를 별로 좋아하지 않는다는 사실을 금방 눈치챘다.

초대받은 늙은 정신과 의사는 게를 먹는 데 정신이 팔려 아무 대답도 하지 않았다. 나비넥타이를 풀어놓고 폴로셔츠를 입고 있는 그는 이상하게 나이가 더 들어 보였다.

"난 여기 한 번 와본 적이 있는데 정말 맘에 들어요."

사랑에 관한 전문가인 키 작은 정신과 의사 에테르는 이렇게 말하고는 그때 자신을 이 섬에 초대했던 또 다른 큰 규모의 연구소 이름을 언급했다. 꾸뻬는 군테르와 마리클레르의 미소 띤 얼굴 위로 당혹스러운 빛이 스쳐 지나가는 걸 보았다. 하지만 그녀는 아무 눈치도 채지 못한 듯했다.

"게의 이 붉은 부위가 생식기관이라는 거 알아요? 근데 게라는 놈들은 자기 몸에 비해 유독 이 부위만 잘 발달돼 있다니까."

특유의 명랑하고 유쾌한 말투로 이렇게 말한 에테르가 익살스럽게 웃기 시작했다. 그녀의 말에 모두들 미소를 띠었다.

식탁 양쪽 끝에는 이 연구소에서 일하는 젊은 남녀 연구원들이 앉아 있었다. 거기 앉아 있던 여성 연구원 중 한 명이 꾸뻬에게 알은체를 했다.

"지난번 선생님이 발표하신 논문은 정말 좋았어요. 거기서 말씀하신 게 다 맞는 얘기거든요!"

꾸뻬는 왜 많은 사람들이 정신과 의사에게 상담을 받아야 하는지에 대한 논문을 한 저명 잡지에 발표했었다. 꾸뻬는 그렇게 말해줘서 고맙다고 대답했다. 그런데 그 여자 연구원이랑 얘기 나누는 걸 클라라는 그다지 반가워하지 않았다. 그녀는 꾸뻬의 귀에 대고 이렇게 속삭였다.

"재 머릿속에는 어떻게 하면 남자를 한번 꼬셔볼까 하는 생각뿐이야."

나이 든 정신과 의사는 게 껍데기를 다 벗겨낸 다음 얼마 되지 않는 게살을 접시 한가운데에 모아놓고 조금씩 먹기 시작했다. 에테르가 재미있다는 듯 웃으며 한마디 했다.

"여전히 체계적으로 식사를 하시네요. 하긴 고생 끝에 즐거움이 찾아오는 법이죠!"

나이 든 정신과 의사는 접시에서 눈도 떼지 않은 채 대답했다.

"유감스럽게도 우리 나이엔 이렇게라도 고생해서 먹어두지 않으면 꼼짝없이 굶어죽는다네, 친구."

그의 말에 다들 웃음을 터뜨렸다. 그는 시치미를 뚝 떼고 농담하는 스타일이었다. 꾸뻬와도 이미 절친한 그 나이 든 정신과 의사의 이름은 프랑수아다.

식사가 끝나자 군테르는 내일 아침 일찍 일어나서 회의에 참석해야 하니 푹 주무시라는 인사말과 함께 의미심장한 미소를 짓고는 '밤은 교훈을 제공한다'는 속담을 덧붙였다.

훨씬 나중에 이 모든 이야기와 '밤은 교훈을 제공한다'는 속담을 다시 생각할 때마다 꾸뻬는 한편으로 웃고 싶고, 또 한편으로는 울고 싶은 욕구를 동시에 느끼곤 했다.

군테르가 입을 열었다.

"오늘 아침, 이렇게 다들 모인 것은 저희에게 여러분의 조언이 필요하기 때문입니다. 저희 연구소는 미래의 약품들을 개발하고 있습니다. 우리 약품들이 환자들에게 정말 탁월한 약효를 발휘해야만 우리의 지배적인 위치가 유지될 수 있을 텐데, 환자들을 여러분보다 더 잘 아는 사람이 어디 있겠습니까?"

그는 꾸뻬와 프랑수아 그리고 에테르가 얼마나 대단한 사람들인가에 대해 길게 설명했다. 바다가 보이는 큰 창문을 가진 회의실에는 그 전날 저녁 식사에서 보았던 사람들이 모두 모여 있었다.

꾸뻬는 종려나무들이 쓸쓸해 보일 만큼 구름이 잔뜩 낀 하늘 아래 온통 회색을 띠고 있는 바다를 바라보았다. 전날 밤, 그는 이 해안에서 출발해서 똑바로 나아가면 중국에 도착한다는 사실을 알게 되었다. 한때 알고 지낸 적이 있는 중국 여자가 잠시 생각났다. 그때, 클라라가 작은 컴퓨터를 이용해 아름다운 영상들을 보여주면서 설명을 시작했다.

"다음은 서유럽 국가들에서 우울증 치료제 복용량이 어떻게 변했는지 보여주는 도표입니다."

정말이지 사람들은 우울증 치료제를 점점 더 많이 복용하고 있다. 더구나 여자들의 복용량은 남자들보다 두 배나 더 많다.

클라라가 말을 이어나갔다.

"그럼에도 불구하고 우울증의 절반은 여전히 진단도 치료도 되지 않고 있습니다."

그 말은 사실이었다. 꾸뻬는 오래전부터 우울증에 시달려왔는데도 불구하고 치료라곤 생전 받아본 적이 없는 사람들을 심심찮게 볼 수 있었다. 반면 꼭 필요하지도 않은데 우울증 치료제를 남용하는 사람들도 많았다. 물론 연구소에서는 후자의 경우를 그리 유감스럽게 생각하지 않겠지만 말이다.

정장 차림의 클라라는 또 다른 매력을 발산했다. 우아한 자세와 자신감 있는 말투의 클라라를 보면서 꾸뻬는 자신이 그녀의 남자라는 데 자부심을 느꼈다. 바닷가에서 벌어졌던 수놈들의 싸움처럼 그 또한 엄청난 노력을 클라라에게 기울인 바 있다. 꾸뻬는 슬쩍 수첩을 꺼내 적었다.

세 번째 작은 꽃 싸우지 않고는 사랑을 얻을 수 없다.

클라라는 기존에 나온 다른 모든 제품보다 더 효과적이면서 부작용은 적은 우울증 치료제를 곧 시장에 내놓을 예정이라고 말했다. 이 약을 복용하면 심각한 우울증에 시달리는 사람도 길거리에서 노래 부르고 춤추기 시작할 거라는 얘기였다.

클라라의 발표가 끝나자 군테르는 그녀를 칭찬하고는 말을 이었다.

"방금 우울증 치료제에 대해 말씀드린 건, 우리가 미래를 어떤 식으로 생각하고 있는지 여러분이 짐작하도록 하기 위한 것입니다. 결국 언젠가는 우리의 관점에서 볼 때 완벽하다고 생각되는 우울증 치료제를 개발해내게 될 겁니다. 그때가 되면 사람들을 한 명씩 추적해서 그 사람이 우울증이라는 유행병에 걸렸는지 안 걸렸는지만 알아내면 되지요."

'추적해서 우울증에 걸렸는지를 알아내기만 하면 된다고?' 군테르의 얘기가 틀린 건 아니지만 그의 말에 꾸뻬는 등골이 좀 오싹해졌다.

"우울증은 하나의 질병입니다. 이제 사람들은 자신의 질병이 치유되기만을 바라는 게 아니라 좋은 건강 상태를 유지할 수 있기를, 즉 정신적으로나 육체적으로나 편안한 상태를 유지하기를 원하고 있습니다. 이 말은 제가 지어낸 것이 아니라 세계보건기구의 발표문에 있는 내용입니다. 요컨대 사람들은 행복해지길 원한다는 것이죠."

이렇게 말하고 난 군테르는 희고 가지런한 치아를 드러내면서 큰 소리로 웃기 시작했다. 젊은 연구원들도 따라 웃었다.

호텔 식당의 급사장과 허리에 천을 감은 젊은 여자 종업원이 가끔 들어와서 차를 따랐다. 프랑수아는 젊은 여종업원이 회의실에 들어올 때마다 그녀를 훔쳐보곤 했다. 그러다 그녀가 나갈 때는 서글픈 표정을 살짝 지었다. 언젠가는 자기도 프랑수아처럼 될지 모른다고 생각하자 꾸뻬는 좀 서글퍼졌다.

군테르의 말을 에테르가 받았다.

"사람들이 행복해지고 싶어 하는 거야 당연하죠! 그러려고 사는 건데!"

꾸뻬는 새벽에 바람을 쐬러 발코니에 나갔다가 키 큰 그림자 하나가 에테르의 방갈로에서 나오는 걸 보았다.

"전 우리 모두가 행복에 이처럼 높은 가치를 부여하는 데 동의했다고 믿습니다. 그렇다면 여러분은 사람들의 행복을 가로막는 여러 가지 원인들 중에서 질병과 사고, 경제적인 문제를 제외하고 가장 큰 원인이 뭐라고 생각하십니까?"

군테르의 물음에 깊은 침묵이 이어졌다. 다들 뭔가 한 가지씩은 생각하고 있으나 먼저 나서지를 못하는 것 같았다. 꾸뻬 역시 자기 생각을 밝히길 주저하고 있었다. 자기 생각을 클라라에게 말하기에 앞서 다른 사람들에게 먼저 얘기하는 건 좋은 방법이 아닌 듯해서였다. 그것은 또한 클라라와도 관련된 민감한 내용이기도 했다. 이 회의는 클라라에게도 중요한 회의이니만큼 그녀의 입장도 생각해주어야만 할 것 같았다. 그때였다.

"사랑이지요."

사람들의 시선이 나이 든 정신과 의사 프랑수아에게 쏠렸다. 그가 가장 먼저 입을 연 것이다.

사랑의 감정을 제어하는 약

나이 든 프랑수아는 그곳을 보면 마치 영감이 샘솟기라도 하는 듯 창문 밖 바다를 응시하면서 말을 이었다.

"'사랑이란 이성理性의 동의 아래 발휘되는 선천적인 광기다.' 멋있는 이 말은 아쉽게도 내가 한 말이 아니올시다. 물론 사랑은 우리들에게 더할 나위 없이 큰 즐거움을, 아니 이 단어는 좀 약하군요. 더할 나위 없이 큰 희열을 안겨주지요. 타자를 향한 떨리는 움직임, 우리의 꿈이 현실이 되는 어떤 순간, 결국은 자기 자신이 아닌 다른 것을 생각하는 은총의 순간이지요. 또 최소 몇 초 동안은 우리를 불멸로 이끄는 육체의 결합 그리고 사랑받는 존재에게 일어나는 일상의 변화들……. 그 순간들엔 사랑하는 존재의 얼굴이 자신의 마음 일부가 되고 더 이상은 거기서 절대로 분리되지 않을 것처럼 보이지요. 하지만 때로는…… 사랑은 또한 극심한 고통을 안겨줍니다. 그건 고통의 망망대해라고 표현할 수 있어요. 무시당한 사랑, 거부당한 사랑 그리고 사랑의 결핍, 사랑의 종말."

프랑수아는 지그시 눈을 감더니 노랫말을 흥얼거렸다.

이제 우리 사랑은 끝나고, 뭐가 남았나?
그 아름다운 나날들은 다 지나가고, 뭐가 남았나?
시들어버린 행복, 바람에 날리는 머리카락.
도둑맞은 입맞춤, 시시각각 바뀌는 꿈들.
그 모든 것 다 사라지고, 뭐가 남았나.
내게 말해줘…….

그 순간 꾸뻬는 너무나 놀랐다. 클라라의 두 눈에 눈물이 반짝였기 때문이다. 프랑수아는 회의 참석자들 모두 감상에 젖은 걸 눈치채고는 곧 냉정을 되찾았다.

"미안합니다, 여러분. 사람들이 무엇 때문에 불행해지는지에 대한 질문에 대답을 하려던 거였는데, 그만 이렇게 되고 말았군요."

다시 침묵이 이어졌다. 군테르가 웃으며 입을 열었다.

"너무나 좋은 말씀을 해주신 데 대해 감사드립니다. 말씀을 들으니까 프랑스어야말로 사랑에 가장 적합한 언어라는 생각이 드는군요!"

그때 허리에 천을 두른 젊은 여종업원이 과일 주스가 놓인 큰 쟁반을 들고 다시 나타났다. 그녀를 보는 프랑수아의 얼굴이 여전히 우울해 보였다.

군테르가 계속했다.

"자, 한말씀 해주시죠, 에테르 선생님. 프랑수아 선생님이랑은 다른 견해를 갖고 계실 것 같은데요."

"아, 그러죠!"

그녀는 나이 든 정신과 의사 쪽으로 고개를 돌렸다.

"프랑수아 선생님, 선생님께선 방금 저희에게 사랑에 대한 멋진 묘사를 해주셨지만 제겐 좀 슬프게 느껴지는군요. 어쨌든 사랑이 없으면 사는 게 얼마나 밋밋하겠어요? 사랑은 우릴 흥분시키고 즐겁게 해주죠. 사랑을 하면 삶은 모험의 연속이 되고, 만남은 순간순간 아찔한 경이驚異가 된답니다. 물론 늘 그런 건 아니지만요. 그래도 전 사랑이 현대 생활의 가장 큰 불행, 즉 권태로부터 우릴 지켜준다고 믿고 있습니다. 우리나라의 경우이긴 하지만 우린 지나칠 정도로 보호받으며 살고 있어요. 그런 우리에게 사랑은 마지막으로 남아 있는 모험이지요. 우릴 늘 젊게 만들어주는 사랑 만세예요."

풋풋하다고까지는 말할 수 없지만 그래도 나이에 비해서 상당히 젊어 보이는 에테르는 사랑에 대해선 큰 성공을 거둔 듯 보였다. 군테르 또한 더할 나위 없이 만족스러운 표정을 지었다.

"에테르 선생님, 사랑을 그렇게 즐거운 걸로 묘사해주시다니! 맞는 말씀입니다. 사랑은 즐거움 그 자체지요! 그런 의미에서, 괜찮으시다면……."

군테르는 자리에서 일어나더니 듣기 좋은 저음으로 노래를 부르기 시작했다.

엘(L)은 그대가 날 바라보는(look) 습관.
오(O)는 내가 바라보는 오직(only) 한 사람.
브이(V)는 너무(very) 너무 특별하고
이(E)는 그대가 좋아하는 그 누구보다도
훨씬(even) 더 소중한 사람…….
사랑이란 내가 그대에게 줄 수 있는 모든 것.
사랑이란 둘이 하는 놀이 훨씬 이상의 것.

식탁 주위에 앉아 있던 여자들은 냇 킹 콜의 노래를 멋들어지게 부르는 군테르의 매력에 푹 빠진 듯 큰 박수를 쳤다. 그는 크루너(낮은 목소리로 감상적인 노래를 하는 가수-옮긴이) 빰칠 만큼의 자연스러움과 미소, 열정에 찬 눈빛을 지니고 있었다. 꾸뻬는 그를 보며 살짝 질투를 느꼈다. 그러나 클라라는 군테르의 퍼포먼스에는 관심이 없는 듯 지루한 표정을 짓고 있었다.

"감사합니다, 여러분. 유감스럽게도 프랑스어로 된 연애시는 아직 아는 게 없습니다만, 다음번에 기회가 된다면 반드시 한 수 읊어드릴 것을 약속합니다! 자, 그럼 꾸뻬 선생님께선 사랑에 대해서 어떻게 생각하시는지 들어볼까요?"

꾸뻬는 당황했다. 프랑수아의 견해에도 공감했고 동시에 에테르의 견해에도 공감했던 것이다. 그날의 기분이 어떠한지에 따라 그는 사랑을 찬양하는 짤막한 시를 읊을 수도 있을 것이고, 아니면 그 반대로 사랑하는 걸 막는 예방약을 만들어내야 한다고 주장할 수도 있을 터였다. 그렇지만 회의에서 누군가 방금 한 얘기에 동의한다고만 말하는 건 결코 자랑스러운 일이 못 된다. 회의에서는 남의 관심을 끌기도 해야 하기 때문이다. 꾸뻬는 잠시 생각을 정리한 뒤 입을 열었다.

"전 두 분 모두 사랑에 대해 매우 적절한 지적을 하셨다고 생각합니다. 사랑은 가장 큰 행복의 원천이며 동시에 가장 고통스러운 불행의 원인이죠."

꾸뻬는 클라라가 슬픈 표정으로 자기를 쳐다보는 것을 보고는 놀랐다. 프랑수아의 짧은 노래가 그녀의 마음을 꽤 깊이 흔들어 놓았나 보다고 생각하며 그는 계속 말을 이었다.

"전 환자들과 상담하다 보니 사랑은 의지로 되는 것이 아니기 때문에 더 어렵고 힘들다는 것을 알게 되었습니다. 자기랑 잘 안 맞거나 자기를 사랑해주지 않는 사람에게 반하지만, 자기랑 천생연분인 것 같은 사람에게는 열렬한 사랑을 못 느끼는 그런 경우들이 그렇지요. 우리의 의지와는 상관없는 사랑, 바로 그게 문젭니다."

꾸뻬는 말을 하면서도 여전히 우울한 표정으로 바다를 쳐다보고 있는 클라라가 신경 쓰였다.

"우리는 우리가 어렸을 때나 사춘기 때 품었던 감정을 무의식적으로 우리에게 상기시키는 존재들을 보면 마음에 동요를 일으킬 수밖에 없게 되어 있습니다. 내가 누군가를 사랑하는 것은 그 누군가가 아빠나 엄마, 남동생, 여동생이 그때 내게 불러일으켰던 것과 똑같은 감정을 내 가슴속에 유발하기 때문입니다. 또 감정들이 충돌하면서 사랑이 이뤄지기도 하지요. 우리 모두는 우리가 놀라움이라든가 두려움, 연민 등의 또 다른 감정에 의해 이미 마음이 어지러워져 있을 때 더 쉽게 사랑에 빠진다는 사실을 알고 있습니다. 왜냐하면 일체의 강렬한 감정 상태가 사랑에 빠질 가능성을 높이기 때문이지요. 그런데 우리는 또한 사랑이 시작되는 데 음악이 해내는 역할에 대해서도 지적하지 않을 수 없습니다. 제 노래 실력은 프랑수아 선생님과는 비교가 되질 않기 때문에 노래로써 여러분의 감정을 자극하는 위험은 무릅쓰지 않겠습니다!"

꾸뻬의 말을 듣고는 모두 편안한 미소를 지었다. 프랑수아의 말로 무거워졌던 기분이 꾸뻬의 농담에 조금 가벼워진 것 같았다.

"하지만 전 시 한 편을 기억하고 있답니다. 파이드라는 테세우스와 결혼하려고 합니다. 모든 게 다 잘 되어갑니다. 그런데 테세우스의 아들이며 그녀의 전처 자식이 될 히폴리토스가 나타납니다. 큰일이 난 거지요!

> 그를 보면 내 얼굴 붉어지네, 그를 보면 내 얼굴 창백해지네.
> 이성을 잃은 내 영혼 속에서 서서히 동요가 일어나네.
> 내 두 눈은 더 이상 보지 못하고 내 입은 더 이상 말하지 못하네.
> 그리고 내 온몸이 전율하고 달아오르는 게 느껴지네.

그런데 이 불행한 파이드라와 마찬가지로 우리도 우리에게 필요한 사람이 아니라 우리 마음을 동요시키는 사람을, 때로는 절대 사랑해선 안 될 사람을 사랑하게 됩니다. 이러한 사랑의 선택이 항상 좋은 것만은 아니며, 때로는 최악의 상황으로 이어져 고통을 불러일으키는 거죠. 물론 의지적으로 필요에 의해 사람을 선택하고 사랑한 경우라도 파경은 맞을 수 있습니다. 의지적인 선택이든 무의지적인 선택이든 두 사람의 사랑은 세월과 함께 식으면서 중단되어버리는 경우가 많습니다. 서로 사랑이 식었다는 걸 느끼지만 더 이상 그걸 되살릴 수는 없게 되는 겁니다."

말하는 와중에 꾸뻬는 군테르와 그의 부하 직원인 마리클레르가 눈도 떼지 않고 자신을 관찰하는 걸 느꼈다. 그들의 눈길은 먹음직스러운 쥐를 앞에 둔 고양이의 눈빛을 연상시켰다. 그는 이 두 사람이 자신과 관련한 어떤 계획을 갖고 있다는 확신이 불현듯 들었다.

점심 식사를 마치고 꾸뻬와 클라라는 바닷가를 한 바퀴 돌아보기 위해 나갔다.

"자기, 조금 전에 슬퍼 보이던데."

"그런 적 없는데. 아니, 어쩌면 프랑수아 선생님을 보고 그랬는지도 모르겠다. 감동적이라고 생각했거든."

"그래, 나도 그런 생각이 들었어."

두 사람은 게들이 모여 있는 곳으로 다가갔다. 서로 싸우고 서로의 몸에 올라타고 또 싸우고. 사랑의 투쟁은 여전히 계속되고 있었다.

"그분한테 이 게들을 보여줘야 될 것 같은데. 그럼 사랑은 고통에 다름 아니라는 견해를 한층 더 굳히게 될 거야."

"이제 그만 가."

클라라가 몸을 떨며 꾸뻬의 말을 잘랐다. 둘은 아무 말도 하지 않은 채 걷기만 했다. 꾸뻬는 불안했다. 클라라가 평소 같지 않다는 걸 느낀 것이다.

"괜찮아?"

"그럼!"

꾸뻬는 그럴 분위기는 아니라고 생각하면서도 클라라에게 물었다.

"군테르와 마리클레르가 날 유심히 쳐다보는 걸 느꼈어. 나에 대해 무슨 계획이라도 세워둔 사람들처럼 말이야."

그녀가 걸음을 멈추더니 화난 표정으로 그를 쳐다보았다.

"그러니까 내가 다 알고 있으면서도 자기한테는 아무 말 안 했다고 생각하는 거야?"

"그런 게 아냐. 그냥 내 느낌을 이야기한 것뿐이라고."

클라라가 마음을 진정시키는 듯 입을 다물었다. 그러고는 뭔가를 깊이 생각하더니 한숨을 내쉬었다.

"그럴 수도 있어. 나도 그런 의문을 품어본 적이 있으니까."

"어쨌든 사실이라면 그게 뭔지 빨리 알아야 해. 자기가 좀 알아봐."

클라라가 미소를 지었지만, 쓸쓸한 표정은 여전히 얼굴에 남아 있었다.

"괜찮아?"

"그럼, 그럼. 저것 좀 봐. 게가 이상하게 생겼어."

다른 놈들보다 큰 게 한 마리가 천천히 움직이다가 다른 게들이 서로 난투를 벌이는 걸 관찰이라도 하려는 듯 이따금 멈추어 서곤 했다. 그 게는 다른 게들이 싸우는 모습을 관찰하듯이 한참을 멈추었다가 다시 서서히 움직였다.

클라라가 말했다.

"꼭 프랑수아 선생님 같아."

두 사람은 함께 웃었다. 정말 그 늙은 게는 프랑수아 선생을 연상시켰다. 한참을 웃던 꾸뻬는 같은 걸 보면서 함께 웃을 수 있다는 것이 두 사람 사이에 정말 중요하고 행복한 일이라는 생각을 했다.

눈빛을 교환한 그들은 에테르 선생을 닮은 게를 찾기 시작했다. 날렵하게 이 게에서 저 게에게로 끊임없이 옮겨 다니는 암컷 한 마리를 발견했다. 둘은 눈을 찡긋했다. 그러고는 곧 엄청나게 큰 집게다리 두 개를 가진 무시무시한 수놈 한 마리를 발견했다. 다른 게들은 이놈이 암컷 위에 올라타도 공격할 엄두를 내지 못했다.

"이놈은 군테르야."

꾸뻬의 말에 클라라는 웃었지만 왠지 씁쓸한 눈빛이었다. 요즘 자주 보이는 클라라의 표정에 꾸뻬는 자기들 역시 사랑 때문에 불행의 늪에 빠지는 건 아닐까 하는 생각이 문득 들었다.

저녁 식사가 끝나자 군테르는 시가를 내려놓더니 꾸뻬를 향해 고개를 숙였다.

"조용히 얘길 좀 나누고 싶은데요."

"전 언제든지 괜찮습니다."

"그럼 다른 사람들이 다 나가면 그때 뵙기로 하죠."

식탁에 모여 앉은 사람들은 모두 즐거워 보였다. 해수욕으로 피부가 그을어서인지 안색들이 좋아 보였는데 심지어는 프랑수아도 활기에 가득 찬 모습이었다. 그는 연구소의 젊은 여성 연구원과 이야기를 나누면서 이따금씩 그녀를 웃기곤 했다. 클라라는 에테르와 긴 대화를 나누고 있었는데 에테르는 '수차례의 오르가슴'이라는 단어를 자주 사용하는 듯했다. 모두들 밤이 깊어서야 각자의 방갈로로 돌아갔다.

꾸뻬는 군테르의 스위트룸 응접실에 있는 커다란 열대목熱帶木 소파에 앉았다. 그곳에는 군테르 말고도 마리클레르가 먼저 와 있었다. 군테르가 시가에 불을 붙였고 호텔 식당 집사장은 그들이 주문한 음료를 들고 왔다. 군테르는 코냑, 마리클레르는 야자음료, 꾸뻬는 백포도주를 한 잔 시켰다. 집사장은 코냑 한 병을 군테르 옆에 내려놓았다. 파도소리만 밤의 적요를 헤집고 있었다. 꾸뻬는 달빛 아래서도 사랑을 위해 투쟁하고 사랑을 나누고 있을 게들을 생각했다.

백포도주를 한 모금 들이켠 꾸뻬는 낯익은 이름이 적힌 서류철을 보고는 깜짝 놀랐다. 군테르의 낮은 책상 위에 놓여 있는 서류철의 이름의 주인은 행복을 전공하는 저명한 교수로, 꾸뻬는 그를 미국에서 만난 적이 있다. 키가 크고 말랐으며 코가 크고 백발인 이 교수는 말도 빨랐지만 생각은 그보다 훨씬 더 빨랐다. 그는 행복이 성격의 문제인지(당신은 행복할 수 있는 재능을 타고났기 때문에 행복한 것이다), 아니면 상황의 문제인지(당신을 행복하게 만들어주는 것이 당신 인생에 존재할 때에만 당신은 행복하다)를 알아내기 위해 여러 건의 복잡한 연구를 동시에 진행하고 있었다. 그 방면으로 널리 알려진 이 교수의 이름은 재밌게도 코르모랑(프랑스어로 가마우지라는 뜻-옮긴이)인데, 키가 크고 흰머리인 그는 생긴 모습까지 가마우지와 많이 흡사했다.

꾸뻬는 코르모랑 교수를 좋아해서 자주 이메일을 주고받곤 하였다. 코르모랑으로부터 행복에 관한 이야기를 듣고 거기서 아이디어를 얻어 불행한 환자들을 치료하기도 했었다. 코르모랑과는 거의 만난 적이 없고 나이 차이도 많이 났지만 그들 사이에는 일종의 원거리 우정이 형성되어 있었다. 군테르가 서류 홀더에서 코르모랑 교수의 사진을 한 장 끄집어내 꾸뻬에게 보이면서 말했다.

"이분 아시죠?"

"물론입니다."

"아주 대단한 분이세요."

"저도 그렇게 생각하고 있습니다."

"타의 추종을 불허할 만큼 탁월한 실력을 갖춘 연구자이시죠."

거기까지 말한 군테르는 자신을 진정시키려는 듯 시가를 한 모금 빨았다. 그는 잔뜩 화가 나 있는 듯했다.

마리클레르가 나섰다.

"이분은 우리를 위해 연구를 하셨답니다."

"행복에 관해서 말인가요?"

"아뇨, 사랑에 관해서요."

마리클레르는 연구소 측에서 새로운 사랑 연구에 자금 지원을 했는데, 코르모랑 교수는 감정 연구의 세계적인 권위자이므로 별다른 어려움 없이 연구 주제를 행복에서 사랑으로 바꿀 수 있었다고 설명해주었다. 행복과 사랑 둘 다 감정들이 복잡하게 뒤섞여 있다는 면에서 유사하기 때문이라는 것이다. 꾸뻬는 깊은 관심을 느꼈다. 교수는 새로 시작된 이 연구에 대해 결코 그에게 언급한 적이 없었다.

"그분과 우리 연구소가 맺은 계약서에는 그분과 그분 밑에서 일하는 연구원들이 비밀을 엄수해야 한다는 조항이 들어 있었답니다. 우리 연구소의 연구자들과 협조해가면서 연구를 진행했지요."

군테르는 마음을 진정시키려는 듯 계속해서 시가를 피워댔다.

"신약을 개발하던 중이었나요?"

"오늘 아침에 하신 말씀 기억나세요? 우리가 정작 우리에게 필요한 사람에게는 사랑을 느끼지 못한다고 한 말씀요! 어떤 사람을 계속해서 사랑하고 싶은데 그렇게 되지를 않는다고 말씀하셨잖아요? 우리는 그 문제에 대한 해결책을 찾고 있답니다."

꾸뻬는 아연실색했다.

"사랑하기로 결심한 사람을 사랑할 수 있게 해주는 약인가요? 아니면 자기가 원하는 동안 계속해서 상대방을 사랑할 수 있게 해주는 약인가요?"

마리클레르는 그 이상 얘기해도 좋을지 허락을 받아야 되는 듯 아무 대답 없이 군테르를 쳐다보았다. 군테르가 한숨을 내쉬며 말했다.

"그렇습니다."

꾸뻬는 그런 약이 인간들의 삶에 미칠 많은 영향에 대해 생각하기 시작했다. 만일 자신도 모르는 사이에 누군가에게서 그런 약을 받아먹게 된다면 어떻게 될까?

그때 군테르가 불쑥 한마디 던졌다.

"그 양반은 우리를 끔찍한 궁지에 몰아넣었어요."

꾸뻬는 군테르가 갑자기 거칠게 말하자 깜짝 놀랐다. 군테르는 코르모랑 교수에게 단단히 화가 나 있는 게 분명했다. 군테르는 코냑을 한 잔 마시더니 계속해서 상황 설명을 하라는 듯 마리클레르에게 손짓했다.

"우리 연구팀은 효능이 서로 다른 세 가지 미립자를 개발했어요. 코르모랑 교수는 그것들이 사랑의 감정에 어떤 영향을 미치는지를 연구하는 책임을 맡았어요. 그런데 우리가 모르고 있던 한 가지 사실이 있었어요. 그가 자기 대학의 어떤 화학자를 시켜서 우리가 제공한 이 미립자들의 구조를 바꿔버렸다는 겁니다. 그는 우리가 원래 만든 미립자가 아니라 구조 변경된 미립자들로부터 결과물을 얻어내게 된 거죠."

꾸뻬는 가끔 코르모랑 교수에게서 광기 같은 게 느껴진다고 생각했는데 그 생각이 그르지 않았음을 확인한 셈이다.

"어떤 결과가 나왔는데요?"

마리클레르가 나섰다.

"상당히 가능성 있는 결과가 나오긴 했답니다."

꾸뻬는 그녀가 더 이상은 말해주지 않을 거라는 걸 느꼈다. 군테르는 이미 두 잔의 코냑이 상당한 효력을 발휘한 목소리로 같은 말을 되풀이했다.

"그 양반은 우리를 궁지에 몰아넣었다니까요."

마리클레르는 교수가 최근에 얻은 결과를 하드디스크에서 싹 다 지워버린 다음 엉뚱하게 사용된 새 미립자 샘플을 몽땅 갖고 자취를 감추어버렸다고 설명해주었다.

"그럼 그 화학자는요?"

마리클레르는 이번에도 군테르를 쳐다보았고, 군테르는 머리를 끄덕였다.

"미쳐버렸어요."

"미쳤다고요?"

"그 새 미립자 중 하나를 자신에게 직접 시험해보려고 했던 것 같아요. 머리가 뒤죽박죽이 되어버렸답니다. 그 바람에 정신병원에 갇히고 말았죠."

"얼간이 같으니!"

코냑을 세 잔째 비우던 군테르가 버럭 소리를 질렀다. 마리클레르는 이 사랑 연구에 수천만 달러를 쏟아부었으며 결정적인 결과를 얻어내려던 참에 교수가 사라져버렸다고 했다. 더구나 다른 연구소와도 경쟁을 벌이던 차라 너욱 타격이 크다는 거였다.

마리클레르의 말이 끝나고 한참 동안 침묵이 이어졌다. 군테르와 마리클레르가 자신을 쳐다보고 있다는 걸 느끼면서 꾸뻬는 한 가지 질문을 스스로에게 던졌고 그 자신은 이미 답을 알고 있다고 생각했다. 그럼에도 불구하고 그는 질문을 던졌다.

"그런데 왜 이런 이야기를 저한테 해주시는 거죠?"

군테르가 대답했다.

"그를 찾아달라고 부탁드리기 위해섭니다. 무슨 일이 있어도 코르모랑 교수를 찾아내야 해요."

코르모랑 교수를 찾아 아시아로

당신들은 무슨 자격으로 사랑의 감정을 제어하려는 거지? 고통을 완화시킨다는 핑계로 당신들은 노예 상태를 강요하려는 거야. 감정을 조절하는 것, 그게 바로 당신들의 목표야. 코르모랑 교수는 당신들에게 협조하지 않을 거야. 당신들이 당신들의 그 작은 알약을 사람들에게 먹일 생각만 하는 반면 코르모랑 교수는 당신들이 생각하지 못하는 다른 목표를 지향하고 있다고. 코르모랑 교수는 당신들을 측은히 여기고 있어. 왜냐하면 그는 좋은 사람이니까.

코르모랑 교수는 확실히 달라졌다. 군테르와 마리클레르에게 보낸 거의 모든 편지에서 자신을 삼인칭으로 지칭하고 있었던 것이다. 새로 개발한 미립사가 전혀 예상치 못한 약효를 발휘한 것일까?

꾸뻬는 편지를 도로 접어 넣었다. 스튜어디스가 샴페인을 들고 다가왔다. 그는 괜히 즐거워졌다. 샴페인의 효과를 이미 알고 있기 때문이다. 게다가 스튜어디스는 견직 바지에 양쪽이 터진 긴 드레스를 받쳐 입는 식의 어여쁜 동양식 옷차림을 하고 있었다. 꾸뻬는 지금 코르모랑 교수가 머무른 흔적이 발견된 중국 근처의 나라로 가고 있다. 스튜어디스는 관광을 하러 가는지 사업차 가는 것인지 꾸뻬에게 영어로 물었다. 꾸뻬는 미소 지으며 '관광'이라고 답했다. 그는 스튜어디스와 이야기를 조금 나누면서 샴페인을 마시자 마음이 편해졌다. 그렇게라도 하지 않으면 자꾸 클라라 생각이 나서 견딜 수 없을 것 같았다.

프랑스를 떠나기 전, 그는 클라라와 오랫동안 얘기를 나누었다. 아니, 그보다는 도대체 왜 그녀가 그렇게 자주 슬픈 표정을 짓곤 하는지 알 수 없었던 그가 클라라에게 많은 질문을 던졌다고 말하는 편이 더 정확할 것이다.

처음에 그녀는 아니다, 그건 말도 안 되는 얘기다, 난 슬퍼한 적이 없다, 당신이 쓸데없는 상상을 한 거다, 라고 극구 부인했다. 그러나 결국엔 여전히 당신을 많이 사랑하긴 하지만 그게 과연 진심일까 생각해보곤 한다고 털어놓았다. 그녀의 대답은 꾸뻬에게는 충격이었다. 그나마 정신과 의사라는 직업적인 익숙함으로 차분한 표정을 지어내긴 했지만 그렇다고 충격이 완화되는 것은 아니었다.

그는 비행기에 탑승해서도 좌석에 설치되어 있는 전화기를 들어 클라라와 통화하고 싶은 욕구를 매 순간 느꼈다. 그 욕구에 저

항하기 위해서라도 샴페인을 마시고 스튜어디스와 이야기를 나누어야만 했다. 그래봤자 아무 소용없으리란 걸 알고 스스로 많은 자제력을 발휘했기에 망정이지, 그렇지 않았다면 군테르가 놀라서 펄쩍 뛸 만큼 엄청난 통화 요금이 나왔을 것이다.

사랑은 보편적이다. 이렇게 말하면 사람들은 우리가 과연 진보한 것일까 의문을 품는다. 맞다, 우리는 진보했다. 그럼으로써, 그 온갖 문화주의(문화의 향상과 문화 가치의 실현을 인간 생활의 최고 목적으로 하는 주의-옮긴이)적 무지無知를 으랏차! 단숨에 타파할 수 있기 때문이다. 황인종이든 백인종이든, 홍인종이든 흑인종이든, 인종과 문화와 강제된 체제에 상관없이 우리는 모두 사랑으로 온몸을 떤다. 전 세계에서, 모든 시대에 쓰인, 모든 사랑의 시에 관심을 가져보라. 나는 당신들이 거기서 사랑하는 존재와 헤어졌을 때의 슬픔 그리고 그를 다시 만났을 때의 기쁨, 그 존재의 아름다움과 그것이 불러일으키는 희열에 대한 찬가, 그 존재가 승리를 거두고 위험에서 벗어나는 걸 보고 싶은 욕망 등 공통 요소들을 찾아낼 수 있으리라 단언한다. 자, 한번 해보라. 당신들은 내 말이 옳다는 걸 알고 어안이 벙벙해질 테니까. 이 우둔한 자들아.

이 편지를 쓰기 전에 코르모랑 교수는 다른 종류의 알약을 복용한 듯했다. 꾸뻬는 '사랑하는 존재와 헤어졌을 때의 슬픔'이라는 구절을 읽으며 몸을 약간 떨었지만, 다시 정신을 집중하고 교수가 종적을 감춘 이후 보내온 편지들을 읽었다. 편지는 쉰 통가량

되었다. 그것들을 꼼꼼히 읽다 보면 교수가 어떤 의도를 갖고 있고 또 무얼 원하는지 알아낼 수 있으리라고 꾸뻬는 생각했다.

물론 연구소의 다른 사람들도 그걸 시도했었지만 아무런 결과도 얻어내지 못했다. 그들은 코르모랑 교수가 미쳐버렸다고 단정했다. 그들이 해낸 거라고는 이메일이 어디서 보내졌는지를 짐작한 것뿐이었는데, 어떤 컴퓨터에서 이메일을 썼는지 알아내지 못하도록 교수가 나름대로 머리를 썼기 때문에 그건 아주 어려운 일이었다. 더구나 연구소 사람들이 며칠씩이나 매달린 끝에 겨우 컴퓨터의 위치를 알아내 교수를 찾으러 그곳으로 가면 교수는 어디론가 사라지고 없었다.

꾸뻬에게는 교수가 옮겨 다닌 곳을 표시해놓은 세계지도가 있다. 지도에 의하면 최근 편지는 전부 다 아시아에서 보냈다는 걸 한눈에 알 수 있는데 그렇다면 거기서 그를 찾아낼 가능성이 높았다. 특히 군테르는 교수가 어쩌면 꾸뻬와 얘기를 나누고 싶어할지도 모른다고 짐작했다. 출발하기 전에 꾸뻬는 교수에게 이메일을 보냈다.

코르모랑 교수님,

교수님이 잘 아는 사람들이 교수님을 만나려고 합니다. 그들은 제가 교수님을 찾아낼 가능성이 다른 사람들보다 높다고 생각하여 절 교수님께 보냅니다. 교수님 소식을 알게 되어 말씀이라도 나눌 수 있다면 저로선 무척 기쁠 것 같습니다. 다른 사람은 아무도 모르고 오직 저 혼자만 알고 있는 이 이메일 주소로 답장을 보내주시면 고맙겠습니다.

건강하십시오.

그렇지만 꾸뻬는 코르모랑 교수를 만나면 도대체 뭘 어떻게 해야 할지 아직 결정을 내리지 못했다. 물론 교수를 찾아서 데려오는 조건으로 군테르로부터 돈을 받았지만, 사실 군테르에게보다는 교수에게 더 깊은 호의를 갖고 있었다. 또 그는 교수에게 종적을 감추어야 할 만큼 절실한 이유가 있었을 것이라 생각하고 있었다.

스튜어디스가 다시 오더니 미소와 함께 샴페인을 서비스했고, 그는 그녀에게 일시적이나마 사랑을 느꼈다. 어쩌면 전화번호 정도는 물어봐도 되지 않을까? 그는 순간적이나마 그렇게 생각한 자신이 형편없는 인간이라고 느껴졌다. 그래서 그는 작은 수첩을 펼치고 이렇게 써넣었다.

네 번째 작은 꽃 진정한 사랑, 그것은 바람을 피우고 싶어 하지 않는 것이다.

그는 매력적인 동양식 옷차림의 스튜어디스가 멀어져가는 걸 바라보다가 또 이렇게 썼다.

다섯 번째 작은 꽃 진정한 사랑, 그것은 바람을 피우지 않는 것이다. 그러고 싶은 생각이 들더라도.

심하게 흔들리는 프로펠러 비행기로 갈아탄 끝에 꾸삐는 정글 한가운데의 작은 도시에 도착했다. 시내는 프랑스 사람들에 의해 이미 오래전에 건설되었는데, 우체국과 시청, 양쪽에 나무가 줄지어 서 있는 운하, 사람들이 모여드는 카페의 풍경은 그가 어렸을 때 살았던 조용한 도시를 연상시켰다. 물론 이 도시의 주민들은 짙은 색깔의 피부와 가느다란 눈을 가진 동양인이었다. 그들은 점잖은 표정으로 산책을 하기도 하고 카페나 바에 한잔하러 가기도 했는데, 그들은 대부분 남자들이었다. 다른 많은 나라에서와 마찬가지로 이 나라에서도 일은 주로 여자들의 몫인 듯했다.

시내에서 조금 벗어나자 도로는 더 이상 포장되어 있지 않았다. 하지만, 호텔 거리는 예외였다. 넓은 도로 양쪽에는 종려나무가 줄지어 서 있었고 호텔의 넓은 정원에는 특이한 모양의 나무들이 빽빽하게 들어차 있었다. 아름다운 목조木造 호텔들은 땅에 기둥을 박고 그 위에 세운 것으로 이 지방 고유의 스타일을 살린 지붕을 얹고 발코니를 냈다. 한때는 건축가들이 갑자기 다들 미친 듯 전 세계 곳곳에 굵은 콘크리트 기둥을 박아 넣던 시대도 있었지만, 다행스럽게도 이 도시의 호텔들은 그 시기가 지나고 나서 건설된 것인 듯했다.

몇 세기 전, 프랑스에 대성당이 건설되었던 시대와 거의 비슷한 시기에 이 도시 주변의 숲에 넓은 석조 사원을 지을 생각을 했던 건축가들은 미치지 않았음에 분명하다. 지금은 그들이 지은 수십 개의 사원을 보기 위해 전 세계 사람들이 몰려들고 있고 그 사람들이 묵을 호텔을 후배 건축가들에게 짓게 함으로써 그들에게 일거리를 준 셈이기 때문이다.

꾸뻬가 찾아간 호텔의 지배인은 입가에 늘 미소를 띠고 다니는 젊은 남자였다. 그는 호주머니가 여러 개 달린 유니폼을 입고 다녔는데 만화 주인공 땡땡과 닮아 있었다. 지배인은 이 호텔의 비즈니스 센터에서 자주 이 메일을 보내곤 했던 교수를 또렷하게 기억하고 있었다.

"사흘 전에 떠나셨습니다. 라오스로 가신다더군요. 왜 그분을 찾으시죠?"

"우린 서로 잘 아는 사이예요. 나도 그렇고 다른 친구들도 그렇고 최근에 소식이 끊겨서 다들 불안해하고 있거든요."

"아!"

그가 아무 말 없이 고개를 끄덕였다. 그 순간 수많은 생각이 지배인의 뇌리를 스치고 지나간 듯 보였음에도 그는 침묵하며 꾸뻬를 쳐다보았다. 꾸뻬는 그를 보며 깨달았다. 호텔 지배인이랑 정신과 의사가 비슷한 면이 있다는 것을. 그들은 많은 걸 보고 이런 저런 얘기를 듣지만 절대 발설해서는 안 되는 직업상의 의무가 있다. 그래서인지 꾸뻬는 호텔 지배인들과는 항상 마음이 잘 맞았다. 우선은 그가 호텔이라는 곳을 아주 좋아하고 또 호텔 생활에서는 그들을 알아두면 지내기 편해서이기도 했지만, 그들은 정신과 의사보다도 더 약삭빠르게 인간의 본성을 파악해 대해주기 때문에 정신과 의사인 꾸뻬에게는 그들이 오히려 편했다.

마술사들이랑 마찬가지로 정신과 의사도 자기네만이 알고 있는 방법으로 사람들을 조정하기 마련인데, 꾸뻬도 어쨌든 자기식으로 이 호텔 지배인에게 신뢰감을 주는 데 성공했다. 지배인은 코르모랑 교수에 대해 말하기 시작했다.

"처음에는 호감을 느꼈습니다. 게다가 크메르어도 제법 했기 때문에 다들 속아 넘어간 겁니다. 직원들도 그분을 좋아했어요. 항상 직원 한 사람 한 사람을 상냥하게 대해주셨거든요. 그분은 관광객들이 썰물처럼 빠져나가고 난 오후에 하루 중 가장 아름답게 비치는 햇살을 받으며 사원을 구경하러 나가곤 했습니다. 그러곤 자기 방에서 오랫동안 일을 하곤 했지요. 하루는 제가 그분을 저녁 식사에 초대했습니다."

교수는 자기가 나비 전문가인데 학계에서 이미 멸종되었다고 판단한 희귀종을 찾고 있으며, 정글 속 아주 먼 곳에 파묻혀 있는 어떤 사원 근처에 그게 아직 존재한다는 걸 확신한다고 지배인에게 설명했다고 한다.

"전 그곳에 가시지 말라고 그분을 설득했어요. 왜냐하면 그 사원은 주변이 온통 지뢰밭인 위험 지역에 있거든요."

아름다운 나라 캄보디아는 끔찍한 역사를 체험했다. 프랑스에서 추론 능력을 공부한 이 나라의 미치광이 우두머리들이 돌아와서는 한바탕 대청소를 한 것이다. 최고 실력자가 숙청을 결심할 경우 그게 어떤 결말을 맞게 되는지는 말하지 않아도 충분히 짐작할 수 있다. 이 나라 인구의 3분의 1이 공익公益의 미명 아래 처형되었다. 꾸뻬가 이 나라에 도착해서 만났던 상냥하고 쾌활한 청년과 처녀들의 미소 뒤에는 부모 없이 살아온 혹은 어쩔 수 없이 학살자나 희생자가 된 부모와 함께 보낸 어린 시절의 비극이 감추어져 있었던 것이다. 그리고 그때 묻었던 수많은 지뢰들은 여전히 남아서 이따금씩 밭을 일구는 아버지의 발밑에서 혹은 길 밖으로 놀러 간 아이들의 발밑에서 터지곤 했다.

"그런데도 그 사원을 보겠다며 가셨단 말인가요?"

"어쨌거나 제겐 그렇게 말씀하셨습니다. 문제는 그분이 거기서 돌아오면서 시작되었지요."

그 후로 교수가 안마사들을 괴롭히기 시작했다고 지배인은 설명했다.

"안마사들을요?"

"네. 저희 호텔에서는 손님들께 전통 안마를 받으시도록 권해드리고 있습니다. 하지만 이건 말 그대로 안마에 불과합니다. 다른 걸 원할 경우에는 시내에 있는 다른 곳을 권해드립니다. 저희 호텔에는 가족 관광객이 많기 때문에 그런 걸 결코 허용하지 않습니다. 그런데 그분이 자꾸 이상한 걸 요구하자 여성 안마사들이 그 사실을 제게 알려온 겁니다. 저로선 좀 난처하긴 했습니다만, 제가 그분께 말씀을 드렸지요. 특히 이런 관광지에서는 손님들이 직원들에게 좀 대담해지는 경향이 있기 때문에 그런 상황들은 신속히 해결해야 뒤탈이 없거든요."

꾸뻬도 호텔 로비에서 몇몇 젊은 여자 직원들을 보고 대충 짐작은 했었다.

"그랬더니 어떤 반응을 보이시던가요?"

"이상했어요. 전 전혀 농담을 한 게 아니었는데 그분은 꼭 제가 농담이라도 한 것처럼 웃어넘기시더군요. 어쨌든 전 그분이 알아들으시긴 했는데 체면 때문에 멋쩍어서 웃으신 거라고 생각했습니다. 흔히들 그러는 것처럼."

"그럼 알아듣기는 하신 거로군요?"

"그렇진 않습니다. 다음날 저희 호텔 안마사 한 명을 데리고 떠나셨거든요."

타국에서 다가온 사내

꾸뻬는 코르모랑 교수와 함께 도망친 안마사의 친구를 만나보고 싶었다. 호텔 지배인은 그 안마사가 얼마 전에 채용된 같은 마을 출신의 여종업원과 아주 친한 사이였다고 알려주었다. 잠시 후 꾸뻬는 두 손을 모으고 고개를 숙여 아주 예쁘게 인사하는 여종업원과 통역을 하는 호텔 접수계의 또 다른 젊은 여성을 마주보고 앉게 되었다. 이 나라에서는 모든 사람이 다 젊은 듯했다.

바일라라반루아냐얄루안그레아라는 여종업원은 처음엔 겁을 좀 먹은 듯했다. 하지만 결국 그녀는 눈을 내리깔고는 친구가 단 한 번도 느껴보지 못했던 사랑을 교수에게 느꼈다고 고백했다는 말을 해주었다.

"어떤 종류의 사랑 말인가요? 사랑에도 여러 종류가 있잖아요."

꾸뻬가 물었다.

바일라는 얼굴을 살짝 붉히더니 '나트'라는 그 친구가, 교수는 자신이 원하는 바로 그것을 매순간 충족시켜주는, 지칠 줄 모르는 연인이라고 했다는 것이다. 그 안마사에게는 이런 경험이 너무나 특별하게 느껴졌기 때문에 교수가 가는 곳이면 어디든지 따라가기로 결심했다고 한다. 나트가 스물세 살이라는 걸 친구인 바일라를 통해 알게 된 꾸뻬는 교수가 예순을 조금 넘겼다는 사실을 동시에 기억해냈다. 교수는 사랑의 비밀들 중 한 가지를 발견한 것일까?

그는 필요한 정보를 알려준 여종업원에게 감사의 말을 전한 다음 수영장으로 갔다. 몸이 극도로 피곤해지면 클라라 생각을 할 틈도 없이 잠을 잘 수 있을 거라고 생각했던 것이다. 잠시 후 호텔 방에서 꾸뻬는 수첩에 이렇게 썼다.

여섯 번째 작은 꽃 진정한 사랑. 그것은 상대가 뭘 원하는지 항상 헤아리는 것이다.

동시에 꾸뻬는 이 작은 꽃이 독을 품을 수도 있다는 데 생각이 미쳤다. 그는 '만일 그(그녀)가 날 진정으로 사랑했다면 내가 굳이 말하지 않아도 그걸 이해했어야만 해'라고 말하는 사람을 많이 보아왔는데, 이 말은 사실이 아니다. 서로가 사랑한다고 할지라도 이따금은 서로를 이해하지 못할 수도 있다. 그러니 자신이 진정으로 원하는 게 무엇인지 연인에게 말해주는 게 현명하다.

일곱 번째 작은 꽃 사랑을 하면서 상대가 당신 생각을 헤아리는 건 경탄할 만한 일이다. 하지만 자신의 생각을 표현해서 그를 도와줄 줄도 알아야 한다.

일곱 번째 작은 꽃을 쳐다보던 꾸뻬는 그들의 욕구에 대해 조금은 무관심했는데도 자기를 무척이나 사랑했던 여자들을 기억해냈다. 그렇다면 클라라는 어떤가? 최선을 다해 그녀에게 잘해주었는데도 그녀는 지금 자기가 과연 그를 사랑하는지 의심하고 있지 않은가. 그는 조금 화가 나서 이렇게 기록했다.

여자들의 욕구에 대해서는 절대 지나친 관심을 표하지 말아야 한다.

하지만 이런 걸 쓴다는 게 왠지 서글프게 느껴진 그는 그걸 싹 다 지워버렸다. 이 문장 하나가 작은 꽃들을 심어놓은 그의 화단을 망칠 우려가 있었던 것이다.

그럼 어떤 식으로 결론을 내려야 할까? 여자들의 욕구에 어느 정도 주의를 기울여주지 않으면 그들은 당신 곁을 떠나버릴 것이다. 하지만 지나친 관심을 기울인다고 해서 떠나지 않는 건 아니다. 그리고 이건 남자들에 대해서도 마찬가지다. 그는 교수와 잠깐이라도 얘기를 나누었으면 좋겠다는 생각을 하면서 수영장으로 다시 내려갔다.

꾸뻬는 호텔 수영장 옆의 나무 그늘에 누워 칵테일을 마시기로 했다. 싱가포르 슬링을 마실까, 아니면 B52를 마실까 고민했다.

칵테일을 몇 잔 마시고, 그걸 가져다주는 여종업원과 눈이라도 마주치면 기분 전환이 될지도 모른다는 생각으로 B52를 시켰다. 이제 내일이면 내키지 않지만 결코 안전하지 않은 사원으로 교수를 찾으러 가야 한다. 최근에 지뢰를 제거했다고는 하지만 여전히 꺼려지는 사원에서 교수가 종적을 감추었기 때문에 어쨌든 그곳에 가서 단서를 찾는 게 순서일 것이다. 이런저런 생각들 끝에 클라라가 떠올랐고 가슴이 답답해졌다. 차라리 이곳의 어여쁜 여종업원과 함께 정글 주변에 기둥을 박고 그 위에 세운 작은 집에서 살면서 귀여운 아이들이나 몇 명 낳아 모닥불 앞에서 노래를 부르게 하는 삶이 더 낫지 않을까 하는 생각을 하면서 B52를 홀짝였다.

"내일 벤테아사르야라마이 사원에 가신다고요?"

꾸뻬는 선글라스를 벗었다. 비만의 조짐이 보이는 건장한 남자가 웃고 있었다. 그는 주머니가 여러 개 달린 와이셔츠와 군복처럼 생긴 반바지를 입고 있어서 전체적으로 군인 같은 분위기를 풍겼다. 하지만 그는 이곳에서 관광업을 하고 있는 장 마르셀이라고 자신을 소개했다. 최근에 지뢰가 제거된 그 사원을 구경하고 싶었는데 마침 잘되었다며 함께 가도 되겠냐고 물어왔다.

꾸뻬는 그에게 한잔 마시라고 권했고, 두 사람은 운전수가 딸린 자동차를 한 대 빌려서 그곳에 가기로 계획을 짰다. 그러고 난 뒤 그들은 수영장 언저리에서 저녁 식사를 했다. 장 마르셀은 사업 관계로 여기서 멀지 않은 지역을 여행하고 돌아가는 길에 이미 한 번 본 적 있는 유명한 사원들을 잠깐 들러보기로 했다고 얘기했다. 하지만 최근에 지뢰를 제거한 사원은 본 적이 없는데 그 사원에 상당한 관심이 간다는 것이었다.

외국에 나가 있으면 흔히 자기 나라 사람에게 더 쉽게 속을 털어놓는 법이므로 꾸뻬와 장 마르셀은 서로에게 호의를 느끼고 자신들의 삶에 대해 약간씩 털어놓았다. 물론 꾸뻬는 관광을 하러 이곳에 왔다고만 말했을 뿐 자신의 진짜 임무에 대해서는 입도 뻥긋하지 않았다. 그리고 여자 친구가 있지만 일 때문에 함께 올 수 없었다고만—물론 이건 사실이지만—말하고 지금 둘 사이의 문제들에 대해서는 말하지 않았다. 장 마르셀 또한 아내와 장성한 1남 1녀가 있다는 말은 했지만 그 역시 구체적인 얘기는 하지 않았다. 어쩌면 장 마르셀의 아내는 사업으로 집을 비우는 일이 잦은 남편에게 이제 관심조차 없어진 것이 아닐까. 꾸뻬는 쓸데없는 짐작을 하다가 고개를 흔들었다. 무더운 나라에서 관광을 하려면 아침 일찍 일어나야 한다. 꾸뻬와 장 마르셀은 잘 자라는 인사를 나누고는 각자의 방으로 돌아갔다.

다음 날 꾸뻬와 장 마르셀은 차를 운전해줄 사람을 찾았으나 문제의 사원으로는 아무도 가려 하지 않는 통에 애를 먹었다. 결국 가겠다는 운전사를 찾았는데 그는 줄곧 싱글벙글이어서 과연 머리가 정상인 건지 의심스러웠다. 그렇지만 꾸뻬는 그것이 어쩌면 이 나라 사람들 특유의 태도인지도 모른다고 생각하려 애썼다. 하지만 그들이 떠나는 걸 지켜보던 다른 운전수들이 낄낄거리는 모습을 본 순간 그는 불안을 떨칠 수 없었다.

사원의 편지

미치광이 우두머리들이 폐허로 만든 이 나라는 그럼에도 불구하고 아름다웠다. 기둥을 박고 그 위에 세운 아름다운 목조 가옥들과 키 큰 나무들이 빽빽하게 늘어선 아름다운 시골 마을 한가운데로 도로는 구불구불 이어졌다. 집 그늘에 매달아놓은 해먹에서 남자들은 잠을 자고 있었고, 여자들은 쪼그리고 앉아서 요리를 하고 있었다. 아이들은 열심히 뛰어놀고, 개들은 꼬리를 흔들며 아이들 꽁무니를 쫓고 있었다. 목에 혹이 난 것처럼 보이는 암소들은 느릿느릿 도로를 가로질러 가곤 했는데 그 모든 풍경들이 평화롭게 느껴졌다.

그러면서도 꾸뻬는 이 나라의 아름다움이 가난으로부터 비롯된다는 사실에 씁쓸해졌다. 이 나라 사람들도 지금보다 더 부유해지면 이웃 나라들처럼 플라스틱 난간이 달린 보기 흉한 콘크리트 집을 갖고 싶은 욕구를 느끼게 될 것이다. 그리고 마을 입구마다 작은 슈퍼와 공장과 광고판이 들어서게 되겠지. 그렇다고 해서 이 나라 사람들이 계속 가난하게 살기를 바랄 수만은 없는 노릇이지만 말이다.

장 마르셀이 소리쳤다.

"이 멍청이가 길을 잘못 들어섰군."

운전수를 지켜보면서 지도를 짚어갔지만 낯선 나라에서 길을 찾는다는 게 쉬운 일은 아니었다. 그럼에도 그는 운전수를 제 길로 데려가는 데 성공했다. 장 마르셀은 크메르어는 할 줄 몰랐지만 자신의 의사를 상대에게 제대로 이해시킬 줄은 알았다.

제 길로 들어서자 운전수는 과속으로 달리기 시작했다. 암소들이 지나다니는 길에서 그건 결코 신중한 행동이 아니었다. 장 마르셀은 속도를 줄이라고 줄곧 소리쳐야만 했다.

"젠장, 어디서 저런 인간을 데려온 거야!"

"그래도 거길 가겠다고 나선 사람은 저 사람 하나뿐이었는걸요."

운전수가 다시 싱글거리기 시작했다. 시간을 보내기 위해 장 마르셀과 꾸뻬는 이야기를 나누었다. 사람들은 꾸뻬에게 쉽게 속을 털어놓는 편이었다. 그래서인지 장 마르셀도 꾸뻬에게 그들 부부 사이가 썩 좋지 않다고 고백했다.

"아내는 내가 집에서 멀리 벗어나 있는 동안 성자처럼 행동하지 않으리라는 걸 잘 알고 있습니다. 하지만 아내랑 헤어지고 싶은 생각은 추호도 없어요. 함께 있고 싶단 말입니다."

꾸뻬는 비행기 안에서 기록해두었던 걸 그에게 보여주었다.

다섯 번째 작은 꽃 진정한 사랑, 그것은 바람을 피우지 않는 것이다. 그러고 싶은 생각이 들더라도.

그걸 본 장 마르셀이 한숨을 내쉬며 말했다.

"나도 잘 알아요. 하지만 진정한 관계가 아니라 충동적인 관계를 맺을 때가 가끔 있지요. 그럴 땐 아내를 두고 바람을 피운다는 생각이 안 들어요. 어쩔 수 없잖아요? 이렇게 돼버렸는데. 물론 나도 알아요. 그게 자랑할 만한 일은 아니라는 걸 말입니다."

꾸뻬는 그 자신이 스튜어디스와 아름다운 호텔 여종업원에 대해 어떤 생각을 품었는지 기억하고 있었으므로 그게 자랑할 만한 일은 아니라는 그의 말에 전적으로 동의했다.

바로 그 순간, 장 마르셀이 운전수를 노려보며 소리를 질렀다.

"아니, 저 얼간이가 졸고 있잖아! 이런 빌어먹을, 저 인간한테선 한시라도 눈을 떼선 안 되겠는데!"

사원은 숲 한가운데에 반쯤 허물어져 있었다. '숲 한가운데'라고 했지만 숲이 사원 한가운데에 있다고 해도 무색치 않을 풍경이었다. 큰 나무가 벽을 뚫고 자라났고 나무뿌리가 거대한 문어발처럼 조상군彫像群을 휘어 감고 있었다.

운전사가 나무 그늘에 차를 세웠다. 그는 장 마르셀과 꾸뻬가 걸어서 사원으로 출발하는 것을 보고 있다가 오직 그만이 아는 이유로 낄낄대며 웃었다.

"골치 아픈 인간을 크메르어로 뭐라고 하는지는 모르겠지만,

그 말이야말로 저자한테 딱 어울리는 단어일 겁니다."

장 마르셀의 말에 언제나 좋은 방향으로 해결하고자 하는 편인 꾸뻬가 대답했다.

"자기 식의 잘 다녀오라는 인사인지도 모르죠."

두 사람은 사원 유적지로 이어지는 작은 길을 따라 걸었다. 나무들이 그늘을 드리우고 있는데도 더위가 느껴지기 시작했다. 꾸뻬는 붉은색이 칠해진 작은 기둥 하나가 길옆에 세워져 있는 걸 보았다.

"지뢰를 제거했다는 뜻입니다. 아무 문제 없다는 거죠."

그러나 그 기둥이 절대 안전을 의미하지는 않는다는 사실을 꾸뻬는 잘 알고 있었다. 그 말뚝 앞쪽이나 뒤쪽, 혹은 길 전체의 지뢰가 하나도 빠짐없이 제거되었다는 걸 뜻하지는 않는다는 것을 말이다.

장 마르셀이 조심스럽게 걸으면서 말했다.

"발자국이 나 있으니까 안전해요."

장 마르셀이 이 나라에 대해 잘 알고 있으니까 어쨌든 그를 믿을 수밖에 없다고 꾸뻬는 생각했다. 그들은 길 밖으로 벗어나지 않도록 조심하며 사원 유적지 한가운데로 들어섰다.

"정말 굉장하군!"

둘은 동시에 탄성을 내질렀다. 절반가량 무너진 벽에는 너무나도 아름다운 여자 무용수들이 돌로 조각돼 있었다. 균형 잡힌 몸매며 수수께끼 같은 미소는 감탄하지 않을 수 없을 정도였다. 꾸뻬는 이 지역 관광 안내서를 읽고 나서야 코르모랑 교수가 왜 이 사원에 오고 싶어 했는지 알 수 있을 것 같았다.

이 사원은 어떤 왕에 의해 건설되었다고 한다. 그 왕은 한 무용수와 열렬한 사랑을 나누었고 그러고 난 뒤 이 사원을 사랑의 여신에게 바쳤다는 것이다. 꾸뻬는 돌로 빚어진 무용수들의 몸을 보다 잠시 클라라 얼굴을 떠올렸다. 오직 그녀만을 위해 이런 사원을 짓는다면 그녀가 다시 자기를 열렬하게 사랑하지 않을까 하는 생각을 잠시 했다.

"이리로 와보세요. 정말 아름답네요."

세월이 흐르면서 부분적으로 붕괴되기는 했지만 아직도 웅장한 모습을 자랑하는 주랑柱廊을 보며 장 마르셀은 감탄의 표정을 짓고 있었다. 사원은 폐허나 다름없는 지금도 보는 사람을 깊이 감동시킬 만큼의 매력을 여전히 간직하고 있었다. 사라져버린 사랑을 연상시키는 분위기라고 꾸뻬는 생각했다.

"이 사원은 일 세기 동안 사원으로 쓰였는데, 그들이 전쟁에서 패배하면서 이 모든 게 다 정글 속으로 사라져버렸지요."

장 마르셀의 설명이었다. 그의 말을 듣고 있던 꾸뻬는 붉은색이 칠해진 작은 말뚝 몇 개가 유적지 한가운데에 꽂혀 있는 걸 발견했다. 장 마르셀이 투덜댔다.

"이런 젠장. 시늉만 냈군. 지뢰 제거 작업을 할 때 여긴 설렁설렁한 게 틀림없어요. 지뢰는 특히 사원 주변에 많이 설치되어 있는데 말입니다."

꾸뻬는 살벌한 이 사원이 지신에게 뭘 가르쳐주긴 할 것인지, 과연 여기서 사라져버린 화려함을 발견하는 것 말고 뭘 더 얻을 수 있을지 의심스러워졌다. 조금은 낙담한 마음으로 장 마르셀을 따라 양쪽으로 무너져 내린 계단을 올라가고 있는데 어디선가 여자들의 목소리가 들려왔다. 키 작은 일본 여자 두 명이 상부 계랑階廊을 오르고 있었다. 장 마르셀이 말했다.

"저기 올라가면 안 되는데."

"지뢰 때문인가요?"

"아니, 그게 아니고 언제 어느 때 무너질지 모르거든요. 물론 저 일본 여자들은 별로 무거워 보이진 않지만 말예요."

두 사람은 돌아오라고 그녀들에게 손짓했다. 엄청나게 커 보이는 나이키 운동화에 흰색 모자를 쓴 일본 여자들은 장 마르셀과 꾸뻬를 보고 놀란 눈을 하더니 종종걸음을 치며 그들 쪽으로 내려왔다.

꾸뻬는 더위를 좀 먹은 데다 몹시 피곤했으므로 장 마르셀이 사원을 샅샅이 구경하는 동안 그늘에 앉아서 그 두 일본 여자와 얘기를 나누었다. 그녀들은 미코와 시즈루라고 자신들을 소개했다. 한쪽은 영어를 아주 잘했고, 다른 쪽은 아예 한마디도 못했다. 두 사람은 절친한 친구였다.

그녀들 또한 대부분의 사람들처럼 꾸뻬에게 쉽게 자신들의 이야기를 털어놓았다. 미코는 깊은 실연의 아픔을 맛본 시즈루가 분위기를 좀 바꿔보도록 이번 여행에 데려왔다고 설명했다. 꾸뻬는 백옥 같은 얼굴에 슬픔이 진하게 배어 있는 시즈루를 바라보았다. 깊이 사랑하던 남자와 결혼 직전까지 갔었으나 그 남자는 그게 좋은 생각이 아니라고 단정 지었다는 것이다. 이유는 너무나 단순하고 황당했다. 그들은 사랑하는 사람들이 다들 하는 행위를 함께했는데 그러고 나자 그 약혼자는 시즈루가 결혼 전에 그런 행위를 할 수 있었다는 건 그녀의 품행이 단정치 못하다는 것이므로 결혼하지 않겠다고 선언했다는 것이다. 시즈루는 지금도 여전히 그 남자를 생각하고 있다고 말했고 꾸뻬는 그런 그녀를 이해할 수 있었다.

꾸뻬는 시즈루에게 조금이나마 위로가 될까 싶어 이렇게 말했다. 아직도 그런 생각을 갖고 있는 그 남자는 최근에 지뢰가 제거된 비안전 지역의 사원을 구경하러 온 시즈루 같은 여성에게는 어울리지 않는 사람이다. 그러니 그와는 행복해질 수가 없다. 미코는 시즈루에게 이 말을 통역해주었고, 시즈루는 주의 깊게 그 말을 듣더니 보일 듯 말 듯 미소를 지었다.

그녀의 이야기는 꾸뻬로 하여금 사랑에 대한 그의 관점을 다시 생각해보게끔 만들었다. '왜 자신을 고통스럽게 만드는 누군가를 여전히 사랑하는가? 그리고 왜 자신을 행복하게 해주는 누군가는 여전히 사랑하지 않는가?' 일본 여성들도 이 같은 불행에 시달리는 듯했는데 그걸 보면서 그는 '문화주의적 무지'에 관한 교수의 편지를 떠올렸다.

미코와 시즈루는 자신들의 모국어로 이야기를 나누기 시작했다. 그러더니 신비로운 미소를 띤 무용수들과는 전혀 다른 이상한 조각을 사원 한 모퉁이에서 발견했다는 이야기를 꾸뻬에게 해주었다. 바로 그때 장 마르셀이 돌아왔고, 그 역시 이 조각 이야기에 깊은 관심을 보였다. 미코와 시즈루가 그 조각이 있는 곳으로 안내했다. 넓은 창문을 통해 햇빛이 비쳐드는 긴 통로를 지나자 별안간 숲이 눈앞에 펼쳐졌다. 미코는 사원 외부 벽을 따라가기만 하면 그 조각이 나타난다고 설명했다.

"음, 거기는 사원 주변인데."

장 마르셀이 얼굴을 찡그리며 말했다.

"붉은색 말뚝들이 있는데요."

"저런!"

"어쨌든 저 두 사람이 벌써 저곳을 통과했으니 괜찮지 않을까."

"그거야 일본 여자들이 가볍고 지면이 물렁물렁하니까 그런 거죠."

장 마르셀을 선두로 꾸뻬와 미코 그리고 시즈루 순으로 다시 걷기 시작했다. 꾸뻬는 시즈루가 맨 앞에 서지 않은 걸 다행으로 생각했다. 왜냐하면 그녀가 차라리 지뢰를 밟는 게 더 나을지도 모른다는 생각으로 별달리 조심하지 않을지도 모르기 때문이다.

"괜찮아요?"

꾸뻬가 장 마르셀에게 물었다.

"아, 그럼요. 아무 문제 없습니다."

하지만 꾸뻬는 장 마르셀이 줄곧 자기 발을 내려다보며 앞으로 걸어 나가는 걸 보면서 전혀 문제가 없는 건 아니라고 생각했다. 관광을 하거나 아니면 큰 제약 연구소에서 맡긴 임무를 수행하다가 지뢰를 밟아 죽는 것이야말로 바보 같은 짓 아닌가.

그러나 장 마르셀은 콧노래를 흥얼거리고 있었고 그걸로 보아 그가 그다지 불안해하지는 않는다는 걸 알 수 있었다. 그가 부르는 노래 가사가 꾸뻬의 귀에 또렷하게 들려왔다.

만일 너의 운명을 믿는다면
배낭을 둘러메고 뛰어넘으라.

그는 장 마르셀이 군인처럼 보인다고 해도 놀랄 일은 아니라고 생각했다. 그들은 사원 벽에 생긴 작은 틈으로 들어갔다. 무용수들이 조각된 벽으로 둘러싸인 정사각형의 작은 마당이 나타났다. 거기에는 다른 것들과는 전혀 다르게 생긴 저부조(低浮彫)가 있었다.

꾸뻬가 그것에 눈을 빼앗긴 건 그게 세계 최초의 정신분석 장면처럼 보였기 때문이다. 여자 환자는 긴 의자에 누워 있었고, 역시 여성인 정신분석의는 그 앞에 앉아 있었다. 물론 의사는 소파가 아닌 긴 의자에 앉아서 환자의 발을 주물러주고 있었지만, 10세기 때의 일이니 테크닉은 아직 발달되어 있지 않았을 것이다. 긴 의자는 용처럼 생겼다. 그건 아마도 환자가 이제 정신분석을 통해 다스리는 법을 배우게 될 그녀 자신의 신경증을 나타내는 상징일 터였다. 또 그 밑에 조각된 물고기와 거북 등의 많은 수상동물은 깊은 무의식 속에서 솟아나는 힘을 표현한 게 분명했다. 왼쪽에는 약속을 정하는 비서가 조각되어 있었다.

꾸뻬는 교수가 이 조각을 보았다면 틀림없이 깊은 관심을 표했을 거라고 생각했다. 장 마르셀이 말했다.

"좋아요. 근데 이게 전부가 아녜요. 구경할 게 아직 많다고요."

꾸뻬는 그냥 남아서 이 작은 마당과 세계 최초의 정신분석 장면을 감상하겠다고 말했다. 시즈루도 그냥 있겠다고 해서 미코와 장 마르셀만이 계속해서 사원을 둘러보기 위해 마당을 나섰다.

장 마르셀과 미코의 발소리가 멀어져가자 곧 침묵이 자리 잡았다. 그들은 자기가 상대의 존재를 거북해하지 않는다는 걸 확인해주기 위해 가끔 어렴풋한 미소만 교환하고 있었다. 작은 흰색 모자를 쓴 시즈루의 얼굴은 착해 보였고 소박하고 정결한 아름다움이 느껴졌다. 꾸뻬는 그녀의 약혼자가 자신의 실수를 깨닫고 그녀에게 돌아오길 바랐다. 그녀가 그를 떠나기 전에 말이다.

바로 그 순간 시즈루가 입술을 둥글게 오므리더니 아주 큰 소리로 "우우우우우" 하고 외치는 바람에 꾸뻬는 소스라치게 놀랐다. 그녀는 정신분석 장면 위의 돌 틈을 가리켰다. 꼭 지팡이 끝처럼 보이는 작은 대나무 조각 하나가 거기에 반쯤 박혀 있었다. 햇빛이 비치면서 그 대나무 조각이 돌 위에 뚜렷이 드러나는 바로 그 순간에 시즈루가 그것을 본 것이다.

꾸뻬는 등산을 잘하는 편은 아니지만 조각이 되어 있는 벽을 기어오르는 것이 그다지 어렵지는 않았다. 그는 그 대나무 조각을 빼내서 시즈루에게로 돌아갔다. 꾸뻬가 대나무 조각에서 둘둘 말린 종이를 끄집어내자 그녀는 다시 한 번 "우우우우우" 하고 소리를 질렀다. 꾸뻬는 코르모랑 교수의 필체를 즉시 알아보았다.

친애하는 친구여, 이 쪽지는 하나의 내기라네. 하지만, 어쨌든 과학적 실험이라는 것 역시 하나의 내기 아니겠는가. 난 알고 있었네.

그들이 자네를 보내서 내 뒤를 쫓을 것이며, 내가 이 사원을 보러 갔다는 사실을 자네에게 알려주리라는 걸 말야. 그리고 또 나는 자네가 이 조각에 흥미를 느낄 것이라 예상하고 있었네. 만일 자네가 이 편지를 읽는다면 그건 곧 내가 이 내기에서 이겼다는 걸 의미하는 거지. 자네가 보낸 이메일은 잘 받았네. 하지만 자네는 그 주소를 오직 자네만 알고 있다고 생각하는 놀라울 정도의 순진함을 보여주었네. 사실 그들은 자네의 모든 걸, 아니 그 이상을 알고 있다네.

자네도 이미 알고 있겠지만 나는 매력적인 여자 조수와 함께 여러 가지 중요한 발견을 하려던 참인데, 그 비열한 자들이 모든 걸 망쳐놓으려 하고 있네. 그들과 거리를 두기 위해서 나는 내 흔적을 완전히 없애버리고 자네와도 더 이상 이메일을 주고받지 않았지만, 언젠가는 자네 같은 사람을 필요로 하게 될 걸세. 계속 내게 이메일을 보내되, 나 혼자만 그걸 읽는 건 아니며, 그것이 악용될 수도 있다는 사실을 잊지 말게. 그리고 그때까지는 도망치게나, 내 사랑하는 친구여!

향香이 진동하는 산에서 사는 영양羚羊이나 암사슴 새끼를 닮게.

코르모랑

시즈루가 호기심 어린 눈길로 바라보는 가운데 꾸뻬가 코르모랑 교수의 편지를 다 읽자마자 두려움에 가득 찬 미코의 비명이 들려왔다.

둘은 동시에 일어나 소리가 들리는 곳으로 뛰어나갔다. 옛날에는 외호外濠였던 걸로 짐작되는 순찰로 가장자리로 그들이 급히 달려 나갔을 때, 풀이 무성하고 나무가 빽빽하게 들어서 있는 그 곳에 미코가 공포에 휩싸인 표정으로 눈물을 흘리며 고함치고 있었다. 장 마르셀은 그녀의 발밑에 쭈그리고 앉아 두 손으로 조심스럽게 흙을 파내고 있었다. 그가 꾸뻬를 보고 소리쳤다.

"거기 그냥 있어요. 그리고 미코더러 당신 쪽으로 걸어오라고 얘기해요."

시즈루와 미코가 일본어로 굉장히 빠르게 얘기하기 시작했다. 시즈루가 미코를 안심시키는 것 같았다. 꾸뻬는 미코에게 자기들 쪽으로 오라고 계속 얘기했지만 그녀는 공포에 질린 나머지 더 이상 움직일 수가 없는 듯했다. 그녀는 장 마르셀이 지뢰를 제거하는 걸 보자 주변 땅에 대한 모든 믿음을 잃어버린 듯했다.

시즈루에게 두 발을 돌로 된 커다란 문지방 위에 올려놓고 있으라고 시킨 꾸뻬는 미코와 장 마르셀이 이미 남겨놓은 발자국들을 찾아 짚으며 미코를 시즈루에게로 데려갔다.

"일하기가 아까보다 훨씬 낫군요. 일하고 있는데 누가 쳐다보고 있는 걸 별로 안 좋아해서 말이죠."

결국 장 마르셀은 컵받침처럼 생긴 푸른색 지뢰를 손에 들고 몸을 일으켰다.

"환한 대낮에는 신경 쓰고 잘만 살펴보면 별다른 어려움 없이 이걸 발견해낼 수가 있습니다. 특히 비가 온 뒤에는 이게 비죽 솟아나와 있지요. 하지만 밤이 되면 정말 등에 식은땀이 주르르 흘러내립니다."

한밤중에 지뢰밭을 산책했다는 걸로 보아 장 마르셀이 대단히 흥미진진한 생활을 했음에 틀림없다고 꾸뻬는 생각했다. 장 마르셀이 땀을 닦아내며 말했다.

"이젠 전혀 위험하지 않아요. 이 빌어먹을 물건이 폭발하려면 최소한 30킬로그램의 압력이 가해져야 하니까."

그는 지뢰 위에 달린 마개를 뽑더니 거기서 작은 관 하나와 다른 작은 부품들을 끄집어낸 다음 그것들을 여유 있는 동작으로 숲 속에 던져버리고는 뇌관이 제거된 지뢰를 눈에 잘 띄도록 돌 위에 올려놓았다.

"이렇게 해놓으면 좀 더 열심히 지뢰를 찾아야겠다는 생각을 안 하려야 안 할 수가 없을 거야."

그는 자기가 해놓은 일에 몹시 만족하는 표정을 지으며 그들에게로 돌아왔다. 꾸뻬는 행복해지는 비결 중의 하나가 뭔가 유익한 일을 한 느낌을 갖는 거였다는 사실을 기억해냈다.

시즈루는 미코를 품에 안은 채 계속 위로하고 있었다. 장 마르셀 말대로 일본 여성들은 정말 보는 사람을 감동시키는 면이 있었다.

지뢰 때문에 더 이상 유적을 둘러볼 마음이 사라져버린 그들은 결국 자동차가 있는 곳으로 돌아가기로 결정했다. 그들이 타고 온 자동차의 운전수는 날이 무더운 탓인지 문이란 문은 다 활짝 열어놓은 채 핸들 뒤에서 잠을 자고 있었다. 일본 여자들이 다시 "우우우우우" 하고 소리쳤다. 자기들도 운전수가 딸린 자동차를 타고 왔는데 그가 기다리지도 않고 그냥 가버렸다고 미코가 흥분했다. 장 마르셀이 어이없다는 표정으로 말했다.

"난 이런 거 싫어."

꾸뻬도 맞장구를 쳤다.

"나도 그래요."

이 나라는 지뢰 말고도 많은 위험이 도사리고 있는 곳이다. 미치광이 우두머리들은 권좌에서 밀려났지만, 그들을 위해 싸우던 군대 일부는 정글 속에 은신처를 마련하고 계속 거기 살면서 여러 가지 암거래로 배를 불리고 있었다. 그들은 마약을 제조하고 젊은 여성들을 상품 취급했다. 때로는 관광객들을 납치해서 몸값을 요구하고 죽이기도 했지만 새로 편성된 정부군이 토벌 작전에 나선 이후로 그런 일은 대체로 드물어졌다.

하지만 이 모든 위험이 미코와 시즈루에게 일어날지도 모를 상황이 된 것이다. 그녀들의 운전수가 기다리지 않고 가버린 것은 어쩌면 이미 그런 위험들을 들어 알고 있기 때문이었는지도 모른다. 그나마 다행인 것은 약간 모자란 듯 히죽거리는 꾸뻬와 장 마르셀의 운전수가 남아 있었다는 것이다.

그리움은 사랑의 한 증거

자동차에 올라탄 꾸뻬는 다시 사랑에 대해 생각하기 시작했다. 그와 함께 미코와 시즈루가 뒷좌석에 앉았고 장 마르셀은 불안한지 운전수 옆에 자리 잡고 앉아서는 신경을 곤두세워가며 도로를 살펴보고 있었다.

꾸뻬는 샴페인을 가져다주었던 스튜어디스에게 느꼈던 감정에 대해서, 그리고 장 마르셀이 이 지역을 여행할 때 성인군자로 남아 있지 못했다는 고백에 대해서 깊이 생각해보았다. 그게 자랑할 만한 일은 아니지만 그럼에도 불구하고 사랑의 한 부분임에는 틀림없다는 결론에 이르렀다. 즉 그것은 잘 알지도 못하고, 그렇다고 해서 더 잘 알고 싶다는 생각이 들지도 않는 누군가에 대한 성적인 사랑, 욕망인 것이다.

갈 때 그랬던 것처럼 돌아올 때도 농촌 풍경은 여전히 아름다웠지만, 이 지역이 안전하지 않다고 생각해서인지 모든 게 다 위협적으로 느껴졌다. 심지어는 암소들조차 음험한 표정으로 그들이 지나가는 걸 쳐다보고 있는 듯했다.

성적 욕망 역시 사랑의 일부이기는 하지만 그것으로는 충족되지 않는 무엇이 있다. 도대체 어떤 점을 보아야만 누군가를 사랑한다는 사실을 알 수 있는 것일까?

장 마르셀은 배낭에서 작은 망원경을 꺼냈다.

꾸뻬는 클라라를 생각했다. 그녀가 보고 싶었다. 그렇다, 사랑이란 상대가 자기로부터 멀리 떨어져 있을 때 그(그녀)를 애타게 그리워하는 것이다. 하지만 꾸뻬는 어렸을 때 부모님이 그를 여름학교에 입학시키고 떠났을 때, 처음엔 그들이 몹시 보고 싶었던 사실 또한 기억해냈다. 그런데 이틀쯤 지나자 좀 괜찮아졌다. 친구들을 사귀기 시작했던 것이다. 그러므로 그리움이란 성적이지 않은 사랑에도 역시 존재한다.

요란하게 브레이크를 밟는 소리에 그의 사색은 중단되었다. 암소 한 마리가 별안간 도로로 뛰어든 것이다. 그러자 장 마르셀은 미코나 시즈루는 알아들을 수 없는 욕설을 있는 대로 퍼부었다.

거의 전적으로 성적인 사랑을 하면서도 그리움을 느낄 때가 가끔씩 있기도 하다. 꾸뻬는 그런 남자 환자, 혹은 여자 환자를 치료했던 기억이 났다. 말하자면 이런 식이다. '서로 얘기를 나눌 만한 공통 관심사도 없고 호감이 가는 것도 아닌데, 함께 침대에만 누우면…….' 끊고 싶지만 그것 없으면 도저히 살 수가 없을 정도로 중독이 된 마약과도 같은 게 바로 그런 사랑이다.

그는 수첩을 펼쳐서 이렇게 써 넣었다.

여덟 번째 작은 꽃 성적 욕망은 사랑에 필요하다.

물론 서로를 깊이 사랑하면서도 육체관계는 거의 맺지 않는—물론 요즈음에는 '육체관계를 맺는다'는 표현을 별로 쓰지 않지만— 커플들도 있다. 그는 이렇게 덧붙였다. '물론 늘 그런 건 아니지만.'

아홉 번째 작은 꽃 그리움은 사랑의 한 증거다.

바로 그 순간 그는 장 마르셀이 보통 휴대 전화보다 훨씬 더 커 보이는 휴대 전화에 대고 뭐라고 하더니 즉시 그걸 배낭 속에 집어넣는 걸 보았다. 꾸뻬가 물었다.

"통화가 잘되나요?"

"연결이 안 되는데요."

하지만 꾸뻬가 보기엔 장 마르셀이 휴대 전화에 대고 뭐라고 얘기를 한 것 같았다.

잠시 후 헬리콥터 한 대가 그들 위를 날아서 어디론가 사라졌다. 그는 헬리콥터를 타고 사원에 가는 것도 호텔 측의 제안 중 한 가지였다는 사실을 기억해냈다. 하지만 친구들은 절대 헬리콥터에 올라타서는 안 되는 나라들이 있다고 늘 말했었다. 물론 이 나라도 그런 나라들 중 하나였다.

그는 다시 섬의 바닷가에서 게들을 두고 클라라와 나누었던 여러 가지 농담들을 생각했다. 그 순간 두 사람 사이에는 욕망도 그리움도 존재하지 않았다. 왜냐하면 둘은 함께 있었기 때문이다. 똑같은 대상을 보며 함께 웃었고 그건 참으로 행복한 순간이었다. 이런 종류의 사랑에는 어떤 이름을 붙여야 하는 것일까?

수첩에 뭘 적었냐고 미코가 묻자 꾸뻬는 사랑에 관한 생각들을 기록하고 있다고 대답해주었다. 미코는 그걸 시즈루에게 설명해주었고 그녀들은 흥미로운 표정을 지었다. 사랑에 관한 이야기는 전 세계 모든 나라의 여성들에게 관심을 끌지만, 반드시 모든 남성들의 관심을 끄는 건 아니라는 사실을 꾸뻬는 이미 알고 있다.

꾸뻬는 일본에서 누군가가 사랑에 빠졌다는 걸 보여주는 가장 확실한 증거는 무어냐고 미코에게 물었다. 잠시 얘기를 나누고 난 시즈루와 미코는 사랑에 빠졌다는 가장 확실한 증거는 상대를 그리워하고, 그 혹은 그녀만을 줄곧 생각하는 거라고 대답했다. '이것 역시 문화주의적 무지를 반박할 수 있는 한 가지 논거가 될 수 있겠군.' 이 자리에 코르모랑 교수가 있었다면 이렇게 말했을 것이라고 꾸뻬는 생각했다.

꾸뻬,

우리가 마지막으로 얘기를 나누고 난 뒤로 당신이 혼자 먼 곳에 가 있다고 생각하니 슬퍼져. 정말 유감이야. 당신이 돌아올 때까지 기다렸다가 우리 이야기를 하는 게 더 나았을지 몰랐는데, 당신이 하도 집요하게 묻는 바람에 결국은 날 괴롭히던 모든 고민을 당신에게 털어놓고 말았어. 그리고 당신이 떠난 지금, 난 당신에 대한 내 감정을 더 이상 확신하지 못하겠다는 말을 한 게 과연 잘한 일일까 생각하고 있어. 당신 마음을 아프게 했다면 용서해줘. 난 여전히 당신을 사랑하고 있고 지금 이 순간도 당신을 그리워하고 있어.

하지만 같이 사는 건 이제 더 이상 힘들 것 같아. 그건 당신이 이미 우리 가족의 일원이 되기는 했지만 내 미래의 남편이나 내가 가지게 될 아이들의 아버지는 아닌 것과도 같아. 그렇지만 더 이상 당신을 볼 수 없다는 생각을 하니 너무나 고통스러워. 어쨌든 난 당신과 영영 남이 되는 건 원치 않아. 사람들이 흔히 친구라고 말하는 사이로 남아 있고 싶어. 아니, 친구 정도로는 부족해. 당신에게는 온갖 특별한 장점들이 많을 뿐 아니라 내가 이 세상에서 가장 가깝다고 느끼는 사람이야.

당신은 내가 스스로도 뭘 원하는지 모르는 채 이랬다저랬다 변덕이 심한 여자라고 생각할 거야. 그건 어느 정도 사실이야. 우린 이미 오래전부터 알고 지내왔기 때문에 서로에 대해 너무나 잘 알고 있어. 난 문득 결혼을 하고 싶다는 생각이 들 때도 있지만, 그러면서도 가족을 이루는 걸 그다지 원치 않았던 게 바로 당신이라는 사실을 기억하고 있어. 이 말을 하고 나니 혹시 당신이 좋은 기회를 놓쳤다며 스스로를 나무라고 슬퍼하는 게 아닐까 걱정이 돼. 괴로워하지 마. 사는 게 원래 그런 거 아니겠어. 감정이란 게 자신의 의지와는 상관없는 것이니. 그것 때문에 자기 자신이나 다른 사람들을 나무랄 수는 없는 노릇이야.

우리가 계속 함께 지내지 못한다 할지라도 당신은 내 인생에서 가장 중요한 사람으로 항상 남아 있을 거야. 이렇게 말할 때마다 난 내가 당신을 후려치는 것 같은 느낌이 들어서 소름이 끼쳐. 하지만,

우린 늘 진실했어.

몸 조심해. 그리고 무슨 일이 있더라도 당신은 언제나 나의 꾸뻬라는 사실을 잊지 마.

안녕.

보드카 잔을 마저 비운 꾸뻬는 허리에 천을 두른 예쁜 여종업원이 다음 잔을 가져다주기를 기다렸다. 수영장 주변에 어둠이 내려앉는 걸 보면서 그는 어떻게 시간을 보내야만 클라라를 잊어버릴 수 있을지를 생각했다. 그가 머리를 누르며 그 방법을 찾으려고 하는 그 순간, 바에서는 클라라와 함께 들은 적이 있는 귀에 익은 노래의 전주가 울려 퍼졌다. 하지만 지금 이 순간만은 그 노래를 듣고 싶지가 않았다.

난 더 이상 당신을 사랑하지 않아 내 사랑, 난 이제 날마다
당신을 사랑하지는 않아.
난 더 이상 당신을 사랑하지 않아 내 사랑, 난 이제 날마다
당신을 사랑하지는 않아.

부드럽게 귀를 간질이는 노랫소리는 그러나 꾸뻬의 가슴을 갈기갈기 찢어놓기 시작했다. 바로 그 순간, 장 마르셀이 나타났다. 그 역시 기분이 그다지 좋아 보이지 않았다. 그는 털썩 의자에 앉더니 아내와 방금 전화 통화를 했다고 말했다. 그가 꾸뻬에게 물었다.

"그전에는 서로 사랑했는데 이젠 더 이상 사랑하지 않는 게 가능한 일이 라고 생각해요?"

꾸뻬는 그런 일이 정말 가능해질까 봐 두렵다고 대답했다. 그리고 그는 코르모랑 교수의 약을 생각했다. 원하는 만큼 오랫동안 사랑할 수 있게 해주는 그런 약도 있을까?

"아내랑은 이제 끝난 것 같아요. 함께 있을 땐 우리도 사이가 참 좋았는데……."

그들은 백포도주를 한 병 주문했다. 칵테일이 별로 맛이 없었던 것이다. 처음 보는 남자들이 친해지기 위해 그렇게 하듯 장 마르셀과 꾸뻬는 포도주를 마시며 여자들에 관한 각자의 생각을 털어놓았다.

"뭣보다도 여자들은 자기가 뭘 원하는지를 몰라요."

"게다가 생전 만족하는 법이 없죠."

"조금만 잘해주면 기어오르려고 합니다."

"정말 고약한 건 그들의 여자 친구들이 해주는 충고지요."

"틈만 나면 우리를 길들이려고 합니다. 그리고 그게 일단 성공하면 더 이상 우리에게 관심을 보이지 않아요."

두 병을 비우고 난 그들은 결국 시내로 나가기로 결정하고 일종의 인력거인 툭툭을 불렀다. 무더웠던 하루가 지나고 시원한 밤바람을 맞으며 달리니 상쾌했다. 길거리에는 개 몇 마리만 어슬렁거릴 뿐 자동차가 거의 다니질 않아서 조용했다. 그러나 술집과 안마소 불빛이 거리를 환하게 비추고 있었다.

툭툭은 많은 서양 청년들이 아시아인인 젊은 여성들과 이야기를 나누며 맥주를 마시고 있는 술집 앞에 두 사람을 내려놓았다. 여자들 중 두 명이 그들을 보자마자 다가와서 말을 걸었다. 여자들은 꾸뻬와 장 마르셀이 술을 한잔 사주기를 원했다. 그렇게만 해주면 그들을 따라 호텔까지라도 갈 태세였다. 그녀들은 고르게 난 예쁜 치아를 활짝 드러내고 웃었지만, 꾸뻬는 그들의 눈길에서 다른 것을 읽어내고 있었다. 먹여 살려야 할 어린 동생들, 포주에게 갚아야 할 빚, 그리고 약값.

꾸뻬와 장 마르셀은 서로를 쳐다보았다. 장 마르셀이 말했다.

"난 내키지가 않네요."

"나도 그래요."

그들은 다시 툭툭에 올라탔다. 장 마르셀은 술을 꽤 많이 마신 듯 단번에 올라타지 못했다. 그러자 툭툭을 끄는 사람이 '컬즈, 컬즈!'라고 소리쳤다. 크메르어를 몰랐던 꾸뻬는 '호텔'이라고만 말하고 장 마르셀이 옆으로 굴러떨어지지 않도록 신경을 쓰면서 잠깐 눈을 붙였다.

그런데 이번에도 툭툭은 두 사람을 다른 장소에 내려놓았다. 어두운 창고 같은 곳인데 이곳 사람인 듯한 청년들이 소파에 조용히 앉아서 뭔가를 기다리고 있었다. 꾸뻬와 장 마르셀은 편안한 소파를 보자 반가웠다. 그러나 곧 거기에 백인은 자기네 두 사람뿐이라는 걸 깨달았다.

어색하게 몸을 움찔거리며 앞을 보니 젊은 여자 몇 명이 환한 불빛을 받으며 플라스틱 의자에 앉아 있었다. 젊은 여대생들 같았는데, 꾸뻬의 나라에서 흔히 볼 수 있는 상표가 달린 진 바지와

티셔츠를 입고, 작고 귀여운 발가락이 내보이는 굽 높은 구두를 신고 있었다. 그녀들 일부는 휴대 전화로 전화를 하고 있고 또 일부는 서로 이야기를 나누거나 심심하다는 표정으로 허공만 바라보고 있었다. 왜 여자들은 모두 같은 쪽에 모여 앉아 있고 남자들은 또 남자들대로 반대쪽에 모여 앉아 있는 것인지, 왜 여자들은 눈부신 조명 아래 있는 것인지 궁금해하던 꾸뻬는 일순간 그 이유를 알아차렸다.

그는 여자들 중 몇 명이 보일 듯 말 듯 한 미소를 지으며 자기를 쳐다보고 있다는 것도 눈치챘다. 반대로 어떤 여자들은 그들을 보자마자 무섭다는 듯 얼굴을 감추기도 했다. 그녀들은 여자티가 나긴 했지만 고등학교에 다니거나 아니면 집에서 텔레비전으로 오락프로를 보며 깔깔댈 정도의 나이로밖에 보이지 않았다. 이 나라가 아닌 곳에서 태어났다면 그녀들은 고등학교에 다니거나, 슈퍼에서 물건을 팔거나, 아니면 직장에서 수습으로 있었을 것이다. 그녀들은 그 나이 또래의 처녀들이 그러는 것처럼 자기들끼리 수다를 떨었다. 하긴 이 나라 이 지역에 이런 장소가 있다는 게 하등 이상할 건 없다고 꾸뻬는 생각하며 쓰러져 있는 장 마르셀을 쳐다보았다. 그 역시 그녀들을 관찰하고 있었다. 꾸뻬는 장 마르셀의 큰딸이 열여섯 살이라고 했던 것을 기억해냈다. 눈을 마주친 꾸뻬와 장 마르셀은 자리에서 일어나 툭툭으로 향했다.

"걸즈? 걸즈? 포이즈?"

툭툭을 끄는 사람은 답답하다는 듯 물었다. 그러자 장 마르셀이 소리쳤다.

"호텔! 호텔! 호텔!"

호텔 방에서 꾸뻬는 수첩에 적힌 여덟 번째 작은 꽃을 다시 읽어 보았다. '여덟 번째 작은 꽃: 성적 욕망은 사랑에 필요하다.' 이 구절이 모든 사람에게 그리고 항상 사실인 것은 아니라고 생각했다. 그리고 조명을 받으며 앉아 있던 젊은 여자애들을 생각하면서 그는 수첩에 이렇게 적어 넣었다.

열 번째 작은 꽃 남성의 성적 욕망은 온갖 끔찍한 상황을 야기한다.

그의 옆에서 한참을 망설이다가 선택하거나 그녀들의 육체를 살 수 있을 만큼 돈이 충분치 않아서 그냥 공상만 하던 이 도시의 청년들 모습이 떠올랐다. 꾸뻬는 욕구불만에 가득 찬 프랑스의 남자들 그리고 그 자신을 생각했다. 술을 마시고 클라라 생각을 하지 않고 다시 그곳에 찾아간다면 무슨 일이 일어날지 그 자신도 모르는 일이었다. 그는 나이 든 정신과 의사 프랑수아가 했던 말을 곱씹었다. 그렇다면, 성적 욕망을 제거할 수 있는 방법을 찾아내기만 한다면 삶은 더 점잖아지고 더 정직해지는가?

13.

사랑의 실험 대상이 된 꾸뻬 씨

잠을 자려는데 문 두드리는 소리가 들려왔다. 꾸뻬는 침대 협탁의 등을 켠 다음 니스를 칠해서 매끈한 열대목 마룻바닥을 맨발로 걸어가 문을 열었다. 허리에 천을 두른 복잡한 이름의 여종업원이 여전히 아름다운 자태로 문 앞에 서 있다가 동양식으로 우아하게 인사를 했다. 그렇지만 그녀의 얼굴은 겁에 질린 표정이었다. 그는 조금 당황스럽긴 했지만 들어오라고 손짓했다. 뭘 주문한 것도 없는데 한밤중에 매혹적인 젊은 여자가 방문을 두드리는 건 소설에나 있는 일이기 때문이다.

그녀는 꾸뻬 앞을 지나가면서 봉투 하나를 내밀었다. 꾸뻬는 소파에 앉으라고 권했다. 소파에 앉은 그녀는 다리를 꼬았다. 조명등 불빛에 비친 그녀의 얼굴은 아름다운 황갈색을 띠었고, 그녀의 탄력 있는 허리와 부드러운 미소는 돌로 조각된 아름다운 무용수들 중 한 명이 어둠을 틈타 사원 벽에서 떨어져 나와 그의 방까지 온 게 아닌가 하는 착각을 불러일으켰다. 그녀가 아무 말 없이 꾸뻬를 바라보자 그는 좀 거북해졌다.

그는 그녀의 눈길을 피하듯 봉투를 열었다. 짐작했던 대로 그것은 코르모랑 교수의 편지였다.

친애하는 친구에게,

자네 앞으로 사원에 편지를 한 통 남겼는데 보았으리라 믿네. 그 편지에서 나는 자네의 행동 하나하나가 감시당하는 건 물론이고 자네의 모든 이메일(어떤 주소로 보내든지 상관없이)이 체크되고 있다고 경고했었지. 그래서 나는 이 매력적인 밀사에게—바일라만은 절대 믿을 만한 사람이라고 확신!—이 편지를 전해달라고 부탁했네.

친애하는 친구, 자넨 이제 내가 준비를 마친 실험에 동참하게 될 걸세. 자네에게 그럴 마음이 충분히 있다면 말일세. 그리하여 자네는 과학의 획기적인 발전에 그리고 동시에 풍속과 문화와 예술과 경제까지도 뒤흔들어놓을 인류사 혁명의 초기 단계에 기여하게 될 것일세. 우리가 사랑의 힘을 다스리는 데 성공할 경우 이 세계가 얼마나 엄청난 변화를 겪게 될지 한번 생각해보게!

하지만 너무 서두르지는 말게. 이제 겨우 시작 단계에 불과한 데다가 나 자신도 아직 헤매고 있는 실정이니까 말이야.

매력적인 바일라는 내가 맡긴 두 개의 작은 약병을 갖고 있는데 그 안에는 두 가지 미립자 혼합액이 들어 있다네. 자네, 그녀랑 같이 어디 조용한 장소에서 그걸 함께 마셔보게. 걱정할 거 전혀 없네. 나 자신에 대해 이미 같은 실험을 해본 적이 있고, 또한 이 편지를 읽으면서 자네는 내가 이성을 잃지 않았다는 판단을 내릴 수 있을 걸세. 단지 서양의 과학적 방식을 쉽사리 받아들이기 힘든 나의 연인 나트를 더 쉽게 설득하기 위해서 나는 해가 뜰 무렵 자네가 이미 가본 적이 있는 그 사랑의 사원 유적지로 그녀를 데려가서 그걸 마시도록 했다네. 그곳에서 우리는 극히 평온한 동시에 대단히 강렬한 몇 시간을 보냈고, 비록 나는 크메르어를 잘 모르고 그녀는 영어를 몰라서 제한된 언어 소통밖에는 할 수가 없었지만 그녀는 나와 함께 보낸 그 시간들을 조금도 후회하지 않는다네. 우리는 언어를 이용해서 의사소통을 하는 대신 은밀하고 화목하게 감정을 나누었지. 이런 순간에는 공통된 언어가 오히려 장애로 작용할 수도 있다네.

내가 관찰한 부작용—그 바보 같은 호텔 지배인이 이미 말해주었으리라 생각되네만—이 자네에게 나타나는 걸 방지하기 위해서 혼합 비율을 변경시켰다네. 성적 욕망의 양을 줄이고, 감정과 공감의 양을 늘린 거지. 그런데 만일 자네가 나중에 곤란한 일이 생길까 봐 그 매력적인 바일라와 애정을 나누는 걸 원치 않을 경우에 대비하여 나는 감정의 흔적을 제거해버리는 데 쓰이는 미립자를 개발, 그걸 알약으로 만드는 데 성공했네. 만일 해독제를 먹겠다는 결심이 서거든 자네 파트너에게도 그중 절반을 먹이도록 하게나. 그래야 자네가 떠난 뒤에도 그녀가 자네를 죽을 때까지 기다리는 불행한 일을 막을 수 있으니까. 내 경우는 그 약을 먹지 않았다네. 왜냐하면 내 나이를 생각해볼 때 지금 나와 함께 있는 이 아름답고 착한 동반자야말로 내가 내 인생에서 만날 수 있는 최고의 상대라는 생각이 들어서일세. 그럼 대화는 어떻게 하느냐고? 난 그런 것엔 더 이상 별다른 관심이 없네. 몇몇 동료, 그리고 자네와의 대화를 제외하곤 말일세. 그러므로……

그대는 나의 넋을 빼앗아가버렸네, 내 피앙세여.
그대는 그 눈길로, 그대 목에 건 그 목걸이로
내 마음을 빼앗아가버렸네.

자, 친애하는 친구, 자네가 이 편지를 읽는 동안 그 매력적인 바일라는 자네 발밑에서 자네에게 복종하고 자네를 즐겁게 해줄 준비를 한 채 자네 결정만 기다리고 있을 걸세. 그녀의 친구가 나와의 체험을 그녀에게 얘기해주었을 게 분명하기 때문에 그녀는 이미 마음속으로 동의를 했을 것이고, 더더구나 그녀는 내가 결코 과소평가하지 않는 자네의 개인적인 매력에 이미 흠뻑 빠져 있다네.

나의 다음 목적지와 우리가 만나게 될 장소는 다음에 또 알려주겠네.

잘 지내게나.

코르모랑

고개를 든 꾸뻬는 자신을 건너다보고 있는 바일라의 눈길과 마주쳤다. 인간 존재에게서 좀처럼 보기 힘든, 기대감과 신뢰감으로 가득 찬 눈빛이었다. 그녀는 여전히 다리를 꼬고 앉은 채 만년필 뚜껑만 한 두 개의 작은 원통형 약병을 손바닥 위에 올려놓고 있었다.

꾸뻬는 번뇌에 사로잡혔다. 그는 자신이 중요한 내용이 담긴 편지를 계속 입에 물고 갈 것인지 아니면 그걸 버리고 방금 발견한 큰 뼈를 물 것인지 갈등하는 밀루(만화 『땡땡』에 등장하는 개-옮긴이)처럼 느껴졌다. 그의 영혼은 그를 설득하려고 애쓰는 악마 밀루와 천사 밀루 사이에서 갈등했다. 그의 자유와 클라라에 대한 그의 사랑은 지금 현재 입에 물고 있는 편지이고 먹을 게 너무 많아 보이는 뼈는 자신을 그에게 맡긴 채 친구로부터 전해들은 환희에 빠져들 준비가 되어 있는 바일라였다. 그런데 그 순간 클라라가 써 보낸 편지의 한 구절이 떠올랐다.

우린 더 이상 함께 살 수가 없을 것 같아.

꾸뻬는 바일라 손바닥에 놓여 있는 똑같은 모양의 약병 두 개를 집어 들었다. 그녀는 미소를 짓더니 그의 두 발을 부드럽게 감싸 안았다.

선잠이 든 꾸뻬는 코르모랑 교수가 편지에서 구약 성서의 한 구절을 인용한 것은 대단히 탁월한 선택이었다고 생각했다. 그 시詩야말로 그가 바일라에게 느끼는 감정을, 그리고 교수가 그의 새 여자 친구에게 느꼈음에 틀림없는 감정을 너무나 잘 표현하고 있었던 것이다.

꾸뻬는 지난 몇 시간 동안 서로 뒤섞인 여러 가지 감정을 바일라에게 느꼈다. 그같이 복합적인 감정을 단시간에 그것도 한 사람에게 느끼는 것은 흔한 일이 아니다. 그는 그녀에게 격렬한 성적 욕망과 동시에 깊은 애정을 느꼈다.

사랑을 나누는 동안 그리고 그 후에도 그의 부드러운 애정은 그의 욕망만큼이나 세찬 흐름을 이루며 그녀를 향해 퍼져나갔다. 바일라의 눈빛에서 그녀 역시 자기처럼 강렬한 감정을 느끼고 있음을 알 수 있었다. 사랑의 상승기류를 타고 높이 날고 있는 동안 꾸뻬는 자신도 모르게 이런 질문을 던지지 않을 수 없었다. 내려갈 땐 어떡하지? 지금 이 순간이 그와 바일라에게 어떤 추억을, 그 어떤 감정적 자취를 남기게 될 것인가? 다행스럽게도 교수는 쇠사슬을 불에 벼려 만들었다 다시 녹일 수 있는 것처럼, 감정들이 융합되어 만들어진 이 관계의 쇠사슬 또한 해체시킬 수 있는 약을 개발해냈다고 했다. 그렇다면 육체적, 감정적 욕망을 맘껏 나눠도 상처 없이 그 모든 걸 무효화할 수 있다는 얘기가 아닌가?

꾸뻬는 알몸으로 누워 있는 바일라의 감긴 긴 눈꺼풀과 밖으로 약간 젖혀진 입술 위로 떠오른 미소, 얼굴 양쪽으로 반쯤 들어 올려진 두 팔, 구부려진 채 침대 위에 비스듬히 놓여 있는 두 다리를 바라보았다. 그 모습은 마치 사원 벽 여기저기에 부조되어 있는 천녀, 압사라 중 한 명이 복제되어 살아 있는 것 같았다.

그의 시선을 느꼈는지 바일라가 눈을 떴다. 그녀는 미소를 지으며 그를 향해 두 팔을 내밀었다. 그녀의 갈망하는 듯 몽롱해진 눈빛에 꾸뻬는 자기가 뭘 어떻게 해야 할지 즉시 깨달았다. 하기야 교수가 만든 약을 먹지 않았어도 그 정도는 알아차렸을 것이다.

동이 터오기 시작했다. 호텔 주변의 정글에서 들려오는 새소리와 우우우 원숭이가 내지르는 소리들을 들으며 둘은 또 잠이 들었다. 꾸뻬와 바일라는 깨었다 다시 잠들기를 수차례 반복했다. 정오의 해가 중천에 떴고 정글은 쥐죽은 듯 조용해졌다. 전화벨이 꾸뻬를 깨웠다. 장 마르셀이었다.

"별일 없으시죠?"

꾸뻬는 잠이 든 바일라의 옆모습을 바라보면서 대답했다.

"아, 그럼요."

그렇지만 그는 문득 당황스러웠다. 평생 바일라를 보호해주고 싶다는, 그녀를 항상 곁에 두고 싶다는, 마지막 숨을 내쉴 때까지 그녀와 사랑을 나누고 싶다는 감정이 물밀듯 치밀어 올랐던 것이다. 저항할 수 없는 감정의 격류에 휩쓸려 가는 느낌이었다.

"점심 식사 같이 할까요?"

장 마르셀이 말했다.

"좋습니다."

재빨리 약을 먹고 그걸 바일라에게도 먹이려면 완전히 잠에서 깨어나야만 했다. 그는 그녀의 두 팔이 자신의 어깨 위에 놓여 있는 걸 느꼈다. 몸을 돌린 그는 자신이 느낀, 그리고 같은 순간에 그녀 역시 느끼고 있는 듯한 감정에 한편으로는 황홀하기도 하고 또 한편으로는 당황스럽기도 했다. 그러나 얼마 지나지 않아 그녀의 시선과 미소 속으로, 감탄스러울 정도로 아름다운 그녀의 두 눈 속으로, 자신의 가슴 위에 놓인 채 박동하는 그녀의 심장 속으로 다시 빠져들었다.

그러나 이제 해독제를 먹어야만 할 때가 되었다. 그녀를 자신에게 묶어놓아서도, 자신을 그녀에게 묶어놓아서도 안 된다. 꾸뻬는 교수가 약속한 해독제를 달라는 뜻으로 손짓 발짓을 하자 바일라는 놀라서 입을 삐죽거렸다. 무슨 말인지 못 알아듣겠다는 표정이었다.

꾸뻬는 방 안에 놓여 있는 볼펜과 메모지를 들고 와서 두 개의 작은 약병과 함께 타원형의 알약을 그렸다. 바일라는 꼭 토끼를 처음 보는 어린 노루처럼 호기심 가득한 눈으로 그가 그려놓은 그림을 바라보았다. 꾸뻬는 둥근 알약을 그렸다. 바일라는 그걸 보더니 얼굴을 살짝 붉히면서 꾸뻬를 쳐다보고는 자신의 가느다란 손가락을 보여주었다. 그제야 그는 눈치를 챘다. 그녀는 그가 반지를 그렸다고 믿은 것이다.

꾸뻬는 삼각형과 사각형, 배 모양, 하트 모양, 네잎클로버 모양 등 온갖 형태의 알약을 다 그려댔지만 바일라는 그가 자기를 재미나게 해주려는 거라고 생각한 듯 즐거운 표정만 짓고 있었다. 그녀가 웃는 걸 본 꾸뻬는 자기도 모르게 웃고 말았다. 그러면서 교수가 정말 대단한 장난꾸러기라는 생각을 했다. 교수는 해독제를 바일라에게 주지 않은 것이다. 아니면 해독제가 아예 존재하지 않는 건 아닐까?

"컨디션이 아주 좋아 보이시는군요!"

"여기 기후가 저한테 맞아서 그런 것 같습니다."

장 마르셀이 낄낄대며 웃기 시작했다.

"그런 말 하는 사람은 처음 보는데요!"

그들은 바의 그늘에 앉아서 점심 식사를 했다. 바일라와 놀랄 만큼 흡사한 여종업원들이 샐러드와 작은 샌드위치를 가져다주었다. 수영장에서는 해맑은 피부를 가진 아이들이 물장구를 치며 놀고 있었다. 장 마르셀은 그늘에서도 검은 선글라스를 쓰고 있었는데, 전체적으로는 건강한 듯하면서도 얼굴은 좀 해쓱해 보였다.

바일라는 조금 전에 아무도 모르게 살짝 그의 방을 빠져나갔다. 꾸뻬는 그녀가 어디로 가는지 알지 못했으나, 그녀가 손님이랑 같이 있는 걸 다른 사람이 보면 안 된다는 것쯤은 그도 알고 있었다. 샌드위치를 한입 베어 물은 그는 그게 미친 짓이라는 걸 알면서도 금방 헤어진 그녀를 보고 싶은 욕망으로 안절부절못했다. 그런데 만일 해독제가 존재하지 않는다면 어떡하지? 평생을 사원 근처에서 살아야 하는 건가? 아니면 바일라를 데려가야 하나?

장 마르셀이 샐러드를 포크로 집으며 물었다.

"다른 사원들도 보러 갈 겁니까?"

"아뇨. 보려고 했던 건 얼추 다 봤어요. 당신은 어떡할 건가요?"

"잘 모르겠어요. 지금 생각 중이에요."

"어쨌든 어제 사원 보러 같이 간 거, 오래도록 기억에 남을 겁니다. 그리고 난 당신이 지뢰 제거하는 거 보고 정말 감탄했어요!"

그러자 장 마르셀이 어깨를 으쓱하며 말했다.

"아 뭐, 대단한 건 아닙니다. 부비트랩도 아닌데요, 뭐!"

"부비트랩요?"

장 마르셀은 밟으면 터지는 지뢰를 설치할 뿐만 아니라 그걸 아래쪽의 또 다른 지뢰와 연결시켜서 지뢰를 제거하는 사람이 첫 번째 지뢰를 들어 올리는 순간 두 번째 지뢰가 그의 얼굴을 향해 폭발하도록 만들어놓기도 한다고 설명해주었다. 그렇게 되면 그 사람의 얼굴은 흔적조차 남지 않게 된다는 것이다.

인간들이 다른 인간들을 해치기 위해 발명한 것에 관한 이야기를 들을 때마다 꾸뻬는 항상 의기소침해지곤 한다. 사람을 해치기 위한 모든 아이디어와 정력에 반해 코르모랑 교수의 알약은 오히려 인류의 행복에 기여하는 게 아닐까. 전쟁을 하기보다는 모두들 사랑을 나누는 데 몰두할 테니 말이다.

장 마르셀의 설명에 꾸뻬가 놀라운 듯 물었다.

"근데 그런 거 어디서 다 배웠습니까?"

"군대 있을 때 배웠죠. 축성술, 지뢰 부설, 지뢰 제거 그리고……."

그때였다. 바로 옆 식탁에 미코와 시즈루가 앉아 있었다. 하긴 놀랄 일도 아닌 것이 그녀들도 이 호텔에 묵었던 것이다. 두 사람이 와서 그들에게 인사를 했고 꾸뻬와 장 마르셀은 자기네 식탁에 앉으라고 권했다.

미코와 시즈루는 모자를 쓰지 않아도 무척이나 사랑스러웠다. 조그마한 코에 반짝이는 작은 눈을 가진 그녀들은 머리가 적갈색이어서인지 꼭 귀여운 다람쥐들처럼 보였다. 그녀들은 일본식 꼬치구이를 주문했다.

두 사람은 일본말로 뭐라고 얘기를 나누더니 꾸뻬가 사원에서 발견한 쪽지에 뭐라고 쓰여 있었는지 물었다. 시즈루가 그 일을 미코에게 얘기해준 모양이었다.

"연애편지입니다. '체스터와 로잘린이 이곳에 와서 영원토록 사랑하게 될 것이다'라고 적힌."

당황한 꾸뻬는 급히 얘기를 지어내다 보니 자신도 모르는 사이에 코르모랑 교수의 이름인 체스터를 등장시키고 말았다.

장 마르셀이 궁금한 듯 물었다.

"무슨 편지 말인가요?"

꾸뻬는 대략의 설명과 함께 그게 일종의 유행인데 불교 제단에 뭘 올려놓듯이 그렇게 사랑의 쪽지를 남겨놓는 모양이라고, 사원에까지 퍼져나간 것 같다고 덧붙였다.

"그거 아직도 갖고 있나요?"

한층 더 궁금해진 장 마르셀은 꾸뻬를 쳐다봤다.

"아뇨, 당신이 지뢰를 제거할 때 잃어버린 것 같아요. 쪽지 생각은 까맣게 잊고 있었거든요."

그 말은 사실이다. 미코를 지뢰가 묻힌 곳에서 멀리 데려가는 데만 정신을 쏟느라 그 쪽지를 어떻게 했는지 생각이 나지 않았다.

"누군가가 그 쪽지를 벽에서 빼 가면 그걸 거기다가 끼워 넣은 사람의 소원이 성취되는 건가요?"

꾸뻬가 대답했다.

"그러라고 쪽지를 벽에 끼워 넣는 거지요."

그들의 대화를 듣고 있던 미코와 시즈루가 뭔가를 얘기했다. 그러더니 미코는 시즈루가 그 쪽지를 대나무 속에 다시 집어넣은 다음 벽 속에 끼워 넣고 왔다고 얘기해주었다. 일본에서는 뭐가 되었든지 간에 바닥에 굴러다니도록 내버려두는 법이 없고, 더구나 사원의 봉헌물을 소중하게 생각한다는 것이다.

"난 하루나 이틀 더 머무르면서 사원들을 구경할 생각입니다."

장 마르셀이 샌드위치 조각을 입에 집어넣으며 말했다. 시즈루는 그 전날보다는 덜 슬픈 표정이었다. 그녀는 프랑스어를 좀 할 줄 알았지만 "아주 조금밖에 못해요" 하며 쑥스러워했다.

꾸뻬가 그녀들에게 물었다.

"두 사람은 어디로 갈 건가요?"

그녀들은 어디로 갈지 아직 정하지 않은 듯했다. 어쩌면 중국에 갈지도 모른다고 미코가 말했다. 꾸뻬는 그녀들이 일본에 있을 때 무슨 일을 했었는지 물었다. 미코는 두 사람 모두 멸종될 위기에 처한 동물들뿐만 아니라 오래된 사원, 혹은 아직 오염되지 않은 강 등 파괴될 위험이 있는 모든 걸 보존할 목적으로 설립된 비정부기구에서 일했다고 설명해주었다. 미코 자신은 사원들을 복구하는 데 필요한 자금을 모으는 일을 맡았고, 시즈루는 기부자들을 설득하기 위한 유적지 그림을 그리는 일을 했다고 했다.

장 마르셀과 꾸뻬는 별달리 신경을 쓰지 않은 채 귀여운 그녀들을 유혹하기 시작했고, 그녀들도 그게 그다지 싫지 않은 얼굴이었다.

바로 그때 여종업원 한 명이 시무룩한 표정으로 그들 근처에 나타났다. 자세히 보니 호텔 여종업원 복장을 한 바일라였다. 그녀의 얼굴은 잔뜩 부어 있었다. 꾸뻬는 그녀가 뭔가 불만스러워하고 있다는 걸 눈치챘다.

장 마르셀은 좀 놀란 표정이었다.

"흐음, 정말 빠르시군요!"

꾸뻬도 받아쳤다.

"초보자치곤 운이 좋았던 거죠."

바일라는 결연한 발걸음으로 되돌아가버렸다. 하지만 꾸뻬는 그녀가 얼마 있지 않아 방으로 자신을 찾아오리라는 걸 알았다. 물론 그렇다고 해서 그의 문제가 해결되지는 않을 것이다. 아니, 그 반대일 것이다. 어쨌거나 코르모랑 교수의 알약은 사랑의 감정을 유발시키기는 했지만 질투심을 없애주지는 않았다. 하긴 사랑과 질투는 따로 떼어 생각할 수 없는 성질의 것이 아니던가. 꾸뻬는 수첩에 이렇게 써 넣었다.

열한 번째 작은 꽃 질투는 사랑과 떼려야 뗄 수 없는 관계에 있다.

잠에서 깨어나는 순간, 그는 바일라의 귀 뒤쪽에서 아주 작은 문신을 보았다. 너무나 작아서 그전에는 보지 못했는데 그녀에게 몸을 바싹 갖다 붙인 채 잠을 자다가 깨어나면서 보게 된 것이다. 그런데 놀랍게도 그건 가느다란 서양 국수 모양을 한 크메르어 문자가 아니라 중국어 문자에 가까웠다. 가까이 들여다봤더니 그건 문신이 아니라 새까만 잉크로 그린 그림이었다.

그는 바일라를 깨워 손짓 발짓 해가며 그게 무슨 뜻이냐고 물었다. 그러나 이번에도 그녀는 알아듣지 못하겠다는 표정을 지었다. 꾸뻬는 답답한 마음에 그녀의 팔을 끌고 목욕탕으로 데려갔다. 바일라는 자기 귀 뒤쪽에 작은 그림이 그려져 있는 걸 보자 꾸뻬보다 더 놀라워했다. 꾸뻬는 교수의 편지에 쓰여 있던 글귀가 생각났다. '만일 자네가 읽을 줄 안다면…….' 그는 처음 보는 그 그림을 1초라도 빨리 지워버리고 싶어서 발을 동동 구르는 바일라를 달래가면서 그걸 편지지에 꼼꼼하게 베껴 그렸다.

호텔 바에서는 라코스테 셔츠를 입고 피에르가르뎅 혁대에 금테 안경을 쓴 중국 남자 몇이 왁자지껄하게 맥주를 마시고 있었다. 꾸뻬는 종이에 베낀 그림을 그들에게 보여주었다. 중국인들은 낄낄대며 그걸 서로 돌려 봤다.

그들은 첫 번째 문자 두 개는 상하이를, 나머지 문자는 새를 의미한다고 말해주었다. 그 새의 이름은 영어로 알고 있지 못하지만 긴 부리를 가진 잠수조로 바다와 강에서 물고기를 잡아먹는다고 가르쳐주었다.

꾸뻬는 어디로 가야 코르모랑 교수를 만날 수 있는지 알게 되었다. 그렇지만 그가 인구 1600만 명의 도시에 몸을 감추었다는 걸 생각해본다면 그 장소를 정확히 안다고도 할 수 없었다.

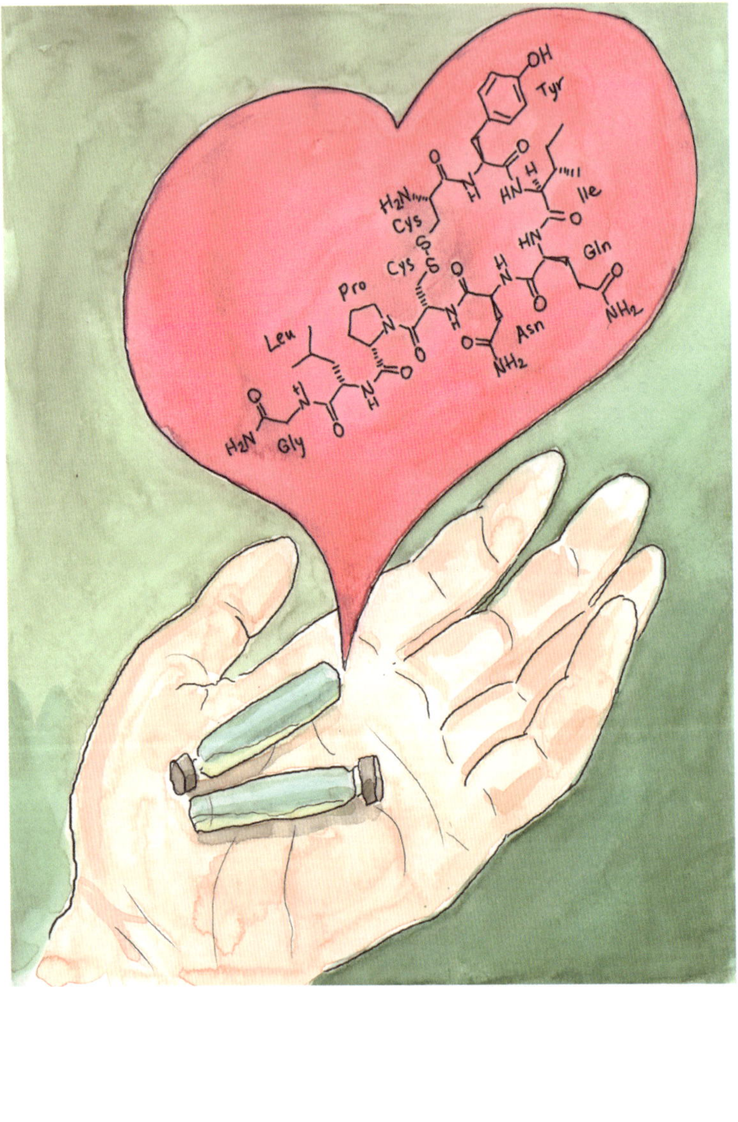

OH
Tyr
Ile
Gln
Cys
Cys
Pro
Asn
Leu
Gly

열정적 사랑의 유효기간은 18개월

바일라가 자신의 어깨에 기댄 채 자고 있는 동안, 꾸뻬는 거대한 은하수처럼 지평선 끝까지 펼쳐진 상하이의 불빛을 내려다보고 있었다. 그가 탄 항공기는 그 위를 천천히 날았다.

꾸뻬는 클라라를 잊지 않았지만, 바일라와 함께 생활하면서부터 사랑에 대해서 더 많이 더 깊이 생각하게 되었다. 코르모랑 교수의 말에 따르면 그것은 어쨌든 하나의 실험이므로 관찰된 것들을 기록해야만 했다.

처음에 그는 그녀를 거기 놔둔 채 여행을 계속하려 했다. 그녀에게 이메일 주소 만드는 법을 가르쳐준 다음 메시지와 사진을 교환하려고 했던 것이다. 하지만 그림을 그려가며 설명을 시작하자 그 부드러운 미소는 온데간데없고 절망의 그림자가 바일라의 얼굴을 뒤덮는 바람에 더 이상 계속할 용기가 나지 않았다.

그녀의 숨결이 목덜미에 느껴졌다. 그녀는 자기를 절대 버리지 않으리라는 어린애 같은 믿음을 갖고 그의 몸에 기대어 잠을 자고 있다.

꾸뻬는 수첩을 펼쳐서 이렇게 썼다.

난 바일라를 그냥 버려두고 올 용기가 나지 않았다. 버림받은 데 따른 고통이 내 마음을 동요시켜서일까?

꾸뻬는 나이가 더 많은 다른 정신과 의사의 긴 의자에 누워 어머니에 대한 얘기를 비롯한 이런저런 얘기를 하면서 그 사실을 알게 되었다. 그는 유기遺棄로 인한 상처를 갖고 있어서 버림받는 걸 잘 견뎌내지 못했고 다른 사람을 버리는 일은 더 힘들어했다. 지금 클라라와도 그래서 더 힘든 것이다. 자신의 상처로 인해 애정 생활이 몹시 복잡해질 수도 있다는 것을 스스로도 알고 있었지만 어쩌지 못하는 부분이었다.

– 난 그녀의 부재를 못 견디게 될까 봐 두려워했던 건 아닐까?

이 유기의 문제는 여전히 계속되고 있다. 그렇다면 나이 든 프랑수아를 찾아가 그 긴 의자에 누워 다시 한 번 치료를 받아야 하는 게 아닐까?

– 난 성적으로 그녀에게 종속되어버린 것일까?

이 성적 강박強迫의 문제에 대해서는 더 이상 자세히 이야기할 필요도 없을 것이라고 꾸뻬는 생각했다. 그건 너무나 쉽게 이해할 수 있는 부분이니까.

– 우리는 교수가 준 약을 먹었기 때문에 서로에게 애정을 품게

된 것일까?

—우리는 함께 생활했기 때문에 서로에게 애정을 품게 된 것일까?

그러나 분명한 것은 그들이 보낸 시간의 대부분을 성적 감정이 지배하고 있었지만 오직 그것만을 느낀 건 아니라는 사실이다. 그들은 이미 슬픔을 맛보았다. 그가 그녀를 버려둔 채 혼자 떠나려고 했을 때 그녀의 눈에는 눈물이 가득 고였다. 또한 두 일본 여성 앞에서 몸을 곧추세웠을 때 그녀의 눈은 마치 격노한 여신의 그것처럼 분노로 가득 차 있었다.

그리고 바일라가 꾸뻬를 화나게 만들기도 했었다. 가방을 싸놓은 채 방에서 그녀를 기다리고 있던 꾸뻬는 그녀가 나타나지 않자 가족들과 함께 남기로 결심했나 보다고 생각했다. 그런데 그녀가 완전히 달라진 모습으로 나타난 것이다. 그녀는 꼭 창녀처럼 화장하고 뽀글거리는 파마머리를 하고 술 장식이 달린 나팔바지에 번쩍거리는 금속 조각이 달린 티셔츠를 입고 통굽 샌들을 신은 걸로도 모자라서 꾸뻬의 나라에서 만들어지는 유명한 상표를 복제한 핸드백까지 손에 들고는 그의 앞에 자랑스럽게 섰다.

꾸뻬는 사원 한가운데에 슈퍼마켓이 세워진 걸 보기라도 한 듯, 조각상에 광고판이 걸려 있는 걸 보기라도 한 듯, 참을 수 없는 분노가 치밀어 오르는 걸 느꼈다. 그는 그 같은 분노가 자기 자신을 향한 것인지, 아니면 다른 사회의 아름다움을 파괴해버린 자신의 사회를 향한 것인지, 그것도 아니면 자신의 아름다움을 그렇게 스스로 망쳐버린 바일라를 향한 것인지 알 수 없었다. 어쨌든 그녀는 눈물을 뚝뚝 흘리며 샤워를 해야만 했다.

꾸뻬는 호텔 부티크에서 바일라에게 어울릴 실크 옷을 골라주는 것으로 그녀를 위로했다. 바일라는 가격표에 표시된 옷값을 보자 충격을 받은 듯했다. 그녀는 겁에 질린 표정으로 머리를 저었다. 그녀에게 그 액수는 가족들을 몇 달 동안 먹여 살릴 수 있는 돈이었던 것이다. 하지만 그녀는 금방 익숙해졌고 꾸뻬는 그 돈을 지불했다.

꾸뻬는 호텔 지배인이 유리창을 통해 이상한 눈으로 자기들을 쳐다보고 있다는 걸 눈치챘다. 일주일 사이에 안마사 한 명과 여종업원 한 명이 차례로 그만두었으니 그는 인원 보충 문제로 골치가 좀 아플 것이었다.

비행기 안 어슴푸레한 빛 속에서 눈을 뜬 바일라는 그들 아래의 허공이 두렵게 느껴지기라도 한 듯 조심스레 창문 쪽으로 고개를 숙였다. 그 모습을 보던 꾸뻬는 자기가 그녀를 진심으로 사랑한다고 생각했는데 그 순간 스스로의 생각에 당황했다.

친애하는 친구,

엄격하게 얘기하면, 난 이 실험에 대해 자네에게 아무런 설명도 하지 말아야만 하네. 왜냐하면 자네는 실험 대상이니까 말일세. 하지만 감히 말하건대 자네는 흔히 볼 수 있는 실험 대상이 아니라네. 자네는 정신과 의사라는 직업을 갖고 있는데, 이런 직업을 가진 사람을 실험 대상으로 삼는다는 게 절대 쉬운 일이 아니거든(어쩌면 언젠가는 유전학계에 천재가 나타나서 뇌 유전자를 변형시킨 햄스터들을 대상으로 정신요법을 실시할 수 있게 될지도 모르겠네. 게다가 이 햄스터들은 가격도 싸지 않은가).

자네는 사랑의 생물학에 관한 수많은 연구가 진행되고 있다는 사실도 알 것이고, 그중에서도 내가 가장 앞서가고 있다는 사실도 알 걸세. 다른 느림보들은 내 뒤를 열심히 쫓아오고 있지.

그들은 두 가지 신경전달물질, 즉 옥시토신과 도파민에 관심을 가지고 있지. 옥시토신은 다른 존재에게 애착을 갖는 중요한 순간에 우리 뇌에 분비되는 걸로 추정되네. 즉 엄마들이 아기에게 젖을 먹인다거나, 누군가와 사랑을 나눈다거나 아니면 사랑하는 사람을 품에 안는다거나 하는 경우 또 아기나 작고 귀여운 동물을 관찰할 때 분비된다지. 말하자면 옥시토신은 애정과 애착의 호르몬이지.

옥시토신 수용기受容器를 뇌에 풍부하게 갖추고 있는 작은 들쥐들이 있다네. 그 수컷들은 자신의 암컷에게 애착을 갖고 평생 충실하지. 반대로 옥시토신 수용기를 그보다 덜 갖추고 있는 산쥐들은 그야말로 천하의 바람둥이들이지. 들쥐들의 옥시토신 수용기를 제거하고 산쥐들에게 옥시토신을 다량 주입하면 반대로 행동한다네! 참고로 수컷이 변화한 걸 보고 암컷 쥐가 어떤 반응을 보이는지에 대해서는 그 누구도 관심을 갖지 않았다는 사실을 주목하게.

옥시토신에 이어 이번에는 지독하게 못돼먹은 도파민을 무대로 불러내보자고. 도파민은 우리가 유쾌한 감정을 느낄 때 최대한으로 분비되는데, 그건 우리 뇌 속에 있는 보상 시스템의 최종 단계로서 특히 새로운 것이 도파민의 분비를 촉진한다네. 말하자면 그것은 더 많은 것의, 더 새로운 것의 호르몬일세. 새로운 상대를 만나서 사랑을 시작하게 되면 우리 뇌는 이 도파민으로 출렁출렁 넘치게 되지. 문제는, 그러고 나면 우리의 도파민 수용기가 조금씩 둔감해진다는 거야. 남이 잘되는 꼴을 못 보는 일부 학자들에 따르면, 사랑의 열정은 같이 살기 시작하고 나서 18개월에서 36개월이면 식어버린다고 하네. 바로 그 순간에 친절한 옥시토신이 그 뒤를 이어 우리에게 강렬한 애정을 불어넣지 않을 경우 도파민은 발정 난 복슬개처럼 새로운 상대를 찾아보라고 우리를 부추기지.

결국 옥시토신은 성인聖人에, 도파민은 매춘부—난 도파민을 창녀에 비유하고 싶지는 않다네. 그중 일부는 유일한 여성 전도자로서 오직 한 남자와 한 가지 신앙에만 충실했던 그 유명한 막달라처럼 성녀가 될 수도 있으니까 말일세—에 비유할 수 있을 걸세! 옥시토신은 유대 그리스도교나 불교의 호르몬이랄 수 있지. 이웃을 사랑하고, 충실하고, 남을 보호하고 그를 행복하게 만들어주고 싶어 하니까 말일세. 반면에 도파민은 악마와 유혹의 호르몬으로서, 우리로 하여금 애정 어린 관계를 파탄내라고, 여러 가지 독물을 남용하라고, 새로운 걸 찾아보라고, 신대륙을 찾아 나서라고, 한 번도 본 적 없는 걸 만들어보라고, 염소 치즈를 나눠 먹고 서로를 사랑하며 평화롭게 지내는 대신 바벨탑을 쌓아 올리라고 부추기지. 좋아, 위대한 철학자라면 이 이중성에 대해 수백 페이지짜리 책을 써낼 수도 있겠지. 하지만, 요점은 내가 이미 말했네.

그리고 욕망을 자극하는 다른 미립자들도 있네만, 이 정도로 해두세. 왜냐하면 자네가 아는 사람이 이 편지를 읽을 것이기 때문이지. 난 그들이 수월하게 일을 하도록 만들어주고 싶지는 않다네.

현재 나는 이 미립자들의 변형된 형태를 연구 개발하는 일을 하고 있는데, 그것들이 지속적인 약효를 발휘하게 함으로써 수용기가 무감각해지지 않도록 하기 위해서지. 난 실력 있는 화학자 한 사람과 함께 일했다네. 그런데 불행하게도 그는 자기보다 스무 살 어린 한 젊은 조수의 열정을 무한정으로 만족시켜주겠다는 생각으로 복용량을 늘렸다네. 모든 게 다 허영심에서 비롯된 거지.

자, 친애하는 친구여, 훤히 다 알고 있는 걸 자네에게 설명하려니 벌써부터 지루해지기 시작하는군. 자네 역시 그럴 걸세. 난 새로운 걸 좋아하고, 나의 도파민은 항상 날 갖고 논다네.

체스터 G. 코르모랑

사뻬는 다음과 같이 써 넣지 않으면 안 된다는 걸 느끼고 좀 슬픈 기분이 들었다.

열두 번째 작은 꽃 열정적인 사랑은 같이 살기 시작한 지 18개월에서 36개월이면 차갑게 식어버린다.

이렇게 쓰면서 그는 서로를 자주 볼 수 없는, 예를 들면 둘 중에 한쪽이 결혼을 했을 경우의 사람들 사이엔 짧게는 5년에서 6년, 길게는 수십 년씩 지속되는 그 모든 열정적인 이야기들을 기억해냈다. 두 남녀가 서로 만나서 오직 사랑과 대화만을 나눈다고 치자. 이 경우 두 사람의 사랑은 오랜 세월이 지난 뒤에야 식을 것이다. 그렇다면 이건 일종의 속임수나 다름없다. 남녀가 같이 살게 되면 18개월에서 36개월 사이에 사랑이 식어버리는데 말이다.

같이 살면서 매일 아침 함께 눈을 뜨다 보면 배우자에게 더 이상의 매력을 느끼지 못하게 되는 경우가 많다. 꾸뻬는 그가 지금까지 살아오면서 들었던, 그리고 그가 직접 체험했던 사랑 이야기를 떠올리면서 이렇게 기록했다.

열세 번째 작은 꽃 열정적인 사랑은 대체로 몹시 부당하다.

꾸뻬,

내가 지난번에 보낸 이메일에 대한 답장이 없어서 불안해.

당신이 너무 슬퍼하지 않기를 바라. 군테르가 걱정스러운 표정을 짓고 있는 걸 보면 그 역시 당신으로부터 아무런 소식도 듣고 있지 못한 거겠지.

여기서는 여느 때와 같은 생활이 계속되고 있어. 당신, 어떻게 지내는 거야?

대답해줘.

마음으로부터 키스를 보낼게.

클라라 역시 유기遺棄의 문제를 안고 있는 듯했다. 꾸뻬는 백옥같이 하얀 피부를 가진 중국 절세미인이, 좀 멍한 표정의 뚱뚱한 남자가 정맥이 다 드러나 보이는 엄청나게 큰 성기를 자기의 몸에 삽입하도록 내버려두고 있는 조각상을 보면서 클라라의 편지를 떠올렸다. 꾸뻬와 바일라는 박물관, 정확히 말하자면 사랑 박물관에 와 있다. 이곳에는 사랑을 주제로 한 수천 점의 작품이 진열되어 있다. 그걸 보면서 꾸뻬는 사람들의 성적인 강박관념이 어제오늘의 일이 아니라는 사실을 다시 한 번 확인할 수 있었다.

어마어마하게 넓은 상하이에 내려 꾸뻬는 잠시 고민했다. 그러다 교수 역시 이 박물관에 들러 어떤 단서를 남겨놓았을 거라고 짐작하고 이곳부터 방문한 것이다.

바일라가 슬그머니 그의 팔짱을 꼈고 두 사람은 이 전시실에서 저 전시실로 옮겨 다니며 〈수액을 찾아다니는 나비〉라든가 〈샘물이 솟아나도록 바위를 쪼개다〉 혹은 〈떠돌이새가 숲길을 발견하다〉 같은 제목이 붙은 그림이나 조각상을 구경했다. 중국 문명은 도처에 시정詩情이 묻어나는 문명이다.

그는 이 같은 자신의 생각을 바일라에게 얘기해줄 수가 없었고, 그녀 역시 중국어와 영어로 쓰인 설명문을 이해할 수 없었다. 하지만 작품의 의미야 그냥 보기만 해도 깨달을 수 있는 것 아닌가. 그래도 바일라가 남자들의 성기—이곳 예술가들은 그걸 비취 들보라고 불렀다—는 원래 다 그렇게 큰 거라고 잘못 생각할까 봐 꾸뻬는 은근히 걱정되었다.

바일라는 처음 몇 작품을 보면서는 손으로 입을 가리고 웃었다. 그다음 몇 작품은 관심 있게 쳐다보았고 그러더니 서서히 지겨워하기 시작했다. 그녀는 손으로 입을 가리고는 하품까지 하고 있었다. 꾸뻬는 그게 남자들과 여자들의 작은 차이라는 사실을 기억했다. 지금 이 순간의 그처럼 남자들은 육체관계가 이뤄지고 있는 장면을 보면 항상 조금씩 흥분하지만, 대부분의 여자들은 그 정도로는 그런 감정을 느끼지도 않고 자기 전화번호를 알려주지도 않는다.

그들은 상아 조각품이 들어 있는 진열창 앞에 도착했다. 처음엔 그게 보석인 줄 알았다. 그러나 그 조각품들은 부재중인 남편을 대신하거나 아니면 아내를 더 잘 만족시키기 위해 남편이 이용하는 자질구레한 기구들이었다. 이것을 보니 옛 중국인들도 여성의 감각을 일깨우는 몇 가지 기구들을 갖고 있었음을 알 수가 있었다. 바일라는 그 물건들을 보자 우뚝 멈춰 서더니 꾸뻬를 향해 돌아섰다. 그러더니 손을 펴서 귀에 갖다 대고는 머리를 좌우로 흔들어댔다. 코끼리, 그녀는 그 물건들이 무엇으로 만들어졌는지 깨달은 것이었다.

관람객들은 작품을 감상하면서 킥킥대고 있었다. 그걸 보며 꾸뻬는 생각에 잠겼다. 수많은 사람들이 원하는 상대와 원하는 만큼 할 수 없어서 절망하는 동일한 행위, 바로 그것이 중국인과 유럽인, 미국인 등 그곳을 지나가는 거의 모든 관람객을 웃게 만드는 게 아닐까. 〈배고픈 말, 사료통을 향해 미친 듯이 달려가다〉라든가 〈힘이 다한 용, 싸움을 그만두다〉 같은 제목의 작품을 보면서 사람들은 한결같이 킥킥대거나 히죽히죽 웃곤 했던 것이다.

사랑이란 내면으로부터 체험해야 하는 감정이다. 하지만 사람들이 사랑의 감정에 동요되어 추론 능력을 상실하는 걸 보면, 우리는 욕망을 예의범절로 감출 줄 모르는 동물이나 어린아이들을 볼 때처럼 웃게 된다. 사랑과 예의범절이 늘 양립할 수 있는 게 아닌 건 확실하다.

꾸뻬는 〈목이 긴 코르모랑 교수, 거품 같은 침을 솟아나게 하다〉라는 제목의 그림 앞에 우뚝 멈춰 섰다. 아주 작은 이 그림의 액자는 먼 옛날 것처럼 보이지만 그림 자체는 다른 그림들과 같은 영감으로 그린 것 같지는 않았다. 꾸뻬는 그림을 뒤집어보았다. 가느다랗게 써놓은 316 715 9243이라는 숫자에 이어 바일라의 귀 뒤에서 본 것과 똑같은 표의문자들이 눈에 띄었다. 코르모랑 교수는 장난치는 걸 좋아하는 것 같았다.

지나간 사랑의 잔재, 그리움 혹은 미련

꾸뻬는 그림 뒤에 쓰인 번호로 전화를 했고 코르모랑 교수가 상하이 동물원을 약속 장소로 정해놓았다는 것을 알게 되었다. 그와 바일라가 동물원에 도착했을 때 여러 중국 텔레비전 방송국 차량들이 서 있었고 그 주변에는 수많은 사람들이 모여 있었다. 두 사람은 그쪽으로 다가갔다. 방송국 카메라들은 눈에 검은 마스크를 쓴 것처럼 익살스러워 보이는 판다 한 쌍을 촬영하고 있었다.

두 마리의 판다는 그들을 위해 만들어진 작은 섬에서 서로를 꼭 껴안고 있다가는 서로의 콧구멍 핥아주기를 반복했다. 판다들은 자기들을 관찰하고 있는 관람객들과 돌아가는 카메라를 가끔씩 바라보곤 했으나 크게 개의치 않는 듯했다. 판다들이 귀엽기는 했지만 왜 그 광경이 그렇게 사람들의 관심을 끄는지 꾸뻬는 이유를 알 수가 없었다. 바일라는 그걸 보자 무척이나 마음이 쏠리는지, 아니면 판다들을 바라보면서 자신도 모르는 사이에 옥시토신을 분비했는지 감동을 받은 듯 들릴락 말락 감격에 겨운 숨을 내쉬었다.

결국 꾸뻬는 영어를 할 줄 아는 중국 청년 두 사람을 찾아냈다. 그들에 의하면 동물원 사람들은 몇 달 전부터 이 판다 한 쌍이 번식을 하도록 애써왔다고 한다. 하지만 히(Hi)라고 불리는 수컷 판다는 하(Ha)라고 불리는 암컷 판다에게 전혀 관심이 없었고 심지어는 암컷이 관심을 끌려고 애쓸 때마다 발로 걷어차는 바람에 혹시 히가 본심을 숨긴 채 딴청을 피우고 있는 건 아닌가 의문을 품었을 정도라는 것이다. 그런데 이틀 전부터 히가 깊은 사랑에 빠진 듯 몇 번씩이나 하와 관계를 가졌을 뿐만 아니라 좋아서 죽겠다는 듯 아양을 떨며 곁을 떠날 생각을 안 한다는 것이었다. 일반적으로 판다들은 교미를 서둘러 끝내고 각자 자기 영역으로 돌아가는 스타일인데 말이다. 그렇기 때문에 이 모든 일이 판다들에게뿐만 아니라 이 동물을 마스코트로 생각하는 중국 사람들에게도 큰 사건이 되었고 최고 지도자까지도 히와 하에 관한 성명을 발표할 예정이라고 했다. 판다의 새로운 사랑은 중국이 앞으로 행운을 맞이할 것이라는 좋은 징조며 현재 선정善政이 베풀어지고 있음을 보여주는 증거로 간주되기 때문에 지도자들도 이 기회를 이용하려 한다는 것이다.

"친구, 어떻게 생각하나?"

꾸뻬가 돌아서보니 아주 건강해 보이는 코르모랑 교수가 한 젊은 여성과 함께 서 있었다. 바일라와 나트는 즐거운 고함을 내지

르며 서로를 껴안더니 중간중간 웃으며 수다를 떨기 시작했다. 그런데 코르모랑은 지팡이를 짚고 있었다. 그가 다리를 저는 건 금시초문이었던 꾸뻬는 조금 놀랐다.

"판다에 대해서는 아무 말씀 안 하셨잖아요?"

"무슨 소리! 우리가 먹은 바로 그 약인데, 수컷의 복용량만 다르게 했을 뿐이라네."

"근데 어떻게 그걸 먹이신 겁니까?"

그러자 교수는 지팡이를 흔들어대더니 꾸뻬에게 눈을 찡긋했다.

"수컷과 암컷에게 거의 동시에 약을 먹이는 게 좀 힘들었지. 그 놈들 코 밑에 대고 약을 흔들어대야 했는데, 내가 그 방법을 개발했다네."

꾸뻬는 코르모랑 교수의 대나무 지팡이가 약을 불어넣는 일종의 취관吹管으로 쓰였다는 걸 깨달았다.

"자넨 바일라랑 잘되어가나?"

꾸뻬는 교수가 예측했던 대로 다 잘되어가고 있기는 하지만 그래도 해독제를 복용하고 싶다고 대답했다. 교수가 놀란 표정을 지었고 바로 그 순간 한 방송국 카메라가 그들 두 사람을 비추고는 마이크를 그들 코앞에 들이밀었다.

젊은 아시아계 여성이 단호한 표정으로 말했다.

"CNN 방송에서 나왔는데요. 지금 여기서 무슨 일이 일어나고 있는지 영어로 좀 설명해주실 수 있는지요?"

표정이 굳어진 코르모랑 교수는 처음엔 도망치려고 하더니 미소 띤 얼굴을 붉히면서 이렇게 소리쳤다.

"지금 여기서 우리가 보고 있는 건 사랑이 보편적이라는 사실입니다! 그건 판다에게도 마찬가지예요! 사랑이라는 게 애정과 성적 욕망의 결합체가 아니면 도대체 뭐겠습니까?"

바로 그때 관람객들이 웅성거리기 시작했다. 드디어 히가 다시 하와 관계를 갖기 시작했고, 하는 히를 부드러운 눈길로 바라볼 뿐 그가 하는 대로 가만히 있었던 것이다. 코르모랑 교수는 기뻐서 어쩔 줄 몰라했다.

"판다들이 얼마나 행복해하는지 보세요. 저건 동물들의 단순한 교미와는 거리가 멀다고요! 욕망과 애정이 결합되어 있단 말입니다."

"정말 흥미로운 얘기로군요. 무슨 일을 하는 누구신가요?"

"난 체스터 G. 코르모랑 교수이고, 이쪽은 나의 절친한 친구인 정신과 의사 꾸뻬올시다. 우리 두 사람 다 사랑 전문가지요."

코르모랑 교수의 말에 CNN 기자인 듯한 젊은 아시아계 여성은 황홀경에 빠지기 일보 직전인 표정을 지었다. 수많은 중국인들 가운데서 영어를 할 줄 아는 사람을 찾아낸 것만 해도 행운인데 거기다 전문가를 두 사람씩이나 만난 것이다. 그녀는 흥분한 듯 톤이 높아졌다.

"그런데 왜 판다들에게 저런 일이 일어난 거죠? 설명을 좀 해주실 수 있나요?"

바로 그 순간 바일라와 나트가 그들 가까이로 다가왔다. 두 여성은 꾸뻬와 교수 옆에 서서 카메라를 보며 환한 미소를 지었다.

"아는 사이세요?"

"우리를 도와주는 조수들입니다."

기자의 질문에 코르모랑 교수가 대답했다.

"벤티사르아라메이 대학에서 일하고 있죠."

꾸뻬가 한마디 덧붙였다. 코르모랑 교수는 기자의 질문에 자세히 설명하기 시작했다. 즉 벽장 안에 악기들이 놓여 있듯이 사랑에 필요한 구성 성분들이 모든 포유류의 뇌 속에 존재하므로 악단장樂團長 한 사람만 있으면 그것들이 동시에 기능하도록 만들 수 있다는 얘기였다. 기자는 깊은 관심을 느끼는 듯했다.

그런데 꾸뻬는 많은 중국인들 사이로 불쑥불쑥 얼굴을 보이는 장 마르셀을 발견하고는 깜짝 놀랐다. 그는 누군가를 찾고 있는 것 같았다. 장 마르셀을 봤다는 얘기를 해주려고 몸을 돌렸으나 교수와 나트는 이미 자취를 감추고 없었다.

"결론으로 한말씀 해주시겠어요?"

기자의 말에 바일라가 생뚱맞게 소리쳤다.

"싸베이!"

꾸뻬는 그게 크메르어로 '모든 게 다 잘되어간다'라는 뜻이라는 걸 이미 알고 있었다. 하지만 꾸뻬는 과연 모든 게 다 잘되어가고 있는 건지 점점 더 자신이 없어졌다.

히와 하에 관한 르포 방송은 전 세계 모든 텔레비전 방송을 탔다. 총살 장면이나 갈기갈기 찢겨나간 시신은 보여줘도 판다가 사랑을 나누는 장면은 보여주지 않는 게 원칙인 텔레비전 방송에는 히가 하의 뒤편에서 열심히 몸을 움직이는 장면이 아닌, 서로의 콧구멍에 입을 맞추는 장면부터 나왔다. 그러고는 코르모랑 교수가 열띤 어조로 늘어놓은 사랑에 관한 일장연설이 이어졌다. 또 옆에서 맞장구를 치는 꾸뻬, 환한 미소를 띤 바일라와 나트의 생기발랄한 얼굴도 비쳤다.

영어 실력을 향상시키기 위해 CNN 방송을 시청하고 있던 클라라도 이 장면을 보게 되었다. 그녀가 가장 먼저 주목한 건, 꾸뻬가 행복해 보인다는 점이었다. 그녀는 그에게 바짝 다가서 있던 바일라가 그의 등에 손을 갖다 대고 있는 걸 보았다. 클라라는 강한 전류 같은 것이 자신의 발끝에서 머리끝까지 훑고 지나가는 걸 느꼈다.

"저런 멍청한 인간 같으니!"

클라라 옆에 앉아 있던 군테르가 소리쳤다. 지금 그는 클라라의 직장 상사로서가 아니라 그녀의 연인으로 함께 앉아 있었다. 둘이 서로에게 마음을 빼앗긴 지는 오래되었지만 표면으로 드러내는 것은 꺼리고 있던 터였다. 군테르가 분한 표정을 지으며 말했다.

"빌어먹을, 간발의 차이로 눈앞에서 놓치고 말았어! 근데 당신 무슨 일이야? 우는 거야?"

"내가 울긴 왜 울어요?"

클라라가 불쑥 몸을 일으키고는 목욕탕으로 들어가버리자 군테르는 고통스러워하기 시작했다. 클라라를 깊이 사랑하게 되었고 그래서 새로운 인생을 꾸리고 싶은 바람을 가졌는데 그게 헛된 바람이 아닐까 하는 불안을 떨칠 수 없었던 것이다. 코르모랑 교수의 뒤를 쫓으라고 꾸뻬를 보내버렸으니 이젠 클라라와 좀 더 가까워질 수 있으리라 믿었다. 그런데 클라라는 질투라도 하는 듯 꾸뻬가 귀여운 동양 여자랑 같이 있는 걸 보면서 눈물을 흘리지 않는가. 그녀와의 관계가 제 궤도에 오르는 일은 아직 요원한 것인가 싶어 군테르는 답답해졌다.

목욕탕으로 들어간 클라라는 눈물을 닦으며 바보같이 군 자신을 나무랐다. 어쨌든 꾸뻬를 속이고 바람을 피운 건 자기인데 그가 다른 여자랑 있는 걸 보고 가슴 아파하는 건 이중적이지 않은가 하고 스스로를 질책했다. 그를 불행하게 만들까 봐 사실대로 털어놓지 못할 때는 언제고 이제 와서 그의 행복한 표정을 보고 못 견뎌하는 건 또 무슨 마음인지.

그건 아직도 자신이 꾸뻬를 사랑한다는 걸 의미하는 것인지 아니면 단순한 질투심인지 그녀 자신도 헷갈렸다. 질투도 사랑의 증거가 아닌가? 클라라는 텔레비전 화면을 보면서 불현듯 꾸뻬를 영영 잃을지도 모른다고 생각했다. 군테르와 관계를 맺을 때부터 이미 생각해왔던 일이지만 막상 눈앞에서 그것을 보고 실감이 나자 그녀는 꾸뻬와 지금 당장 얘기를 나누고 싶다는 주체할 수 없는 욕구가 치밀어 올라왔다.

"클라라? 칵테일 만들어놨어."

군테르가 문을 두드리고 있었다. '참 눈치 없이 구네'라고 중얼거리던 클라라는 그런 자신을 나무랐다. 군테르가 자신을 미친 듯이 사랑한다는 걸 알고 있기 때문이다. 처음에 그녀는 그 사실을 눈치채지 못했다. 하지만 이제는 그가 자신을 깊이 사랑한다는 걸 알 수 있다. 그런데 이제 와서는 자신이 그렇게까지 그를 사랑하고 있지는 않다는 느낌이 드는 것은 왜일까? '오, 세상에. 사랑은 왜 이렇게 복잡한 것일까.' 클라라는 머리를 헝클어뜨리며 흔들어댔다.

실연의 아픔을 구성하는 첫 번째 요소 - 결핍

"이 도시는 좀 미친 것 같아."

로켓처럼 생긴 초고층 건물 꼭대기의 파노라마 식당에서 꾸뻬, 바일라와 함께 식사를 하고 있던 장 마르셀이 투덜댔다. 이 식당은 저절로 돌아가기 때문에 식사를 하는 동안 도시의 드넓은 원경을 다 구경할 수 있는데 꼭 비행기나 기구를 탄 것 같다고들 한다. 지평선까지 펼쳐진 도시에는 마천루가 마치 거대한 나무들처럼 솟아나 있고 그들 발밑을 흐르는 강에는 건축 자재를 잔뜩 실은 수송선들이 떠다니고 있다. 중국 사람들은 아이는 점점 덜 낳고 있지만 건물은 점점 더 많이 짓고 있는 추세였다.

바일라는 프랑스인들이 지어놓은 우체국이 가장 높은 건물인 고향 마을에서 단 한 발자국도 밖으로 나가본 적이 없었으므로 장 마르셀이 좀 미쳤다고 생각하는 이 새로운 도시에 제법 흥미를 느끼고 있었다. 꾸뻬는 사원에 함께 다녀온 이후로 친한 친구 사이가 된 장 마르셀을 이곳 상하이에서 다시 만나게 되어 너무나 기뻤다.

"상하이에는 무슨 일로 오셨습니까?"

"이번에도 사업이죠 뭐. 이런 고층 건물을 세워 올리면 휴대 전화가 잘 터질 수 있도록 계전기를 비롯한 이런저런 장비를 설치해야 하는데, 그걸 우리 회사에서 팔거든요."

"이렇게 다시 만나게 되다니, 정말 반가워요."

꾸뻬는 거듭 반가움을 표시했다.

"아, 오늘 아침에는 다들 판다 얘기뿐이더군요. 중국 텔레비전에도 안 나온 데가 없어요. 나도 약속이 안 잡혀 있어서 그걸 보러 가려고 했지요. 빌어먹을! 내 말을 못 알아들었잖아!"

꾸뻬와 장 마르셀은 맥주 한 잔씩만 시켰는데 호텔 여종업원이 커다란 술병 두 개에 맥주를 가득 담아서 들고 온 것이었다. 꾸뻬가 과음하는 걸 그다지 좋아하지 않는 바일라가 눈썹을 찌푸렸다. 그걸 본 꾸뻬는 그것 역시 사랑의 한 증거가 아닐까 생각했다. 바일라는 알코올을 입에 대지 않았다. 포도주를 반 잔만 마셔도 금세 양쪽 뺨이 빨개지면서 앉은 자리에서 잠이 드는 정도였다. 꾸뻬는 아시아인들 대부분이 알코올 분해효소가 부족하다는 사실을 기억해냈다. 물론 뒷좌석의 일본인 남자들처럼 그걸 두려워하지 않고 부어라 마셔라 미친 듯 용감하게 효소 부족에 도전하는 사람들도 있긴 하지만 말이다.

바일라를 보면 그의 마음은 충만해졌지만 그럼에도 꾸뻬는 여전히 걱정에 사로잡혀 있었다. 그는 해독제를 늦게 먹으면 먹을 수록 약효가 떨어지리라는 걸 알고 있었다. 최근에 함께 보낸 행복한 순간들이 지워지지 않을 흔적을 남겼을 것이기 때문이다. 바로 그 순간 바일라가 그를 보며 웃었다. 그녀의 웃음에 그의 잡념은 먼지처럼 흩어졌고 행복감이 온몸을 훑고 지나가는 걸 다시 한 번 느꼈다.

"당신 여자 친구는 정말 매력적이군요. 영어는 좀 할 줄 아나요?"

"한마디도 못합니다."

"그럼 당신이 크메르어를 아는 건가요?"

"전혀 못합니다."

꾸뻬의 대답에 장 마르셀은 뭔가를 골똘히 생각하는 듯했다. 함께 사는 남녀가 공유하는 단어가 세 마디도 안 된다면 그건 무얼 의미하는 것인가? 대부분의 사람들은 그런 말을 들으면 뻔하다고 생각하게 된다. 그렇다고 그런 생각을 나무랄 수만도 없다. 꾸뻬는 장 마르셀의 생각을 흩뜨리듯 짐짓 딴청을 피며 물었다.

"부인과는 어떻게 잘되어가나요?"

"최악입니다."

아내가 지난 몇 년 동안 일만 알고 자신은 소홀히 했으니 이제는 다 끝났다고, 더 이상 그를 사랑하지 않는다고 전화로 통보했다고 한다. 그런데 그렇게 전화를 끊은 그녀가 다시 전화를 걸어서는 어떻게 지내는지, 저녁 시간은 어떻게 보내는지, 친구들은 만나는지, 혼자 호텔 방에 남아 있는 건 아닌지 궁금해하고 걱정했다는 것이다.

“그래서 지금 기분은 좀 어때요?”

“별로 안 좋아요. 아내가 더 이상 날 사랑하지 않는다고 말했을 땐 꼭 이 세상에 나 혼자 버려진 듯한 느낌이 들더군요. 문득 당황스럽고 불안해졌어요. 그러면서 아내가 지금 내 곁에 있으면 얼마나 좋을까 하는 생각이 들더라니까요. 그러고 나서는 아내를 잘 돌보지 않은 나 자신이 원망스럽더라고요. 내가 구제불능의 바보처럼 느껴졌어요. 그런 다음엔…….”

“그런 다음엔 당신 아내를 원망했겠죠. 어쨌든 내 나름대로 그녀에게 잘해주었고 아이들에게도 좋은 아빠 노릇을 했는데 그녀는 당신을 버리려는 거니까요.”

장 마르셀은 놀란 표정을 지었다.

“맞아요. 바로 그겁니다. 게다가 저번 날 밤에는 술을 진탕 마시고 전화해서 잡년이라고 욕설까지 퍼부어댔지요. 한마디로 내 무덤을 내가 판 겁니다. 나라는 놈이 정말 한심하게 느껴져요. 그래도 아내는 내가 힘들어한다는 걸 알았는지 그걸로 날 그렇게까지 원망하지는 않았어요. 그러고 나서는…….”

“당신은 만일 아내와 헤어져서 다른 여자를 만나더라도 그녀만큼 사랑하지는 못할 거라고 생각하는군요. 당신은 지금 무미건조한 삶을 살게 될까 봐 두려워하고 있는 겁니다. 물론 다른 여자들이랑 연애는 하겠지만 그 누구도 그녀가 느끼게 해주었던 것과 똑같은 감정을 당신에게 느끼게 해주지는 않을 거라는 거죠.”

“이럴 수가! 바로 그겁니다. 당신, 정말 굉장하군요.”

“오, 그 정도는 아닙니다. 내가 알고 있던…….”

그 말은 사실이었다. 그는 바일라 이전에 클라라에게 그 모든 감정을 느꼈다. 그와 장 마르셀처럼 별로 닮은 게 없는 두 남자가 똑같은 감정을 갖고 있다는 것은 흥미로운 사실이었다. 그리고 자신의 여자 환자들 중 몇 명을 기억해내면서 그는 많은 여자들이 거의 흡사한 감정을 느낀다고 생각했다. 그런데 이상하게도 정신과 의사들은 이 문제에 대해 별다른 관심을 기울이지 않는 것 같다. 사랑하는 사람으로부터 버림받는다는 게 얼마나 고통스러운 일인가? 이처럼 실연의 아픔에 관한 심리학이야말로 참으로 진지한 주제인데 실제로는 그렇게 간주되지 않는다. 바일라가 그의 팔을 만지며 물었다.

"싸베이?"

"싸베이!"

그러자 장 마르셀이 "싸베이!"라고 외치며 맥주잔을 들어 올렸다. 바일라가 차디찬 녹차를 마신다는 것만 제외하면 중국 맥주 광고에 등장하는 행복한 장면을 연상시켰다.

꾸뻬는 바일라의 잠든 모습을 바라보고 있었다. 그런데 문득 이 시가 생각났다.

내 사랑, 당신의 잠든 얼굴을
내 부정不貞한 팔 위에 올려놓아요.
시간과 열병은 꿈꾸는 아이들의
독특한 아름다움을
초췌하게 만들고, 무덤은

아이가 허약했음을 보여주네.
하지만 살아 있거나, 죽을 팔자거나,
죄지은 인간은 동이 틀 때까지
내 품에서 편히 쉬기를. 내게는
그 모습이 너무나 아름다우므로.

그날 밤 잠든 바일라를 보며 꾸뻬가 느낀 감정은 아주 오래전에 어떤 시인이 느꼈던 감정과 같은 것이었다. 그는 그 시인이 소년들을 좋아했던 걸로 유명했다는 사실을 기억해냈다. 이 시 역시 그중 한 소년을 위해 쓰였을 것이다. 사랑의 감정이 보편적이라는 코르모랑 교수의 말이 사실임을 꾸뻬는 여기서 다시 한 번 확인했다.

목욕 가운을 입은 바일라가 텔레비전을 보는 동안 다시 기록을 시작했던 꾸뻬는 그녀가 TV 리모컨을 가지고 이리저리 채널을 돌리는 데 재미를 붙였다는 걸 알았다. 바일라가 비교적 오래 보는 건 음악 채널이었는데, 이 방송에서는 정말 잘생기고 젊은 아시아 남성들이 바람 부는 바닷가나 산을 배경으로 서서 과묵한 표정으로 사랑을 노래하거나, 아니면 아주 예쁘고 얼굴이 핼쑥한 아시아 여성들이 우울한 표정으로 자기랑 뜻이 잘 맞지 않는—그들이 서로 싸우고 등을 돌리는 회상 장면으로 보아 그렇게 짐작할 수 있었다—어느 잘생긴 남자를 그리워하며 나지막한 목소리로 노래를 불렀다.

바일라가 중국어도, 일본어도, 한국어도 이해하지 못하는데도 그 노래들에 빠져든다는 것은 그녀가 가사 그 자체가 아니라 노래의 멜로디와 노래를 부르는 가수의 얼굴에 의해 전달되는 순수한 감정을 느낀다는 걸 의미했다. 멜로디를 듣고 얼굴만 봐도, 서로 사랑하지만 이루어질 수 없다는, 이 영원토록 되풀이되는 이야기를 알아듣는 것이다. 그는 이렇게 기록했다.

열네 번째 작은 꽃 여자들은 사랑을 하고 있을 때도 항상 사랑의 감정에 대해 공상의 나래를 편다.

그럼 남자들은? 남자들은 사랑에 빠져 있을 때조차 포르노 영화에 관심을 가질 수가 있다. 이 모든 것은 그들 뇌의 배선配線이 좀 다르게 되어 있는 까닭이다. 하지만 이런 식의 설명으로는 여자들을 진정시킬 수가 없으므로 다른 설명을 찾아야 할 것이다.

그렇지만 남자들 역시 고결한 감정을 느낄 수 있다는 사실을 잊어서는 안 된다. 문득 장 마르셀과 그 자신이 느꼈던 감정들을 기억해낸 꾸뻬는 수첩을 집어 들고 기록하기 시작했다.

실연의 아픔을 구성하는 요소들

좀 거창한 제목이라고 볼 수도 있다. 하지만 꾸뻬는 자기야말로 그 주제에 대해 말하기 유리한 입장에 있다고 생각했다. 남녀노소를 막론하고 그의 병원을 찾아와서 눈물을 흘린 수많은 사랑의 희생자들을 도와주지 않았던가.

실연의 아픔을 구성하는 첫 번째 요소

'난 지금 당장 그(그녀)가 보고 싶고, 그(그녀)에게 말하고 싶다.' 마약을 하고 싶은데 구할 수가 없는 중독자. 엄마랑 헤어진 아이.

장 마르셀과 그로 하여금 자기 여자에게 계속해서 전화를 걸고 싶게 만들고, 사랑하는 존재 외의 것에 집중하는 걸 가로막은 것은 바로 이 결핍의 감정이었다. 그건 갓난아기가 엄마가 다시 나타날 때까지 쉬지 않고 울어댐으로써 결국은 모습을 보이지 않을 수 없도록 만드는 일종의 경보 체제랄 수 있었다. 우리는 버림받은 아기를 고통스럽게 만들고, 누군가를 사랑하지만 거부당한 사람을 고통스럽게 만드는 것이 어쩌면 뇌의 한 부위라고 생각할 수도 있다. 코르모랑 교수를 데려가서 이성을 되찾도록 해줄 수만 있다면 이것이야말로 흥미로운 연구 주제가 될 수도 있을 것이다. 꾸뻬는 영감이 샘솟는 걸 느꼈다.

모든 구성 요소들 중에서도, 신체적 차원에서 가장 강렬하게 느껴지는 것은 결핍이다. 결핍이라는 이름을 붙인 것은 부가附加 물질이 박탈된 마약중독자에게서도 그 같은 상태가 관찰되기 때문이다. 우리의 관심을 끄는 분야에서 따져본다면, 사랑하는 존재가 잠시 어디를 갔거나, 아니면 지리적으로나 감정적으로나 사랑하는 존재에게 도저히 접근할 수 없을 때 결핍의 감정이 생겨난다.

그리하여 결핍은 불면과 심적 동요와 식욕부진을 야기하고, 깊은 주의가 요구되는 상황, 예를 들면 중요한 회의, 자동차 운전, 비행 등에서도 집중하지 못하게 방해하며, 그전에는 즐거워했던 행동에 대해서조차 전혀 즐거움을 느끼지 못하게 만들어버린다. 결핍에 의한 이 끔찍한 고통들은 몇 가지 물질—발효나 증류에 의해 얻어진 여러 종류의 알코올, 니코틴, 진정제, 마약—을 섭취하거나, 집중적인 행위—강도 높은 노동, 텔레비전 감상, 운동, 새로운 파트너나 옛 파트너와의 섹스—를 함으로써 일시적으로 진정될 수는 있지만, 멀리 쫓겨난 만큼 더욱 사납게 되돌아온다. 뒷걸음질 치는 듯하다가 더욱 힘차게 다시 공격해오는 야수처럼 말이다. 반대로, 함께 거닐었던 공원이라든지 만나서 식사를 하곤 했던 식당, 그들이 사랑하는 걸 지켜보았던 친구, 사랑했던 사람이 행복의 순간에 흥얼거리곤 했던 감미로운 멜로디 등은 사랑했던 그 존재를 환기시키기 때문에 결핍감을 더욱 심화시킨다. 사랑하던 존재가 놓아두고 간 물건을 우연히 보게 되면 훨씬 더 격렬한 결핍감이 느껴질 수도 있다. 욕실에 남아 있는 클렌징크림이라든가 벽장에 놔두고 간 낡은 슬리퍼는 그 어떤 위대한 교향곡이나 그림, 시도 도달할 수 없는 극도의 고통과 감정 속으로 당신을 끌고 들어간다.

결핍은 또한 최고조의 고통에 도달, 그 강력한 힘으로 다가올 시간에 대한 불안을 불러일으킨다. 오늘 밤까지 어떻게 견디지? 내일까지는 어떻게? 앞으로 살아가는 동안에는 어떻게 견디지? 등등. 결핍은 또한 다른 사람들과 유쾌한 시간을 가질 때조차 사회적 부재의 순간을 야기한다. 일반적으로 자신의 결핍 상태를 너그러운 친구 혹은 전문가에게 털어놓는 걸로 위안을 받는다고 알려져 있지만, 그것은 일시적인 것에 불과하다.

바일라는 몸을 돌려 꾸뻬가 글 쓰는 걸 쳐다보며 걱정스러운 표정을 지었다. 그녀는 그게 무슨 뜻인지 알고 싶어 하는 것 같았다. 하지만 꾸뻬는 그런 종류의 사랑에 관한 성찰로 그녀를 슬프게 하거나 불안하게 만들고 싶지는 않았다. 열 단어도 나누지 못하는 이 여자와의 사이에 감도는 행복의 분위기를 생각하던 꾸뻬는 또 하나의 직관을 느꼈다.

열다섯 번째 작은 꽃 사랑을 하게 되면 비록 상대가 하는 말을 알아듣지 못하더라도 그(그녀)를 이해할 수 있다.

바일라는 순록들이 눈 속에서 울부짖는 크림치즈 광고로 눈을 돌렸다. 눈도 오지 않고 얼음도 얼지 않는 나라에서 온 그녀는 그 장면에 완전히 매혹된 듯했다.

첫 번째 구성 요소에 관한 글을 다시 읽어보던 꾸뻬는 흡족한 마음에 미소를 지었다. 코르모랑 교수가 준 약이 약효를 발휘해서 그런 걸까? 아니면 사랑이라는 감정이 깊은 영감을 불어넣어 준 덕분일까? 그러나 꾸뻬는 곧 이런 만족감이 자신을 안심하게 만들지는 못한다는 걸 깨달았다. 만일 해독제를 찾지 못하고, 어쩔 수 없는 사정으로 바일라와 헤어지게 된다면 두 사람 모두 평생 결핍의 지옥 속에서 살게 되는 게 아닐까?

"난 당신 마음을 사로잡았어요."

꾸뻬는 소스라치게 놀랐다. 바일라가 그렇게 말했던 것이다. 그녀는 마돈나가 장미꽃잎이 흩뿌려진 길을 걸어가고 있는 음악 비디오를 보고 있었는데, 그녀의 모국어와 비슷한 타이어 자막을 보고는 무슨 뜻인지 대충 짐작했던 모양이다.

"난 당신 마음을 사로잡았어요. 이유는 없답니다."

바일라가 꾸뻬를 바라보며 자랑스럽게 같은 말을 되풀이했다.

질투는 사랑과 떼려야 뗄 수 없는 관계

"나, 상하이에 가고 싶어요."

군테르는 한숨을 내쉬었다. 그는, 몸에 꽉 끼는 투피스를 입고 있어서 더 작고 호리호리해 보이는 클라라를 바라보면서 자기가 유도대학 챔피언이었으며, 산악전투부대에서 군생활을 했고, 그런 다음에는 수많은 기업들을 합병했으며, 당시 업계에서 '해결사 군테르'라는 별명으로 통했었다는 사실을 떠올렸다. 지금 그는 다국적 제약회사의 유럽 및 기타 지역 지사를 이끌어가고 있지만 자기 몸무게의 절반도 안 나가는, 그리고 그녀 말에 따르면 배관공에게 일 하나 제대로 못 시키는 녀석을 아직도 사랑하고 있는 듯한, 이 조그마한 여자 앞에서는 자신이 한없이 무력하고 초라하게만 느껴졌다.

군테르는 나이 든 정신과 의사 프랑수아가 했던 말을 떠올리면서 역시 자기가 옳다고 생각했다. 그렇다면 사랑을 예방하는 약을 만들어내야 하는데 코르모랑 교수와 그가 개발한 미립자는 지금 아주 먼 곳에 있다. 군테르는 일순간 코르모랑 교수를 찾아내야 한다는 그의 목표를 다시 떠올리고 그것에 정신을 집중했다. 그는 클라라가 상하이에 가고 싶어 하는 걸 이용해서 그 목표를 달성할 수도 있으리라는 생각까지 하게 되었다. 어찌 보면 이런 것이야말로 군테르 같은 사람들이 지닌 강점이다. 이런 부류의 사람들은 자기의 감정과 이익을 너무 오랫동안 혼동하지 않는다.

군테르는 그러기로 결심했다. 그의 삶에 빛과 어둠을 던져주고, 그를 자격 없는 아버지와 남편으로 만들어버린 저 여자를 중국에 보내지 못할 이유가 어디 있겠는가? 물론 클라라가 떠나는 그 순간부터 그는 그녀의 일거수일투족을 알고 싶어 안달할 것이다. 하지만 코르모랑 교수의 뒤를 밟고 꾸뻬의 술책을 감시하기 위해 이미 사용하고 있는 방법을 동원하면 그녀가 어떻게 시간을 보내는지 알아내는 건 그다지 어려운 일이 아니다. 게다가 오래전부터 아시아 쪽 책임자가 한번 다녀가라고 했으니 그 자신이 이번 기회에 중국에 다녀오는 것도 나쁘지 않을 듯했다. 머릿속 계산이 끝난 군테르가 미소를 지으며 클라라를 쳐다보았다.

"좋아. 원하는 시간에 출발하도록 해. 가능하면 빨리 가는 게 좋을 것 같군."

그는 클라라가 놀라워하는 걸 보고 그렇게 말하길 잘했다고 생각했다. '나한테 버림받을지도 모른다는 두려움 때문에 저러는 거지.' 그는 잘 알고 있었다. 그 같은 두려움을 느끼지 않는 사람은 이 세상에 단 한 명도 없다는 걸 말이다. 과연 클라라는 좀 불안한 표정으로 물었다.

"그래도 괜찮겠어요?"

"괜찮고말고. 안 괜찮을 건 또 뭐야?"

"글쎄, 나도 잘 모르겠어요. 그러면 분명히 그 사람을 만나게 될 텐데."

"난 누구나 자기가 해보고 싶은 걸 해볼 수 있는 권리를 갖고 있다고 생각해."

그러자 클라라가 눈을 흘기며 덧붙였다.

"하지만 당신은 그에 대한 대가를 치러야 한다는 생각도 갖고 있죠."

그건 군테르가 직원을 해고하기 전에 꼭 했던 말이다. 그는 자신의 말이 클라라에게 안 좋게 받아들여진 것을 깨닫고는 한숨을 내쉬며 말했다.

"미안해. 사실 당신이 중국에 간다니까 화가 좀 나는 건 사실이야. 당신도 알다시피 난 아무리 스트레스를 받아도 당신만 옆에 있으면 마음이 편해져. 당신이 내 옆에 있으면 나 자신이 훨씬 더 강하게 느껴진단 말이야."

그 말에 클라라가 감동하는 표정을 짓자 그제야 군테르는 안심했다. 그들의 사랑은 이런 식으로 시작되었다. 그는 자신이 가진 90퍼센트의 힘 속에 10퍼센트의 약점이 감춰져 있다는 사실을 클라라가 눈치채도록 내버려두었던 것이다. 힘만으로는 결코 그녀를 정복할 수 없다는 것을 알았기 때문이다. 그렇지만 그가 사랑하지도 않았던 그 전의 정부情婦들은 그가 가진 힘만 보고도 그에게 굴복했다. 하지만 클라라는 그가 자신의 약점을 고백하자 거기에 감동했고, 그걸 아는 사람은 회사 내에서 오직 자기 혼자뿐이라는 사실을 알자 더더욱 감동했다. 그리하여 어느 날 밤 그들은 서로 입을 맞추게 되었던 것이다.

강철 같은 군테르에게도 감추어진 약점이 있었다. 그것은 그의 가족들이었다. 그의 딸은 어릴 때부터 온갖 말썽을 부렸다. 그러더니 동맥을 자르고, 신경안정제를 복용하고, 불량소년들과 사귀었을 뿐만 아니라 그 이상의 행동도 서슴지 않았다. 그러면서 스위스를 비롯한 여러 나라 부잣집 아이들이 드나드는 그런 종류의 병원에 머무는 횟수가 점점 더 늘어났다. 그녀는 부자들만 상대하는 정신과 의사들뿐만 아니라 그보다 덜한 부자들만 상대하는 정신과 의사들까지도 지쳐 나가떨어지게 만들다가 결국은 어느 날 병원 응급실로 실려갔다. 군테르는 꾸뻬에게 딸을 한번 봐달라고 부탁할까도 생각했었지만 체면 때문에 그러지 못했다. 그의 아내 또한 몇 년 전부터 우울증을 앓고 있어서 여러 명의 정신과 의사로부터 치료를 받고 있는데 그들은 그녀의 병이 치료될 것이라고는 생각지 않는 듯했다. 다만 그녀가 무사히 생명을 이어가는 데 중점을 두고 있었다.

정신과 의사들에게는 군테르의 이런 가정 사정이 대단히 흥미로운 토론 거리일 수도 있다. 군테르의 아내는 정신허약 유전자를 딸에게 물려주었고 이 유전자는 서로 다르게, 즉 어머니에게서는 우울증으로, 딸에게서는 성격 장애로 표면화되었다. '아니다, 이 딸이 그런 정신장애를 갖게 된 건 우울증에 시달리는 어머니 손에서 컸기 때문이다.', '그게 아니고, 자기랑 너무나 다른 딸을 키우다 보니 어머니가 우울증을 앓게 된 것이다.' 또 이런 추측도 할 수 있다. 군테르가 가지고 있는 종류의 힘이 우울한 성격을 갖고 있어서, 누군가 자신을 보호해줄 수 있는 사람을 필사적으로 찾고 있던 한 여성을 사로잡았다 하더라도 그게 우연은 아니라는 생각을 해볼 수도 있을 것이다.

어찌됐든 군테르는 가족 문제로 늘 괴로워했다. 아내와 딸을 그렇게 만든 사람은 자기 명령에 복종하도록 만들기 위해 늘 다른 사람들을 조종하는 경향이 있는 바로 그가 아니었던가? 그는 다른 여자들이랑 바람은 피워도 두 사람 곁은 절대 떠나지 않겠다고 스스로에게 약속했다. 그러나 지긋지긋했던 하루 일을 끝내고 집에 돌아가면 거기서 훨씬 더 큰 고역을 치러야만 하는 일이 아주 빈번하게 일어났다. 이 같은 고통은 군테르를 서서히 좀먹어 갔다. 그는 여전히 사랑하고 있는 딸과 아내를 그런 지경으로 만든 자신의 책임에 대해 스스로에게 질문을 던지곤 했던 것이다. 이때부터 그는 서서히 클라라에게 속내를 털어놓기 시작했다.

그에게는 꾸뻬와 토론해보고 싶은 주제가 한 가지 있었다. 클라라, 그녀는 한 남자를 사랑할 때 그의 강한 면을 보고 사랑하는 것일까, 아니면 약한 면을 보고 사랑하는 것일까 하는 것이다. 물론 이제 두 사람이 함께 이 주제에 접근한다는 건 어려운 일이다. 그랬다가는 '과연 그녀와 잠자리를 할 때 그가 나보다 더 잘하는 건 아닐까?' 하는, 아니면 그보다 더 노골적인 주제를 두고 또다시 고민하게 될지도 모르기 때문이다. 원래 남자들은 이런 식의 의

문을 품으며 머리를 쥐어짜는 족속들인 것이다.

꾸뻬는 코르모랑 교수가 신호를 보내오길 기다리며 군테르가 준 돈으로 바일라와 관광을 다니고 있었다. 그리고 두 사람은 장 마르셀과 자주 약속을 해서 만나곤 했다.

장 마르셀은 요즘 사업 관계로 통역을 해주던 리 부인과 친구 사이가 되어 있었다. 리 부인은 키가 크고 뼈만 앙상할 정도로 삐쩍 마른 여성이다. 안경을 쓰면 엄격한 초등학교 선생님 같아 보이지만 안경을 벗으면 훨씬 더 상냥해 보이는 인상을 지녔다. 꾸뻬는 그녀가 장 마르셀 앞에서는 웬만하면 안경을 벗는 게 좋을 텐데, 하고 생각하곤 했다. 리 부인의 중국인 남편은 중국의 여러 도시를 돌아다니며 사업을 하기 때문에 장 마르셀이 그렇듯이 대부분 집에 없었다. 그녀에게는 귀엽고 어린 아들딸이 있었다.

어느 날, 그들 네 사람은 멋진 레스토랑에서 저녁 식사를 했다. 촛불을 환하게 밝힌 정원을 지나면 여러 층으로 되어 있는 집이 나오는데 이 집은 초롱을 쓰기 때문에 좀 어두컴컴한 편이다. 조각이나 그림이 어슴푸레한 빛 속에서 겨우 그 형태들을 드러내는데 꼭 절간에 들어간 느낌이다. 하지만 음식 접시를 받으면 그 앞에서 무릎을 꿇을 지경이 된다. 요리가 너무나 맛있기 때문이다. 게다가 저녁 식사를 하는 사람들의 얼굴은 뿌연 조명을 받아 한층 더 아름다워 보인다.

꾸뻬는 장 마르셀이 리 부인 앞에서는 절대 상소리를 섞지 않고 조심스레 말할 뿐만 아니라 불편한 건 없는지 자주 묻곤 한다는 사실을 알아차렸다. 중국에서 사업을 하면서 통역에게 친절히 대해줘 나쁠 것은 없겠지만 장 마르셀의 행동은 그런 차원의 친절 이상이었다.

바일라와 리 부인은 서로 말을 하지 않았다. 물론 모국어가 다르다는 게 가장 큰 이유이기는 했지만 꼭 그것 때문만은 아닌 것 같았다. 꾸뻬는 자신이 리 부인에게 뭐라고 말을 할 때마다 불안의 빛이 바일라의 이마를 스치고 지나가는 걸 보곤 했다. 리 부인 역시 바일라가 크메르어 단어 몇 개를 알고 있는 장 마르셀과 짧은 대화를 나눌 때마다 표정이 굳었다.

꾸뻬는 그가 별 볼 일 없는 호텔 여종업원에 불과한 자신보다 배운 것도 많고 영어도 잘하는 여성을 더 좋아할까 봐 바일라가 두려워하고 있다는 걸 눈치챘다. 그러나 진정한 친구들 사이에서는 상대 여자에게 꿈속에서라도 흑심을 품지 않는다는 사실을 그녀는 아직 모르고 있는 듯했다.

바일라는 요즘 영어 자막이 깔린 뮤직비디오를 보는데 취미를 붙였다. 그와 얘기를 나누지 못하는 지금의 상황을 더 이상 원치 않기 때문이라는 것을 꾸뻬는 알고 있었다. 꾸뻬는 질투가 사랑과 떼려야 뗄 수 없는 관계에 있다는 사실을 사소한 자리들에서 다시 한 번 확인했다. 질투가 끼어든 사랑은 과연 어떤 종류의 사랑인가?

코르모랑 교수는 사랑의 두 가지 구성 요소, 즉 성적 욕망과 애정에 대해 이야기했다. 그는 작은 수첩을 꺼냈다.

열여섯 번째 작은 꽃 질투는 욕망과 떼려야 뗄 수 없는 관계에 있다.

그는 어린 소녀들이 매춘을 하는, 바일라가 살던 도시의 창고를 기억해냈다. 거기에 가는 남성들은 그 어린 여성들에게 성적인 욕망을 품지만, 여자들이 자기보다 먼저 혹은 나중에 손님을 받는다고 해서 그걸 질투하는 남자는 없었다.

그러나 꾸뻬는 자기가 그 도시에 정착해서 매일같이 그 창고에 가는 모습을 상상해보았다. 그는 결국 한 여자만을 좋아하게 될 것이다. 그녀에게 애정을 느끼게 되면 그녀가 다른 손님 받는 걸 더 이상 참아내지 못하고 그 여자가 그 슬픈 직업을 그만두도록 하기 위해 마 마-싼(아가씨를 구해 오는 일을 맡은 책임자)과 그 무리들과 타협하게 될 거라고 생각했다. 꾸뻬는 중국을 처음 여행했을 때 그와 아주 비슷한 일을 겪었기 때문에(물론 그때는 젊은 아가씨에게 애정을 느낀 다음에서야 그녀가 그 슬픈 직업을 갖고 있다는 사실을 알았다는 차이는 있지만) 더더욱 일이 그런 식으로 진행될 것임을 확신했다. 그래서 그는 이렇게 기록했다.

열일곱 번째 작은 꽃 질투를 한다는 건 곧 애정이 있다는 증거다.

하지만 이 문장 역시 썩 타당하게 느껴지지는 않았다. 그가 알고 지냈던 남녀 한 쌍은 서로에 대해 더 이상 욕망은 느끼지 않았지만 언제나 깊은 관계를 유지하고 있었고, 게다가 둘 중 한 사람은 상대가 바람을 피워도 질투를 느끼지 않았다. 그와 반대로 꾸뻬는 아내에 대해 별다른 애정도 없으면서 그녀가 다른 남자와 만날지도 모른다고 생각하는 것만으로도 팩 돌아버리는 남자들을 기억하고 있다. 그렇다면 그것도 사랑이라고 부를 수 있을까? 상대가 다른 사람을 욕망하는 걸 질투하든, 상대가 다른 사람에게 애정을 느낄지도 모른다고 생각하고 질투하든 그걸 사랑으로 부를 수는 없는 게 아닐까? 꾸뻬는 사랑만큼이나 질투의 구성 요소도 다양하다고 생각했다.

그러다 꾸뻬는 문득 영감을 받았다. 사랑의 슬픔에도 사랑만큼의 구성 요소들이 존재할지 모른다는 것이다! 그는 소리쳤다.

"싸베이!"

꾸뻬가 즐거워하는 걸 보자 바일라도 좋아서 맞장구를 쳤다.

"싸베이!"

장 마르셀은 그게 크메르어로 무슨 뜻인지 리 부인에게 설명해주었다. 그러자 리 부인은 그걸 상해어로는 '돈 팅 하오 데'라고 말한다고 알려주었다. 그러자 모두가 "돈 팅 하오 데"라고 소리쳤다. 꾸뻬는 행복이 덧없는 것이긴 하지만 지금이 행복한 순간이라고 생각했다.

실연의 아픔을 구성하는 두 번째 요소 - 죄의식

상하이로 가는 비행기 안에서 클라라는 무엇 때문에 꾸뻬에 대한 사랑이 식게 되었는지 곰곰이 생각해보았다. 논리적인 그녀는 답답한 마음을 정리해볼 요량으로 핸드백에서 수첩을 꺼내다 잠시 마음의 동요를 일으켰다. 그건 꾸뻬가 열 개들이로 사 온 것 중에서 그녀가 하나 빼낸 수첩이었다.

도대체 왜 우리들 사이의 사랑이 식은 것일까?

- 내가 원할 때 결혼해주지 않은 그가 원망스러워서 그랬던 것일까?

그건 어느 정도 사실이었다. 처음 사귀기 시작했을 때 두 사람은 서로를 깊이 사랑하고 있었지만 꾸뻬는 결혼이 급하다고 생각하지 않았다. 굳이 서둘러 의무를 질 필요는 없다고 생각했던 것이다. 결혼은 중대한 것이며, 이혼은 핵전쟁과 흑사병에 이어 세 번째 자리를 차지하는 재난이기 때문에 아내를 고르는 건 대단히 중요하다고 부모들은 그의 귀가 닳도록 얘기했었다. 그런 탓에 꾸뻬는 결혼과 그것의 결정적인 측면을 두려워하게 되었다.

그 바람에 클라라는 부부 생활을 하고 싶다는 열정이 싹 사라져버렸다. 이제는 그녀가 의무를 지고 싶지 않다고 생각하게 된 것이다. 그렇지만 클라라는 그가 그런 식으로 행동했다고 해서 그를 원망하지는 않았다. 그녀는 삶 자체를 이해하고 있었기 때문이다. 누군가 자기와 결혼하려 하지 않는다고 해서 그를 원망할 수는 없는 노릇이 아닌가. 물론 그에 대한 사랑에 배어 있던 풋풋함과 자연스러움을 손상시킨 것에 대한 섭섭함은 어쩔 수 없겠지만 말이다.

–시간이 모든 걸 파괴해버려서 그렇게 된 걸까? 서로 알게 된 지가 너무 오래되어서?

–그가 더 이상 내게 꿈을 주지 않아서?

하긴 이제 더 이상 그를 보며 꿈꾸지는 못한다. 그 장단점을 훤히 알고 있는 상황에서 그에 대한 환상을 가지기는 어려운 일 아닌가.

–정신과 의사라는 직업 때문인지 예전처럼 재미있지도 않고 예전처럼 강하지도 않아. 그래서일까?

그가 들으면 부당하다고 말할지 모르겠지만 사랑은 반드시 정당해야 된다는 법이 어디 있단 말인가? 정신과 의사는 몹시 피곤한 직업이어서 꾸뻬는 집에 돌아와서도 최소 한 시간은 아무 말도 못하고 가만히 있는 때가 많았다. 심지어는 저녁 식사 초대를 받아서 가도 말할 기력이 없어 쩔쩔매곤 했다. 어떤 날 밤에는 더 빨리 컨디션을 되찾기 위해 식전주食前酒를 과음하는가 하면, 때로는 바보 같은 이야기를 해서 클라라를 짜증나게 만들기도 했다. 클라라는 바캉스나 주말이 되면 이런저런 활동이나 운동하는 걸 좋아했지만, 꾸뻬는 피곤해서 아무것도 못하겠다며 꾸벅꾸벅 졸거나 사랑을 나누는 데 시간을 보냈다. 그는 길게 드러누워서 주말을 보냈고 그것 또한 클라라를 짜증나게 만들었다.

－내가 군테르에게 끌려서 그런 것일까?

클라라는 볼펜을 깨물었다. 그건 인정하기가 어려웠다. 그런데 만일 그게 주요한 이유라면? 그녀는 꾸뻬를 사랑하면서도 군테르를 처음 보는 순간 그라는 인간과 그의 힘, 그의 지성, 꾸뻬와는 너무나 다른 그의 단호한 결단력, 화라는 걸 내는 법이 없는 꾸뻬와는 달리 불같이 화를 내다가도 또 금세 평온을 되찾는 그의 성격, 전략적 관점에서 대국적으로 상황을 관망하면서 동시에 세세한 부분까지도 관찰해내는 그의 재능에 깊이 매료되었다. 클라라를 언짢게 만드는 건 이처럼 군테르와의 사랑이 자기가 다니는 회사 사장을 사랑하게 된 여직원이라든가 자신을 가르치는 선생님을 좋아하게 된 여학생의 경우처럼 아주 평범하게 전개되었다는 사실이었다. 클라라는 평범한 걸 견뎌내지 못했다. 그녀에게 그건 일종의 실추失墜나 다름없는 것이다.

그녀는 차라리 아내와 딸 때문에 집에서 지옥 같은 생활을 하고 있노라고 고백하는 그가 매력적으로 느껴져서 사랑하게 되었다고 생각하고 싶었다. 그리고 그건 일면 사실이었다. 그가 속내를 털어놓은 것으로 그들 사이에 은밀한 분위기가 형성되면서 그녀의 마음속에 사랑이 싹튼 것이다. 그런데 꾸뻬가 이미 그런 심리에 대해 설명해준 적이 있었다. 여성들에게는 친밀함이라는 것이, 처음에는 별로 관심 없어하던 남자에 대한 사랑으로 이어질 수도 있으므로 정신과 의사들은 나름대로 조심한다고 했었다. 하지만 연구 부서에 소속된 동료 르메르시에가 가족의 불행에 대해 같은 식으로 얘기했어도 그렇게까지 감동했을까?

클라라는 자신의 질문에 너무 오래 매달렸다는 것을 깨달았다. 예전에 좌익 운동을 한 경력이 있기 때문에 그렇기도 했지만 너무 오래 생각에 천착하는 걸 그녀는 좋아하지 않는다. 그런 경력 탓에 '해결사 군테르'라는 별명을 가진 남자를 사랑하게 되었다는 생각이 들 때마다 그녀는 극심한 정신적 혼란을 일으키곤 한다.

항공기는 상하이 상공으로 들어섰다. 그곳은 낮이었다. 마천루들이 안개 속에 숲처럼 펼쳐져 있었다. 콘크리트로 된 브로셀리앙드 숲(「원탁의 기사」에 나오는 마술사 멀린과 요정 비비안이 살았다는 숲-옮긴이) 같다고 클라라는 생각했다.

군테르를 사랑하게 되었다고, 그래서 그와 관계를 맺었다고 꾸뻬에게 말해야 하는지에 대해 그녀는 고민하고 있었다. 어쩌면 군테르와의 관계는 일체 언급하지 말아야 하는 것인지도 모른다. 그랬다가는 코르모랑 교수를 찾아내고 말겠다는 꾸뻬의 의욕이 꺾일지도 모른다. 지금 그가 유일하게 몰두하고 있는 일이 그것뿐일 텐데 말이다.

그런데 그녀가 상하이까지 가서 꾸뻬에게 결별 선언을 하도록 군테르가 내버려둔 것에 대해서 그녀는 자꾸 궁금해졌다. 자신을 믿기 때문이라고 생각하려 했지만 여전히 마음에 미심쩍은 구석은 남아 있었다.

하지만 그녀 스스로도 생각의 표면으로 끌어올리기를 주저하던 것은 따로 있었다. 만일 꾸뻬가 텔레비전에서 언뜻 봤던 그 어린 아시아 여자에게 단단히 빠져 있으면 어떻게 하나 하는 것이다. 이런 생각이 들 때마다 그녀는 자신에게 혐오감을 느꼈다. 늘 자신을 보며 미소 짓는 어리고 유순한 아시아 여자의 품에 안겨 있는 아직 젊은 서양 남자라…… 오, 정말 멋지군요. 브라보, 꾸뻬! 그러다가도 그녀는 이런 생각 자체가 진부하다는 생각이 들어 고개를 흔들었다. 그러고는 사고뭉치였던 두 어린 남동생을 거론할 때마다 부모님이 자주 쓰시곤 하던 표현을 생각해냈다. '한 사람의 누명을 벗겨주려고 다른 사람을 모략해서는 안 되는 법이다.' 그녀는 부모님의 그 말이 지금 이 순간 자신과 꾸뻬의 관계에 적용된다고 느꼈다.

"난 도저히 당신을 잊을 수가 없네."

텔레비전을 많이 본 탓인지 사랑을 나누고 난 후 바일라는 꾸뻬의 귀에 대고 이렇게 홍얼거렸다.

친애하는 친구,

우리가 서로 안 본 지도 3주가 다 되어가는군. 소식도 없이 사라졌다고 날 원망하지는 말게. 나는 우리가 흥분한 판다 한 쌍 근처에 나타나자마자 우리를 찾는 자들이 금세 냄새를 맡고 움직이기 시작했다는 걸 눈치챘다네. 그래서 그 상황에서 유일하게 거둘 수 있는 승리는—나폴레옹이 사랑의 승리에 대한 방법론으로 말했듯이—도망치는 것뿐이었지.

당분간은 근처에 머무를 생각이네. 내가 신호를 보낼 테니 기다리게. 난 여기서 나의 실험에 동참할 준비가 되어 있는 뛰어난 재능의 젊은 화학자 두 명을 찾아냈다네. 이 나라는 창조력과 두뇌, 젊은 인력이라는 측면에서 엄청난 성장 가능성을 갖고 있다네.

그리고 매력적인 바일라를 관찰해본 결과 그녀와 헤어질 생각일랑 아예 하지 말라는 충고를 자네에게 해주고 싶군. 그녀는 행복의 미소를 짓고 있으며 최근의 내 연구 결과를 읽어서 자네도 알고 있겠지만, 그것은 삶의 불확실성에도 불구하고 그녀가 계속 그런 상태를 유지할 수 있는 재능을 타고났음을 알려주는 징조일세. 늘 기분 좋게 사는 여성이 얼마만한 가치를 갖고 있는지 알고 있나, 내 어린 친구? 값을 헤아릴 수 없을 만큼 엄청나다네. 나의 나트로 말하자면 나름대로의 아름다움은 갖추고 있지만, 그 같은 측면에서 볼 때는 기복이 많은 성격의 소유자라네. 언젠가 얘기해주겠지만 그녀가 어린 시절을 어떻게 보냈는지를 알게 되면 그게 그다지 놀라운 일만은 아니라네.

자, 난 이제 그만 가봐야겠네. 내 젊은 조수가 방금 와서 우리가 새로운 실험의 마무리 단계에 도달했다고 알려주었다네.

싸베이!

여담인데, 자네, 이 싸베이라는 감탄사가 쌀밥을 먹는다는 걸 의미하는 또 다른 감탄사에서 파생되었으며, 쌀밥을 먹는다는 건 곧 아무 문제없다는 뜻이라는 거 알고 있나? 우리 서양인들이 그들에게 마르크시즘과 B52라는 발명품을 연속적으로 가르쳐줌으로써 그들이 무슨 일을 당했는지를 안다면, 이 사람들이 얼마나 단순한 데서 행복을 느끼고 감동하는가를 자네도 알 수 있을 걸세.

체스터 G. 코르모랑

이 글을 읽고 난 꾸뻬는 깊은 불안에 휩싸였다. 코르모랑 교수는 실험을 계속하려는 것이다. 그런데 그는 교수의 첫 번째 화학자가 새로운 미립자 중 한 가지를 시용試用했다가 지금은 정신병원에 갇혀 있다는 사실을 기억하고 있다. 바일라에 대해 한 얘기 역시 그를 두려움에 빠뜨렸다. 코르모랑 교수는 얼굴에 나타난 감정 표현을 해독하는 분야의 세계적 권위자로서 이 연구 덕분에 행복에 탁월한 소질을 보여줄 가능성이 있는 미소의 종류를 식별할 수 있게 되었다는 사실을 그는 잘 알고 있었던 것이다. 하지만 그렇게 되면 바일라와 헤어지기가—만일 그가 그렇게 할 수 있다면 말이다—한층 더 어려워질 것이다. 게다가 이제 교수는 해독제에 대해서는 아예 언급조차 하지 않고 있다.

꾸뻬는 아무것도 모른 채 평화롭게 잠들어 있는 바일라를 바라보았다. 부드러운 곡선을 이룬 그녀의 옆모습이 베개를 배경으로 뚜렷하게 드러났다. 바일라는 그의 시선을 느낀 듯 눈을 뜨더니 그를 보며 환하게 웃었다. 꾸뻬는 그녀에 대해 무한한 애정을 느꼈다. 코르모랑 교수 같았으면 그의 뇌에서 옥시토신이 분비되었다고 말했을 것이다.

그런데 왜 바일라와 헤어진단 말인가? 함께 있어서 행복하다면 두 사람이 결혼하지 못할 이유가 무언가? 그럼에도 그를 망설이게 하는 것이 클라라임을 그도 모르는 건 아니다.

꾸뻬는 자신의 망설임을 바일라에게 들키지 않으려는 듯 컴퓨터로 눈길을 돌렸다. 그런데 새로운 메일이 수신되었다는 메시지가 떠 있었다. 꾸뻬가 메일을 여는 사이 바일라는 일어나 텔레비전 앞에 자리 잡고 앉았다.

꾸뻬,

나, 상하이에 가. 오늘 밤 피스 호텔에 묵을 거야. 당신 어디 있어?

뽀뽀!

클라라

머릿속이 복잡해졌다. 꾸뻬는 답장을 썼다.

클라라, 난 지금

그는 써놓은 걸 곧 지워버렸다.

클라라,

내가 피스 호텔로 갈게.

고개를 흔들던 꾸뻬는 또 지웠다.

클라라,

도착하거든 알려줘. 내 중국 휴대 전화 번호는…….

그는 코르모랑 교수와 보다 비밀스럽게 통화하기 위해 중국에서 사용할 수 있는 휴대 전화를 샀다. 하지만 교수는 군테르의 연구소가 중국 특수요원이 먹는 시금치에 버터를 바르거나(별도의 수입으로 형편이 나아지게 만들어준다는 뜻-옮긴이), 그들이 먹는 오리에 옻을 발라줌으로써 그들로 하여금 근무시간 외에 일하게 할 수 있을 만큼 충분한 자금과 인맥을 갖고 있다고 설명해주었다. 그렇기 때문에 24시간도 채 안 되어서 꾸뻬의 전화번호가 알려지고 도청되리라는 것이었다. 하지만 그거야 중요하지 않았다. 어쨌든 직장 상사인 군테르는 그녀가 상하이로 출발했다는 사실을 알고 있을 테니 말이다.

그가 클라라에게 전화번호를 알려주는 것에 대해 갈등하고 있을 때 텔레비전을 보고 있던 바일라가 갑자기 소리를 내질렀다. 화면 속에서 코르모랑 교수가 판다 우리 앞에서 사랑의 대의를 열띤 어조로 옹호하고 있었다. 꾸뻬는 교수 옆에 서 있었고 바일라의 미소는 화면 전체를 환하게 밝히고 있었다. 꾸뻬의 얼굴이 홍조를 띠었다. 그는 클라라가 왜 상하이에 오는지 이제 막 깨달은 것이다!

바일라가 그의 목에 매달리더니 입맞춤을 퍼부었다. 그는 그녀에게 있어 그들 두 사람의 텔레비전 등장이 꼭 일종의 성사聖事와도 같다는 것을, 보잘것없는 호텔 식당 종업원에 불과했던 그녀에게 찾아온 뜻밖의 기적—자비로운 신들이 맨발로 논둑을 걸어가는 비천한 목녀牧女를 별안간 환하게 비추어주는 동화에 등장하는—과도 같다는 것을 알고 있었다.

꾸뻬는 잠에서 깨어났다. 바일라는 그 귀여운 코만 살짝 내놓은 채 침대 커버로 온몸을 둘둘 말고 잠들어 있었다. 그녀에게 냉방이란 산에서 겨울을 지내는 거나 마찬가지였던 것이다.

눈을 뜬 꾸뻬는 클라라 생각으로 머리가 무거웠다. '이제 곧 상하이에 도착할 텐데, 무얼 하지? 좋은 친구로 지내라며 바일라에게 소개시켜줄까? 아니다, 정신과 의사들이 살짝 미쳤다는 얘기를 하지만 아무리 그래도 이건 아니다. 이상적인 세상에서라면 클라라를 잃지 않으면서도 바일라를 사랑하려고 했을 텐데.' 코르모랑 교수의 알약조차 그가 자신과 클라라와의 사이에 여전히 지속되고 있다고 느끼는 관계를 소멸시키지는 못했다. 그런데 도대체 왜 클라라는 더 이상 자기를 사랑하지 않게 된 것인지에 대한 궁금증이 일었다. 꾸뻬는 깊은 생각에 잠겼다.

실연의 아픔을 구성하는 두 번째 요소

일반적으로 사랑의 슬픔이라고 불리는 상태를 구성하는 두 번째 요소는 죄의식이다. 사랑하는 존재를 잃어버린 책임을 자신에게 돌리면서 나에 대한 그(그녀)의 사랑이 식는 데 일조한 그 모든 행위와 말을 후회한다. 그렇게 되면, 내가 그(그녀)에게 저질렀던 과오에도 불구하고 감동적일 만큼의 의지를 발휘해서 나를 사랑했던 그(그녀)에 대한 나의 몰인정과 태만, 멸시의 기억이 너무나도 고통스럽게 느껴진다.

이 같은 자책은 보통 자기 자신에 대한 질문의 형태를 띤다. '그(그녀)에게는 나의 도움이 필요했는데 어떻게 나는 그렇게 무심했던 것일까?', '그(그녀)는 날 즐겁게 해주려고 갖은 애를 다 썼는데 어떻게 나는 그(그녀)에게 그렇게 무뚝뚝하게 굴었던 것일까?', '그(그녀)가 그것 때문에 고통스러워한다는 걸 알면서 왜 난 바보처럼 다른 남자(여자)를 꾀려고 했던 것일까?', '왜 나는 그 얼간이 같은 여자(남자)가 그(그녀)를 꾀도록 그냥 내버려두었던 것일까? 자신감에 넘쳐서? 아니면 자신감이 없어서? 당시 그(그녀)는 오직 나만을 사랑하며 장래를 함께 하고 싶다는 꿈을 내게 암시하곤 했는데 왜 나는 그걸 모른 척해버렸던 것일까?'

클라라에게 상냥하게 대해주지 않았던 순간에 대한 모든 기억이, 그리고 처음 사귀기 시작했을 때 자기가 과연 그녀에게 속박당하려고 할지 자신이 없다고 말해서, 아니면 기분이 나쁘다는 이유로 그녀의 질문에 친절하게 대답을 해주지 않아서 그녀를 울렸던 순간들에 대한 모든 기억이 그의 머릿속에 떠올랐다. 그가 그녀의 부탁을 매정하게 거절하거나, 무관심하게 굴거나, 그녀에게 비난을 퍼부어서 그녀가 눈물을 흘리거나 슬픈 표정을 지었던 그 모든 순간들이 떠올랐다. 그랬던 자신이 원망스러웠다. 장 마르셀이 그랬던 것처럼 자기 자신을 머저리 바보 같은 놈으로 취급하고 싶을 정도는 아니지만 말이다.

과거를 상기하다 보면, 사랑하는 존재는 경탄할 만한 애정과 성실함과 관대함을 보여주었는데 자신은 그녀의 행복에는 관심 없는 무심한 이기주의자였다는 사실이 드러난다. 죄의식으로 가득 찬 이 같은 반추는 때로는 회한과 사랑하는 존재에 대한 변함없는 사랑을 약속하는 긴 편지를 쓰도록 만들기도 한다. 이런 편지를 쓰면 크게 안심되기는 하지만 그건 잠시뿐이다. 대체로 사랑하는 존재가 거기에 대한 답장을 하지 않기 때문에 더더욱 그렇다.

클라라도 그가 비탄에 잠겨서 보냈던 이메일에 답장을 하지 않았다. 그런데 이번에는 직접 상하이까지 그를 찾아오는 것이다.

바일라가 눈을 뜨고 미소를 지었다. 그러더니 의아하기도 하고 불안하기도 한 듯 입을 삐죽거렸다. 꾸뻬에게 뭔가 근심거리가 생겼음을 느낀 것이다. 꾸뻬는 그녀에게 미소를 지어 보이고는 이렇게 기록했다.

열여덟 번째 작은 꽃 사랑이란 상대가 불행해지면 그걸 즉시 느끼는 것이다.

꾸뻬는 잠이 들었다. 그러고 나서 깨어보니 바일라가 보이지 않았다. 불안했다. 길 이름이 중국어로 쓰여 있고, 택시 운전사들은 길 이름을 말해줘도 제대로 못 알아듣는 이 도시에서 그녀 혼자 잘 헤쳐나갈 수 있을까? 운전사들은 손님을 전혀 생소한 다른 장소로 데려다주기 일쑤다. 비약하자면, 묵을 호텔의 명함을 갖고 있지 않을 경우 며칠 뒤에는 굴다리 밑에서 라면을 끓여 먹어야 할지도 모른다는 걸 의미한다.

호텔 로비에서 꾸뻬는 아주 활기찬 표정으로 바 근처에 앉아 있는 장 마르셀을 만났다. 꾸뻬가 안부를 물었다.

"괜찮아요?"

"여전합니다. 아직도 후회하고 있죠. 다 아실 텐데……."

"아, 예! 근데 혹시 바일라 못 보셨나요?"

"지나가는 거 봤어요. 무슨 급한 일이 있는 것 같던데."

"어딜 간 거지? 그러다가 길이라도 잃어버리면 어떡하려고?"

"불안해하지 마세요. 여기선 길 잃어버릴 염려 없거든요. 항상 다시 만나게 되어 있다고요. 그런 여성이 당신 같은 사람을 놓아줄 리가 없지요."

"그게 무슨 뜻이죠?"

꾸뻬는 장 마르셀의 말에 뭔가 뼈가 있다고 생각했다.

"그녀가 자기 나라에서 어떻게 살았는지를 생각해봐요. 그녀 입장에서 보면 이건 일종의 특혜나 마찬가지이지요. 거기서 살았더라면 자기 월급으로 온 가족을 먹여 살려야 하고, 호텔이 비면 그나마 그 일자리도 잃을지 모르고, 한번 꼬셔보겠다고 치근대는 얼간이 같은 남자들한테 괴롭힘을 당해야 하죠. 게다가 그녀가 그 호텔에서 일하는 건 여성 안마시술소에서 일하고 싶지 않아서 그러는 것인데, 혹시라도 모든 게 잘못되면 어쩔 수 없이 거기서 일을 해야 하는 거 아니겠어요? 그러다가 언젠간 그 나라 사람을 남편으로 맞게 되겠지요. 물론 예외는 있겠지만, 그 나라 남자들은 우리나라에서는 이미 오래전에 종적을 감춘 진짜 마초들이라고요. 그러니 내 생각에 그녀는 나침반 없이 폭설 속에 내버려져도 당신을 찾아올 것이라는 거죠."

장 마르셀의 말에 꾸뻬는 잠깐 기분이 상했지만 드러내지는 않았다. 장 마르셀의 말처럼 바일라는 정말 이해관계 때문에 자기에게 끌린 것인지 아니면 사랑에 이끌린 것인지 궁금해졌다. 코르모랑 교수의 알약을 복용했으니 그건 당연히 사랑에 의한 것일 터이다. 게다가 잠에서 깨어나거나 자신을 다시 볼 때마다 그녀는 온갖 사랑의 표정을 얼굴에 나타내지 않았던가?

하지만 알약 없이도 같은 양상으로 발전했다면? 도대체 무슨 근거로 바일라가 사랑 혹은 이해관계 때문에 자기와 함께 머무른다고 말할 수 있을 것인가? 어쩌면 이런 의심들은 사회적 지위가 아내보다 높은 남자들이 스스로에게 제기할 수 있는 혹은 자신에게 제기하는 걸 피할 수도 있는 질문이다.

또한 꾸뻬 자신은 왜 바일라를 사랑하게 된 것인지도 궁금해졌다. 그녀의 아름다움과 서로에게 너무나도 매혹적인 사랑의 행위에 정신이 몽롱해졌기 때문일까? 이건 매력적인 모든 여성들이 스스로에게 제기할 수 있는 질문이다. 남자는 그녀 자신을 사랑하는 것일까, 아니면 그녀의 관능적인 외모와 그것이 불러일으키는 에로틱한 흥분 때문에, 그리고 마치 멋진 트로피를 팔에 안고 자랑스러워하는 남자들처럼 남에게 보여줌으로써 자신을 과시하기 위해 그녀를 사랑하는 것일까? 이 같은 질문은 또한 돈이 많은 여자나 기가 막히게 잘생긴 남자들에게도 어느 정도는 적용될 수 있을 것이다.

꾸뻬는 작은 수첩을 펼치고 이렇게 써 넣었다.

열아홉 번째 작은 꽃 사랑 그것은 이해관계와 감정의 혼합물?

이것 또한 복잡하기는 마찬가지다. 이해관계에는 일반적으로 사랑과는 전혀 무관한 것으로 간주되는 물질적 이해관계뿐만 아니라 일반적으로 사랑이라고 여겨지는 감정적 이해관계도 있기 때문이다. 여자는 돈 때문이 아니라 자신이 보호받고 안심된다고 느끼기 때문에 자기보다 더 부자인 남자를 사랑하게 될 수도 있는데, 안도감으로부터 비롯된 이 같은 사랑은 남자가 파산을 해도 지속될 수가 있다. 물론 그 반대일 수도 있다.

여자는 높은 자리에 있는 사람들을 특별히 좋아하는 것은 아닐지도 모른다. 그들이 그 자리에 어울리는 활력과 결단력을 갖추고 있기 때문에 자기 분야에서 책임자가 되었다고 생각하고 사랑하게 될 수도 있다.

아름다움이 동시에 욕망을 불러일으키고, 사랑이라는 감정의 일부를 이루는 안도감과 만족감을 주기 때문에 잘생긴 누군가를 사랑하게 될 수도 있다. 그다지 잘생기지 않았던 어떤 작가는 '아름다움은 행복에 대한 하나의 약속'이라고 말했다. 자신은 물론 몹시 불행한 사랑을 했지만 말이다.

물론 이상적인 건, 비록 그(그녀)가 약점과 단점을 갖고 있을지라도 그(그녀)를 있는 그대로의 모습으로 사랑하는 것이다. 그리고 비록 다른 사람들은 당신이 사랑하는 그(그녀)의 온전한 아름다움을 느끼지 못하더라도 당신은 그걸 느끼는 것이다. 꾸뻬는 수첩에 이렇게 기록했다.

스무 번째 작은 꽃 사랑이란, 다른 사람들은 그걸 느끼지 못할 때에도 당신은 당신이 사랑하는 사람의 아름다움을 느끼는 것이다.

꾸뻬는 노래를 흥얼거리기 시작했다.

나보다 더 아름답고 더 강한 사람들 때문에
저 아래로 떠밀려 갔네.
당신은 아직도 나를 사랑하는가?
죽을 정도로 고통스러워하는 나를…….

"그 노래, 좋은데요. 하지만 그 질문은 던지지 않는 게 현명할 것 같네요."

꾸뻬를 지켜보고 있던 장 마르셀이 말했다.

"사랑과 이해관계를 어떻게 구분해야 할지 생각하고 있던 참입니다. 이 문제에 대해서 어떻게 생각하세요?"

"나도 아시아에서 20여 년이라는 긴 세월을 보내다 보니 볼 거 안 볼 거 다 보게 됐답니다. 그런 걸 보면서 나름대로 생각을 좀 많이 했죠. 여기선 백인이 상대적으로 다들 부자 축에 속합니다. 그런데 이 나라에는 젊은이들이 바글바글해요. 즉 젊은 여성들이 많다는 얘기죠. 그 바람에 많은 백인 남자들이 정신을 못 차리는 겁니다."

"그래서요?"

"온갖 경우를 다 봤다는 거죠. 예를 들면 술집 여자들이랑 결혼한 감상적인 남자들이 있습니다. '저 여자는 저런 일을 하기엔 너무 아까워. 다른 여자들이랑은 다르다고.' 뭐, 일종의 구원 콤플렉스라고나 할까. 사람들은 이런 남자들을 은근히 피하는 경향이 있는데, 그건 잘못된 게 아녜요. 가진 돈을 동전 하나 안 남기고 몽땅 다 털려버리기 일쑤고 심지어 여자들이 다른 남자들에게 가버리면 이 나라에서 추방당하기까지 하거든요. 하지만 남자들이 해고당하거나 늙어도 계속 보살펴주고 부양해주는 여자들도 있고 심지어는 죽을 때까지 그렇게 해주는 경우도 있어요. 그게 사랑인지 아니면 의무인지 그건 모르겠어요. 어쨌든 이해가 얽히지 않은 관계는 존재합니다. 그리고 또 그중에는 결혼해서 행복하게 잘사는 사람들도 있고, 처음에는 아무도 예측하지 못했지만 훌륭한 아내와 어머니가 된 여자들도 있습니다. 하지만 빈곤한 나라에서는 흠잡을 데 없이 참한 여성들이 대부분은 시골에 남아 있는 어린 동생들을 먹여 살리기 위해 육체적 매력을 현금과 맞바꾸어야 하는 상황에 처하게 되지요. 또 난 서양 남자들이 명문가 출신 여성들에게 돈을 뜯기는 경우도 봤습니다."

"그렇다면 사랑과 이해관계를 구별하는 게 어렵다고 생각하시는 겁니까?"

"진실의 시련이라는 말도 있듯이 모든 게 다 잘되어가도 알기가 힘든데, 당신이 아까 부른 노래처럼 일이 잘 안 되어가면 얼마나 어렵겠습니까? 결혼식 때 뭐라고 얘기하는지 아실 겁니다. '좋은 일이 있을 때나 나쁜 일이 있을 때나, 잘살 때나 못살 때나, 건강할 때나 병이 났을 때나…….' 흠."

꾸뻬는 수첩에 이렇게 써 넣었다.

스물한 번째 작은 꽃 사랑은 시련 속에서 그 모습을 드러낸다.

꾸뻬가 눈을 들었을 때 바일라가 로비로 들어오고 있었다. 그녀는 꾸뻬를 보자 환한 미소를 지었다. 꾸뻬는 또 이렇게 써 넣었다.

스물두 번째 작은 꽃 사랑, 그것은 상대를 보는 순간 미소 짓는 것이다.

코르모랑 교수의 새 실험실

클라라는 샤워를 하고 옷을 갈아입은 다음 싱그러운 모습으로 피스 호텔 로비에 나타났다. 호텔 로비는 오래된 돌로 쌓은 벽과 채색 유리창으로 둘러싸여 있고 고가구들이 놓여 있어서 그런지 꼭 성 안에 와 있는 듯한 느낌이 들었다.

클라라는 별안간 의기소침해졌다. 상하이에 도대체 뭘 하러 온 거지? 그를 만나서 뭘 어떡하려고? 더 이상 사랑하지 않는다고 말해? 그녀는 그 말이 전적으로 사실은 아니라는 걸 잘 알고 있었다. 여기까지 그를 찾아왔다는 게 그걸 증명하지 않는가. 아직도 그를 사랑한다고 말해? 그 경우, 군테르와의 관계를 어떻게 설명한단 말인가? 게다가 그녀는 꾸뻬에게 느꼈던 깊고 평온한 그것과는 다른, 격렬하고 힘 넘치는 군테르와의 사랑을 좋아하고 있었다.

그녀는 이상적인 세상에서라면 꾸뻬와도 여전히 관계를 맺는 동시에 군테르와도 사랑을 나누고 싶다고 생각하면서 광천수 한 잔을 주문했다. 결국 클라라는 아내와 정부 둘 다 자기 옆에 두려고 하는 남자보다 자신이 나을 게 없다고 생각했다. 게다가 그녀는 꾸뻬 옆에 선 아름다운 동양 여자를 보는 순간 꾸뻬를 완전히 잃어버릴지도 모른다는 두려움을 느꼈고 그래서 이곳까지 오게 되었다. 스스로 생각해도 그다지 자랑할 만한 일이 아니라는 걸 잘 알고 있었지만 오지 않고는 견딜 수 없었다.

클라라는 광천수 한 잔을 들이켜고는 꾸뻬에게 전화를 걸었다. 그러나 운이 나빴다. 바로 그 순간에 꾸뻬는 바일라와 함께 호텔 방으로 다시 올라갔고, 놀랍게도 바일라는 코르모랑 교수가 쓴 쪽지를 그에게 내밀었던 것이다.

바일라가 '나트'라고 말했고, 꾸뻬는 두 젊은 캄보디아 여성이 낯선 거대 도시에서도 필요할 때에는 서로 만날 수 있다는 것을 알게 되었다.

친애하는 친구,

너무나 많은 사람들이 다니는 데다 저열한 영혼을 가진 자들이 감시의 눈길을 번득이고 있는 이 인터넷의 길에서 다시 한 번 벗어나 우리 날개 달린 처녀 사자使者들을 통해 얘기를 나눠보기로 하세. 그런데 우리의 이 두 사랑스러운 압사라들은 어린 여신들처럼 보이지 않나? 지금 당장 내 실험실로 오면 자넨 과학의 진보를 목격할 수 있게 될 걸세. 바일라에게는 쇼핑을 하고 자네 앞으로 결제를 하라고 하게. 그들은 자네가 그 어떤 요구를 해도 절대 거절하지 못할 테니까. 그런 다음 푹싱 동 루와 완 방 즈홍 거리가 만나는 모퉁이에 있는 화랑으로 들어가서 뛰어난 중국 현대 회화 작품들을 보는 척하다가 화장실이 어디 있는지 물어보게. 그리고 일단 복도 끝을 향해 가다가 오른쪽에서 두 번째 문으로 들어가게. 마지막으로 알려줄 중요한 사항이 한 가지 있네. 정확히 12시 45분에 와야 하네. 만일 자네가 이 시간에 올 수 없을 경우 약속은 정확히 한 시간 뒤로 미루어질 걸세.

자네와 만나게 되기를 기다리며.

체스터

바로 그 순간, 꾸뻬의 휴대 전화가 울렸다. 클라라였다.

"나 도착했어. 지금 어디야?"

"이……."

"호텔에 있어?"

"응, 근데 지금 외출하려고."

"밖에서 만났으면 좋겠어?"

꾸뻬가 시계를 보니 12시 18분이었다. 잘못하다가는 코르모랑 교수가 정한 약속 시간을 지킬 수 없게 될지도 몰랐다. 그는 중요한 약속이 있어서 지금 당장 호텔에서 나가야 한다고 클라라에게 설명했다.

"누구랑 약속인데? 코르모랑이랑?"

"아니, 그건 아냐."

"그럼 그 아가씨랑 약속한 거야?"

"천만에."

"그럼 끝나는 대로 전화해줘."

"알았어."

통화를 끝낸 그는 바일라의 둥글고 예쁜 이마가 잔뜩 찡그려져 있는 걸 보았다. 꾸뻬에게 걱정거리를 안겨준 여자가 전화했다는 사실을 눈치챈 것이다.

"싸베이!"

꾸뻬가 이렇게 말했으나 그녀가 그 말을 듣고 진정하는 것 같지는 않았다. 그녀는 나무라는 듯한 눈길로 그를 쏘아보았다.

"노블렘(아무 문제 없어)!"

꾸뻬는 바일라를 껴안았다. '노블렘'이란 단어는 그가 그녀에게 사용하는 몇 가지 드문 표현들 중 하나였다. 그게 '노 프라블럼'을 의미한다는 걸 알고 있던 그녀가 미소를 지었다.

화랑은 양쪽으로 아름다운 옛 건물들이 늘어선 넓은 도로에 위치해 있었다. 벽돌로 지은 그 건물들은 뉴욕 거리를 연상시켰다. 하기야 당시의 유행을 따르던 건축가들이 같은 시대에 이 두 도시의 건물들을 지었다는 사실을 생각해본다면 놀랄 일은 아니다.

꾸뻬는 화랑에 전시된 작품들을 보고 큰 흥미를 느꼈다. 공장이나 경작된 밭 혹은 작업장을 배경으로 젊은 중국 여성들을 그려놓았는데 언뜻 보면 선전화宣傳畵 같은 느낌이 풍겼다. 하지만 좀 더 자세히 들여다보면 화가가 선전을 조롱하고자 했다는 사실을 알 수 있다. 이 여성들에게서 사회주의의 미래를 건설하겠다는 의지가 느껴지지 않는 것이다. 그들이 짓고 있는 건 지겨워 죽겠다는 표정 아니면 신나게 놀고 싶다는 표정, 휴대 전화로 좋아하는 남자에게 메시지를 날리고 싶다는 표정이다.

그림에 등장하는 모델들 중 한 명인 듯한 젊은 중국 여자가 화랑을 운영하고 있었다. 그녀는 기대 어린 표정을 지으며 꾸뻬에게 인사했다. 그림을 살 생각이 없었던 꾸뻬는 본의 아니게 그녀를 실망시키게 된 걸 유감스럽게 생각하며 손목에 찬 시계를 들여다봤다. 시곗바늘이 12시 44분을 가리키는 걸 보면서 화장실 쪽을 향해 간 꾸뻬는 오른쪽 두 번째 문 앞에 멈추어 선 다음 문을 열었다.

문을 여는 순간 하마터면 꾸뻬는 앞으로 고꾸라질 뻔했다. 문은 건물 뒤쪽의 좁은 골목길로 이어져 있었던 것이다. 그의 앞으로 차체는 물론 유리창까지 온통 검은색인 대형 자동차 한 대가 급정거를 했다. 그러고는 차문이 열리더니 코르모랑 교수가 소리쳤다.

"자, 타게!"

꾸뻬가 교수 옆에 앉자마자 자동차는 급하게 달려 출발했다. 중국군 군복을 입은 사람이 운전하고 있는 걸 보고 꾸뻬는 다시 한 번 놀랐다.

"인민해방군의 린 자우 대위를 소개하겠네. 우리 대위는 운전 실력도 뛰어나지만, 군인이라서 경찰들에게 걸릴 염려도 없지."

운전사가 재빠르게 고개를 돌려 인사를 했다. 그런데 뜻밖에도 운전사는 엄숙한 표정의 중국 여성이었다. 군모를 쓴 그녀의 옷

깃에는 금색 별이 반짝이고 있었다.

중국에서는 교분을 쌓아놓지 않으면, 할 수 있는 일이 식당에서 식사 주문하는 것 정도밖에 없다고 하는데 다행히 코르모랑 교수는 상하이에 아는 사람이 많은 것 같았다.

"다행히도 이곳의 내로라하는 인사들이 내가 하고 있는 연구에 관심을 갖고 있다네."

"그런데 지금 어디로 가는 건가요?"

"내 새로운 실험실로 가는 거지!"

자동차는 진입로로 들어서 도시 상공으로 나 있는 고속도로를 달리기 시작했다. 그들은 거대한 고층 건물들 사이를 지나갔는데, 빌딩들이 온통 거대한 숲을 이루고 있는 탓에 꾸뻬가 자신의 위치를 알기 위해 봐둔 빌딩들은 더 이상 보이지 않았다. 자기 나라에서는 제법 큰 축에 드는 도시에 사는 꾸뻬는 그 도시가 사실은 그다지 큰 게 아니라는 사실을 새삼스레 깨달았다.

"코르모랑 교수님, 우선 해독제를 좀 주시죠. 바일라와의 관계를 무한정 지속시키고 싶지는 않거든요."

"이유가 무엇인가, 친구?"

"왜냐하면……."

꾸뻬는 설명하기 어려웠다. 클라라를 여전히 좋아하고 있는 것이 첫째 이유겠지만 그렇게 말하기는 좀 뭐했다. 그렇다고 바일라도 클라라도 그를 공유하려고 하지는 않을 것이다. 많은 남자들이 그렇듯이 꾸뻬 또한 그녀들이 자기를 공유하겠다면 싫지는 않을 듯했다. 사랑을 하는 데 단호한 해결책을 원하지 않는 대부분의 남자들처럼 꾸뻬도 그녀들과의 관계에서 단호한 해결책을 원하지는 않았다.

그러나 꾸뻬는 자신과 바일라의 사랑이 알약을 복용함으로써 시작되었다는 생각을 할 때마다 왠지 꺼림칙했다. 자신들의 자유가 훼손되었다는 그리고 인간으로서의 존엄성까지 훼손되었을지 모른다는 느낌이 들었던 것이다. 물론 자신의 실험에 흡족해하는 듯한 코르모랑 교수에게 이 모든 걸 설명한다는 건 무척 힘들고 복잡한 일이 될 것이다. 고민스러워하는 꾸뻬의 표정을 살피던 교수가 낮은 어조로 말했다.

"해독제를 줄 테니 너무 불안해하지 말게. 하지만 난 자네가 불행을 자초하는 게 아닌가 하는 생각이 드는군. 지복을 누릴 수 있는 기회를 날려버리는 게 아닌가 하는 생각이 자꾸 들어."

그가 원하는 건 교수로부터 약속을 받아내는 것이었기 때문에 꾸뻬는 더 이상 조르지 않았다. 대신 그는 사랑에 관해 질문했다. 교수가 그런 이야기 하기를 좋아했던 것이다.

"저번에 '사랑, 그것은 이해관계와 감정의 혼합물일까?'라고 수첩에 적어 넣은 적이 있습니다. 예를 들어 여성이 자신을 보호해줄 수 있는 남성의 사회적 지위에만 관심을 가졌다가 정말로 그 남성을 사랑하게 되는 경우처럼 이해관계가 사랑의 감정으로 이어지는 것인지, 아니면 그 반대로 귀엽고 예쁜 여자를 애인으로 삼은 남자가 자신의 사회적 위치를 다른 사람들에게 확인시키는 경우, 그러니까 우리의 감정이 이해관계에 봉사하는 것인지 생각해보았습니다."

코르모랑 교수가 소리쳤다.

"좋아, 좋아! 하지만 자넨 방금 사랑의 구성 요소들 중 한 가지에 대해서만 얘기했네. 게다가 자네가 얘기한 건 사랑보다는 오히려 유혹에 가깝지."

코르모랑 교수의 몇 마디 말에 꾸뻬는 만족스러움을 느꼈다. 교수는 사랑의 비밀을 알아낼 수 있는 흥미로운 단서들을 단 몇 문장으로 암시했던 것이다. 하지만 바로 그 순간, 차를 몰던 중국 여성이 미행당하고 있다고 영어로 알려주었다.

독일제 대형 승용차가 그들 뒤에서, 아니 그들 바로 뒤에 있는 자동차 뒤에서 쫓아오고 있었다. 그 차의 운전수도 제법 빨랐지만, 인민해방군 린 자우 대위를 따라잡지는 못했다. 코르모랑 교수가 소리쳤다.

"젠장! 자넬 미행한 거잖아!"

꾸뻬도 지지 않고 맞섰다.

"제가 아니고 교수님을 미행한 건지도 모르죠!"

그들의 말다툼과 동시에 그들이 탄 자동차는 전속력으로 출구를 향해 질주했다. 그 바람에 꾸뻬와 코르모랑 교수는 5분 동안 손잡이에 매달려 있을 수밖에 없었다. 잠시 후 속력을 줄인 대위가 말했다.

"따돌렸습니다."

그들은 양쪽에 플라타너스와 작은 집들이 늘어서 있는 좁은 길을 따라 달리고 있었다. 꾸뻬는 다시 고향에 돌아온 것 같은 기분이 들었다. 오래전 이 도시의 일부도 프랑스에 귀속되어 있었던 적이 있어서 그런 건지도 몰랐다.

자동차는 대문을 지나 마구간이었던 건물 마당에 멈추어 섰다. 플라타너스 아래 부처상이 모셔진 제단에는 과일과 막대 모양의 향이 놓여 있었다. 문이 열리더니 나트가 나타났고, 여자 같아 보이는 작은 키의 중국인 남자 두 명이 그 뒤를 따라왔다.

"오, 나의 조수들!"

코르모랑 교수가 소리치자 그들은 꾸뻬에게 고개를 숙여 인사했다. 한 사람은 방금 잠에서 깨어난 듯 곤두서고 헝클어진 머리를 하고 있었고 또 한 사람은 보라색 안경을 걸치고 귀걸이를 하고 있었다.

"만나서 반갑습니다. 코르모랑 교수님은 아주 좋은 분이세요."

조수들의 말에 교수는 손사래를 쳤다.

"입에 발린 칭찬은 그만두게. 자, 우리 실험실에 가보자고."

그 말을 듣자 꾸뻬는 이제부터 지루하지 않은 시간을 보내게 될 것임을 예감했다.

그 시간 클라라는 꾸뻬가 묵고 있는 호텔로 찾아갔다. 군테르가 미리 알려주었기 때문에 그녀는 꾸뻬가 묵고 있는 호텔을 알고 있었다. 호텔 로비는 아름다우면서도 편안하고 기다란 의자들이 많이 놓여 있어 인도의 궁궐을 연상시켰다. 호텔 로비에 들어서는 순간 클라라는 그중 하나를 꾸뻬의 진찰실에 갖다 놓으면 잘 어울리겠다는 생각을 했다. 하지만 곧바로 그게 얼마나 터무니없는 생각인지를 깨달았다. 그녀는 긴 의자들 중 하나에 앉아서 꾸뻬가 돌아오기를 기다렸다.

전화를 해서 약속을 정하는 게 더 간단한 방법이겠지만 클라라는 그가 돌아올 때까지 기다리기로 했다. 사실 그녀의 머릿속에는 꾸뻬와 함께 있던 동양 여자를 실제로 한번 봐야겠다는 생각뿐이었다. 그녀는 회의장으로 출발하는 남녀 사업가들과 오전 일정을 마치고 피곤한 표정으로 돌아오는 관광객들 그리고 흰색 제복을 입은 호텔 직원 등이 분주히 오가는 모습을 무심히 바라보았다. 그러다 상점가 쪽에서 걸어오는 매혹적인 여자를 발견했다. 클라라는 단번에 그녀가 꾸뻬 옆에 서 있던 여자라는 것을 알았다.

바일라는 고급 부티크 마크가 찍힌 예쁜 쇼핑백을 양팔 가득 안고 있었다. 클라라는 그 돈이 다 꾸뻬의 주머니에서 나갔다는 생각에 좀 씁쓸해졌다. 그러다 그녀는 그 돈이 연구소 경비라는 사실을 떠올렸다. 그렇다면 군테르는 꾸뻬의 새 애인인 바일라의 쇼핑 비용을 대준 셈이다. 바일라는 쇼핑을 하느라 피곤했는지 호텔 로비의 바에 놓인 안락의자에 털썩 앉았다.

몇 미터 떨어진 곳에서 바일라를 관찰하고 있던 클라라는 바일라의 결점을 찾아내려고 했지만 그녀에게 별다른 결점이 없다는 사실을 솔직하게 인정해야만 했다.

잠시 후 남자 종업원이 메뉴판을 들고 바일라에게 다가가 뭘 주문할 건지 물었다. 그녀는 당황한 듯했다. 종업원은 영어 대신 중국어로 물어보았다가 다시 영어로 물어보았지만, 바일라는 실수를 두려워하는 사람의 그 당황스러운 표정을 여전히 짓고 있었다. 결국 그녀는 오렌지 주스라고 말했다. 그 모습을 본 클라라는 불안감에 시달리기 시작했다.

저 여자는 영어를 할 줄 모른다. 그렇다고 프랑스어를 할 가능성도 거의 없어 보인다. 그리고 꾸뻬도 아시아 쪽 말은 전혀 알아듣지 못한다. 그렇다면 두 사람은 과연 무슨 관계인가? 클라라는 더욱 궁금해졌다. '그냥 잠자리나 같이 하는 사이일 거야. 자기 말에 대답조차 할 수 없는 여자랑 그냥 한번 즐기는 거지.' 하지만 꾸뻬를 잘 알고 있는 그녀는 자신의 이 같은 생각이 틀렸다는 걸 인정하지 않을 수 없었다. 그는 애정도 없는 여자와 육체관계를 맺을 그런 남자가 아니었던 것이다. 그렇다면 그와 여자의 관계가 단순히 육체적인 것만은 아니라는 얘기가 된다. 어쩌면 그는 그녀를 처음 만난 곳에서 구해내고 싶어 했던 것일까? 이것이야말로 클라라에게는 견딜 수 없을 만큼 고통스러운 생각이다. 꾸뻬가 어여쁜 현지인 여자와 육체관계를 맺는다는 것도 썩 유쾌한 일은 아니다. 하지만 그가 다른 이유로 그녀에게 애정을 갖고 그녀를 보살펴줄 수도 있다는 것은 더 용납이 되지 않았다.

하지만 자신도 군테르와 그런 사이면서 꾸뻬를 나무랄 자격은 없다는 생각에 클라라는 의기소침해졌다. 머릿속이 복잡해진 클라라는 호텔 로비를 오가는 사람들과 마치 보석 상자 속의 보석처럼 그녀에게까지 광채를 발하며 넓은 소파에 앉아 있는 바로 옆의 바일라가 자신을 짓누르는 듯 느껴졌다.

바일라는 아까부터 누군가가 자신을 지켜보고 있다는 걸 느꼈다. 그래서 호텔 로비를 빙 둘러보던 그녀는 클라라를 발견하고는 움찔했다. 그녀는 자기보다 나이는 많아 보이지만 여전히 젊게 느껴지는 예쁜 서양 여자가 놀라우리만큼 주의 깊게 자기를 살펴보고 있다는 걸 알았다. 바일라는 왠지 불편했다. 그녀에게서 전해지는 적대감을 느꼈기 때문이다. 종업원이 내려놓고 간 오렌지 주스를 벌컥벌컥 들이켜다 입안으로 들어온 얼음을 씹던 바일라는 번개처럼 스치는 생각에 움직임을 멈추었다.

달링 꾸뻬? 꾸뻬가 프랑스에서 살 때 여자가 있었는지를 알아보려고 이렇게 물었었다. 그는 당황한 표정을 짓더니 글쎄, 라고 애매모호하게 대답했고 그녀는 그가 글쎄, 라고 대답은 했지만 사실은 사귀던 여자가 있었고 그 여자를 아직까지 사랑하고 있다는 걸 깨달았다.

바일라는 불안해지기 시작했다. 기품 있는 새하얀 피부를 갖고 있고 자신은 모르는 또 다른 세상을 알고 있으며 분명히 자동차도 몰 줄 알고 컴퓨터도 다룰 줄 알 것인 저 여자와, 더군다나 꾸뻬에 대해서도 훨씬 더 잘 알고 있을 것이 분명한 저 여자와 도대체 어떻게 경쟁을 할 수 있을까 싶어진 것이다. 바일라는 꾸뻬가 자신을 아름답다고 생각한다는 사실을 알고 있었다. 하지만, 그건 아마도 눈처럼 새하얀 저 여자 얼굴을 잊고 있었기 때문인지도 모른다는 생각이 들었다. 코르모랑 교수가 만든 사랑의 묘약도 저런 강력한 라이벌 앞에서는 전혀 효과를 발휘하지 못할 것이라는 생각에 바일라는 금세 절망에 빠졌다.

바일라는 곧 자신의 패배를 받아들이기 시작했다. 꾸뻬와의 운명적인 만남도 믿을 수 없을 만큼 엄청난 행운이었지만, 누군가가 그를 다시 데려가는 것 역시 그녀가 감수해야 할 운명이라고 생각하기 시작했다. 눈물 한 방울이 주스 잔으로 떨어져 내렸다.

합성수지로 된 커다란 상자 속에서는 작은 생쥐 십여 마리가 열심히 짝짓기를 하고 있었다. 흐뭇한 미소를 지으며 코르모랑 교수가 말했다.

"보게, A 성분을 먹인 쥐들이라네. 강렬한 성적 욕망을 불러일으키지. 1차 조제 때는 A 성분을 너무 많이 집어넣는 바람에 실패하고 말았어."

꾸뻬는 교수가 호텔 여종업원들을 쫓아다녔다는 호텔 지배인의 말이 생각났다. 또 다른 상자 속에서는 원앙새 한 쌍이 서로의 부리를 정답게 문질러주고 있었다. 그걸 본 교수가 눈을 찡긋하며 이렇게 덧붙였다.

"B 성분일세. 애정을 표시하게 만드는 옥시토닌 미립자를 넣었지. 물론 양은 약간 조절했네만……."

앵무새들의 그런 모습은 감동적이었다. 꾸뻬는 여러 가지 색깔의 깃털로 몸치장을 한 그 새들을 보면서 서로에게 사랑을 고백하는 오페라의 한 장면을 떠올렸다.

"문제는 저놈들이 통 뭘 먹지도 않고 하루 종일 애정 표현에만 몰두한다는 거야. 처음에 약을 너무 많이 먹어서일 수도 있고, 아니면 최상의 미립자가 아니어서일 수도 있지."

"그러다가 굶어죽으면 어떡합니까?"

"죽도록 사랑하고파, 마음껏 사랑하고파, 당신과 흡사한 나라에서……. 저놈들을 가끔씩 강제로 떼어놓고 억지로라도 먹이를 먹여야 한다네."

"억지로라도 먹인다고요?"

"자네, 앵무새 간 먹어본 적 있지?"

이렇게 말하고 난 교수는 젊은 중국인 조수들과 함께 웃음을 터뜨렸다. 아마도 그건 그가 평소에도 자주 하는 농담인 듯했다. 여전히 헝클어진 머리카락의 루가 말했다.

"코르모랑 교수님은 정말 재미있는 분이세요!"

보라색 안경을 쓴 위도 맞장구를 쳤다.

"아주아주 재미있는 분이에요!"

그들의 웃음은 벽돌로 쌓아올린 천장 아래로 울려 퍼졌다. 실험실은 상하이가 중국 침략을 위한 서구 열강의 근거지였을 당시 한 포도주 상인의 소유였던 포도주 창고에 자리 잡고 있었다. 이 상인은 마차를 타고 온 고객들에게 포도주를 넘겨주었기 때문에 지금도 마당에 마구간이 남아 있는 것이다.

꾸뻬는 여러 가지 초현대적 기계 장치들을 보았다. 컴퓨터의 평면화면에서는 미립자들이 돌아가고, 코르모랑 교수의 대학에서 이미 본 적이 있는 핵자기공명 단층촬영기도 눈에 띄었다. 물론 여러 종의 동물들이 합성수지 상자 속에서 슬픈 눈길로 인간을 바라보고 있는 실험동물 사육장도 있었다. 이 모든 것은 아주 최근에 설치된 듯했다. 군테르가 교수에 대한 자금 지원을 중단했을 텐데 연구 경비는 어디서 나오는 것인지 꾸뻬는 궁금했다.

"우리의 가장 큰 문제는 약효가 얼마나 지속될지를 알아내는 것일세. 인간의 경우에는 약품의 지속적인 효과와, 초기에 이루어지는 사랑 실험의 지속적인 효과를 구별하기가 힘들지. 나와 나트를 예로 들어보자고. 우리가 계속 서로를 사랑하고 있는 건 처음에 먹은 약이 여전히 우리 뇌에 작용하고 있어서일까, 아니면 서로 뜻이 너무나 잘 맞다 보니 그게 이젠 아주 습관이 되어버려서일까?"

"그걸 어떻게 알아내죠?"

"감정적 기억을 갖고 있지 않은 동물들에게 미치는 효과를 연구하면 알 수 있지. 잠시 후에 토끼 한 쌍을 보여주겠네."

"어쨌거나 그게 그렇게 중요한가요? 그게 약의 지속적인 효과건, 아니면 동거 체험의 효과건 간에 지속적인 사랑이라는 동일한 결과가 나온다면 말예요."

"지속될지 안 될지 자네가 어떻게 아나? 어쨌거나 우리가 각자 새로운 여자를 만난 건 겨우 며칠밖에 되지 않았는데 말일세."

꾸뻬는 어렴풋한 희망을 느꼈다. 어쩌면 알약의 효과가 서서히 감소하지 않을까?

"우리가 방금 본 그 원앙새들처럼 서로 좋아하는 원앙새 한 쌍을 6개월 전에 우리 대학에 보내준 적이 있는데, 이 귀여운 것들이 여전히 서로 다정하게 사랑하고 있다는 편지가 왔네. 그것도 아직 미완성 상태의 미립자를 먹은 원앙새들인데 말일세!"

교수의 말에 꾸뻬의 희망은 물거품처럼 사라져버렸다. 그건 곧 그와 바일라가 영원토록 결합되어 있을 거라는 얘기가 아닌가. 짓궂은 장난을 치고 난 소년처럼 재미난 표정을 짓고 있는 교수를 보자 그는 별안간 화가 치밀어 올랐다.

"하지만 교수님, 우린 원앙새가 아니라고요! 그리고 이 모든 것 속에 자유가 어디 있죠?"

"기다리게, 사람들은 항상……."

"사랑은 단순한 미립자의 문제가 아니란 말입니다! 그럼 약속은요? 그리고 연민은요? 우리는 토끼도 아니고 판다도 아니라고요!"

"어쨌든 다 잘되어가고 있으니 진정하게!"

"사랑의 감정을 너무 가볍게 생각하지 마세요! 사랑이란 진지한 겁니다!"

"우리도 사랑을 진지하게 생각하고 있습니다, 꾸뻬 선생님."

이렇게 말한 사람은 키가 큰 중국 남자였다. 소리 없이 들어온 그는 우와 리 사이에 서서 얼굴에 웃음을 띤 채 그들을 지켜보고 있었다. 나이가 꾸뻬보다는 많고 교수보다는 적어 보이는 이 남자는 말끔한 정장에 테가 얇은 안경을 쓰고 있었는데 안경 너머의 지적인 눈길과 영화배우 같은 미소가 인상적인 남자였다.

"우리의 연구를 전폭적으로 후원해주시는 웨이 박사님일세."

교수의 소개에 웨이 박사가 눈을 찌푸리며 말했다.

"난 그냥 중개인에 불과합니다."

125mL
100
75
50

실연의 아픔을 구성하는 세 번째 요소 - 분노

꾸뻬는 린 자우 대위가 운전하는 대형 자동차를 타고 호텔로 돌아갔다. 기괴하게 생긴 상하이의 고층 빌딩들이 오후 끝 무렵의 흐릿한 햇살을 받으며 줄지어 지나갔지만, 그는 그런 것에는 아무 관심이 없었다. 지금 당장 그의 관심을 끄는 건 코르모랑 교수와 웨이 박사가 손을 잡았다는 사실이었다. 웨이 박사는 이렇게 말했다.

"우리는 사랑이 무질서의 원인이라고 생각합니다. 젊은이들은 가정을 이루거나 우리 경제를 번영시키는 대신 쾌락적이며 개인주의적 향락인 사랑 놀음을 하는 데 정력을 낭비하고 있어요. 아니면 그들은 실연의 아픔으로 고통스러워하고 있죠. 그 바람에 탁월한 실력을 갖춘 우리 대학생들 중 일부는 세계 유수의 대학에 들어갈 수 있는 기회를 잃어버림으로써 그들 자신의 미래를 망치고 조국에 기여할 수 있는 기회조차 놓치는 결과를 낳고 있어요. 그리고 부모들이 시키는 대로 결혼을 한 젊은이들로 말하자면—최근까지만 해도 다들 이렇게 했지요—사랑한다는 느낌이 별로 안 드는 사람이랑 계속 같이 사는 게 과연 정상적인 일인지 아닌지 고민하며 불안해하고 있어요. 이 모든 건 물론 사랑 타령이나 일삼는 대중매체의 영향 때문입니다!"

이 같은 번뇌가 대중매체들이 생겨나기 훨씬 전부터 존재했으며, 여성들이 좋은 남편 못 만난 걸 한탄하며 눈물 흘리고 결혼 전의 사랑을 그리워하는 내용의 중국 시들이 이미 수백 년 전부터 쓰이기 시작했다는 사실을 꾸뻬는 알고 있었지만, 다른 사람으로부터 방해받지 않고 장광설을 늘어놓는 습관이 몸에 밴 게 분명해 보이는 웨이 박사의 주장을 끝까지 들어보기 위해 끼어들지 않았다.

루와 위는 존경스러운 표정으로 그의 말에 귀를 기울인 채 동의한다는 뜻으로 이따금씩 고개를 끄덕이곤 했다. 그렇지만 꾸뻬는 그들이 억지로 그런 표정을 짓고 있다는 생각이 들었다. 뭐라고 딱히 규정지을 수는 없었으나 그 둘은 어쨌든 좀 이상한 느낌을 주었다. 이 상황에서 딱 한 가지 유쾌하게 느껴지는 게 있다면, 그건 거대한 중국 시장이 자신의 손에서 빠져나갔다는 사실을 알았을 때 군테르가 지을 표정이었다. 꾸뻬는 군테르에게 보고서를 보내서 이 위급한 상황을 알려주어야 하나 잠시 고민했다.

자동차가 그를 호텔 앞에 내려놓는 순간 그는 중국과 타이완 문제만큼이나 다루기가 힘든 또 한 가지 문제를 자신이 안고 있다는 사실을 기억해냈다. 바일라와 클라라였다.

그는 기분이 위축되는 걸 느끼면서 이것이 알약의 부작용이 아닐까 하고 스스로에게 물었다. 회전문 안으로 들어가려는 순간 그는 장 마르셀과 마주쳤다.

"괜찮아요? 표정이 별로 밝지 않은데?"

"아, 걱정거리가 좀 있어서요."

"나도 내 고민을 털어놓았으니 이번에는 꾸뻬도 무슨 걱정거리가 있는지 내게 한번 말해봐요."

장 마르셀은 그를 호텔 로비의 바로 데려가며 이렇게 말했다. 로비의 한 테이블에 반쯤 마신 오렌지 주스 잔이 놓여 있는 걸 본 꾸뻬는 그게 바일라가 유일하게 주문할 줄 아는 음료라는 사실을 기억해냈다. 바에 앉은 그들은 사원 구경 갔던 일을 떠올리며 싱가포르 슬링 두 잔을 시켰다. 꾸뻬가 입을 열었다.

"여자 친구가 프랑스에서 왔는데, 날 만나보고 싶어 해요."

"오, 이런! 근데 바일라는 어떻게 된 겁니까?"

"모르겠어요. 아마 방으로 돌아갔을 겁니다."

"그럼 앞으로 어떻게 할 생각인가요?"

이 질문을 받자 그는 재미있어졌다. 그 역시 자기 환자들에게 그런 식의 질문을 던지곤 했던 것이다. 장 마르셀은 그의 동료 의사들 중 한 명에게 진료를 받았던 것일까?

"모르겠어요. 도저히 불가능한 일이지만, 난 두 사람 모두 사랑하는 것 같아요. 하지만 그건 화학작용의 오류 때문이라고요."

그러자 장 마르셀이 무척 흥미 있다는 표정으로 물었다.

"화학작용요?"

“예, 말하자면 사랑의 화학작용이랄까요? 소미립자들이 마치 짝짓기를 하는 생쥐들처럼 머릿속에서 분주히 움직이는 거죠. 아니면 원앙새들처럼 말예요.”

장 마르셀이 불안한 표정으로 꾸뻬를 바라보았다. 바로 그 순간, 접수계에서 일하는 젊은 남자가 그들 쪽으로 다가오더니 봉투를 하나 꾸뻬에게 건네주었다. 어떤 젊은 여성이 그에게 전해주라며 맡기고 갔다는 것이다. 망설이는 꾸뻬에게 장 마르셀이 뜯어보라며 눈짓했다. 꾸뻬는 장 마르셀이 휴대 전화로 문자를 보내는 동안 봉투의 겉봉을 뜯고 편지를 읽기 시작했다.

나 왔어. 그리고 두 눈으로 똑똑히 보고 확신하게 되었어. 호텔 로비에서 당신과 열정을 불사르는 그 여자를 우연히 만나서 시간을 두고 관찰해보았거든. 이미 알고 있었지만, 당신, 제법 여자 보는 눈이 있더군. 아주 매력적인 여자더라고. 난 당신이 그녀에게 엄청난 행운이 되리라는 걸 알았지. 그녀로선 잘된 일이지. 당신은 항상 구원자 역할을 좋아했으니까. 그런데 유감스럽게도 난 그다지 유쾌하지가 않아. 살짝 질투가 느껴졌거든. 미래를 함께할 수 없다고 당신에게 선언했던 나로선 그럴 자격조차 없는데 말이야.

당신이 그 여자와 함께든, 아니면 다른 여자랑 함께든 행복해지기를 바라겠어. 아니, 차라리 그 여자가 나을 것 같아. 왜냐하면 난 이미 이 생각에 익숙해지기 시작했거든.

그리고 한 가지 당신에게 고백할 게 있어. 당신이 다른 사람을 통해 듣기 전에 내 입으로 말하는 게 나을 것 같아. 나도 남자 있어. 그래, 군테르랑 특별한 관계가 되어버렸어. 하지만 당신이 혹시 상상할지도 모르는 그런 관계는 아냐.

젠장, 사랑은 너무 복잡해. 당신이 다른 여자랑 같이 있다는 걸 알게 되고 또 이런 편지까지 써야 하다니 가슴이 쓰려. 하지만 그러면서도 난 내가 군테르를 사랑한다는 사실을 알고 있어. 내 생각엔, 잠깐 서로 얼굴 보는 게 힘든 일은 아닌 것 같은데.

클라라

꾸뻬는 분노가 치밀어 오르는 걸 느꼈다. 군테르였다. 탐욕스럽고 냉혹한 눈초리를 가진 군테르였다. 그에게 사랑의 비밀을 알아오라는 임무를 주어 멀리 보내버린 군테르였다. 그는 클라라를 찾으러 이 세상 끝까지라도 가겠다는 각오를 하고 일어섰다. 온몸이 마치 감긴 태엽처럼 팽팽하게 긴장되었다. 장 마르셀이 놀란 얼굴로 물었다.

"어디 가는 겁니까?"

"피스 호텔에요."

"그럼 같이 가요!"

택시 안에서 장 마르셀은 운전수에게 주소를 알려주었다. 그는 중국어도 조금 할 줄 알았다.

"왜 그렇게 화가 난 겁니까?"

"내 여자 친구가 자기 직장 상사 때문에 내 곁을 떠났다는 사실을 방금 알았거든요."

"아!"

창밖에서는 이미 말했듯 뉴욕의 그것을 연상시키는 상하이의 건물들이 연이어 지나갔다.

"이런 말하면 어떨지 모르겠지만, 꾸뻬도 바일라랑 함께 지내면서 그다지 따분해하지는 않았던 것 같은데요."

그러자 꾸뻬는 실의에 찬 표정으로 같은 대답을 되풀이했다.

"그거야 화학작용 때문이지요."

이 말을 함과 동시에 그는 바일라에 대한 사랑을 화학작용 탓으로 돌리는 건 당치 않다는 생각을 했다. 그녀야말로 늘 그에게 세심하게 신경을 써주고, 그를 볼 때마다 웃음 지었으며, 겨우 몇 단어만 갖고도 그와 대화를 나누지 않았던가?

기분이 몹시 찜찜한 데다 말을 하면 위안이 된다고 정신의학 교과서에 나와 있었으므로 그는 최근에 클라라와의 관계가 그다지 좋지 않았다고 설명해주었다. 장 마르셀은 눈썹을 찌푸린 채 주의 깊게 그의 말에 귀를 기울였다.

"근데 피스 호텔에는 뭐 하러 가는 겁니까?"

"클라라를 만나러 가는 거죠."

장 마르셀은 잠시 망설이다가 이렇게 말했다.

"내 말 좀 들어봐요. 지금 상황으로 볼 때 그건 좋은 생각이 아닌 것 같군요."

"클라라는 나 몰래 직장 상사와 바람을 피웠다고요!"

"예, 그건 그래요. 하지만 그런 식으로 생각하지 말고, 차라리 그녀가 당신을 덜 사랑했고 그래서 다른 남자를 사랑하고 있다는 식으로 생각하는 게 어때요?"

"그녀는 날 속이고 부정을 저질렀어요."

"그러는 당신은요?"

"그건 달라요. 클라라는 우리 사이가 더 이상 예전 같지 않다고 이미 나한테 말했었단 말입니다."

"그래, 그건 그렇다고 쳐요. 하지만 지금 그녀를 만나서 얻는 게 뭐가 있겠어요? 더더구나 지금 같은 상황에서 말입니다!"

"그렇지만 클라라는 상하이에 왔어요. 나를 만나려고 말예요!"

"그럴지도 모르죠. 하지만 만일 내가 당신이라면 우선 천천히 여유를 갖고 안정을 되찾겠어요."

꾸뻬는 자기가 평상시에 맡았던 역할, 즉 사람들이 감정을 달래도록 도와주는 역할을 지금은 거꾸로 장 마르셀이 해내고 있다는 생각을 했다. 하지만 꾸뻬는 이미 평정을 되찾고 상황을 전체적으로 파악했다. 장 마르셀이 한 얘기는 사실이었다. 즉 클라라는 그를 덜 사랑했고 그래서 다른 남자를 사랑하게 된 것이다. 물론 그것 때문에 누군가를 원망할 수도 있을 것이다. 그것 때문에 살인까지 저지르는 사람도 있다. 꾸뻬는 실연의 아픔을 구성하는 세 번째 요소인 분노의 감정을 충분히 느끼고 있었다. 하지만 사랑이란 무의지적인 것인데, 그들의 의지와는 상관없는 감정을 품었다고 해서 사람들을 벌하려고 하는 게 과연 정당한 일일까? 클라라의 편지 덕분에 어쨌든 당분간은 두 번째 구성 요소, 즉 죄책감을 떨쳐버릴 수 있겠다는 생각을 하고 있는데 택시가 두 사람을 피스 호텔 입구에 내려주었다. 장 마르셀이 운전수가 내준 거스름돈을 세어보며 말했다.

"먼저 가세요. 금방 따라갈 테니까."

꾸뻬는 수많은 유명 인사들이 지나갔을 회전문을 통과했다. 그가 회전문을 밀며 안으로 들어가는 동안 온몸에 보석을 주렁주렁 매단 중국 여자 두 명이 같은 문을 통해 밖으로 나갔다. 그는 수첩을 꺼내 방금 떠오른 생각을 적었다.

스물세 번째 작은 꽃 사랑이란 회전문과도 같다. 그 주위를 뱅글뱅글 돌기만 할 뿐 결코 서로 만나지 못한다.

소파는 펄쩍 뛰어오르는 호랑이들이 그려진 천으로 덮여 있었다. 바일라는 그 소파 뒤로 정글 속의 사냥꾼처럼 몸을 숨기고는 꾸뻬가 피스 호텔 로비로 들어서는 걸 보았다. 꾸뻬는 접수계로 가서 무언가를 묻기 시작했다.

바일라는 자신보다 우월하고 너무나 위협적인 라이벌인 클라라에 대해 더 많은 걸 알아보아야겠다는 막연한 욕구에 의해 그녀가 묵고 있는 호텔까지 따라왔다. 클라라가 방으로 올라가는 걸 보고 난 그녀는 자신의 삶에서 가장 큰 고통을 겪을 각오를 했다. 꾸뻬가 클라라의 방으로 올라가서 그녀와 재회하는 걸 보기로 결심한 것이다.

그러나 클라라가 다시 호텔 로비에 나타났고 호텔 보이가 운반차에 트렁크를 싣고 그녀를 뒤따랐다. 클라라와 꾸뻬는 동시에 서로를 알아보았다. 꾸뻬가 그녀를 향해 걸어갔다. 그러자 클라라는 한 손으로 얼굴을 가린 채 다른 손을 들어 올리더니 가까이

오지 말라고 손짓했다. 바일라는 그게 권위적인 동작이 아니라 동정을 호소하는 그것에 가깝다는 사실을 즉시 깨달았다. 어쩌면 클라라는 꾸뻬에게 말을 해봤자 훨씬 더 큰 고통만을 겪게 될 거라고 생각해서 그러는 것 같았다. 꾸뻬는 걸음을 멈추었고 클라라는 슬픔의 무게에 짓눌린 듯 겨우 눈물을 참으며 출구를 향해 걸어갔다. 바일라는 꼼짝 않고 있는 꾸뻬의 얼굴에서 연민뿐만 아니라 분노와 그리움 등의 감정을 읽었다. 하지만 그녀는 똑같은 감정들이 마치 구름처럼 자신의 얼굴 위로 흘러간다는 사실은 깨닫지 못했다.

꾸뻬가 클라라를 따라가서 붙잡고는 소파로 데려와서 앉혔다. 둘은 얼마 동안 아무 말도 하지 않았다. 클라라가 눈물을 닦자 그제야 꾸뻬가 물었다.

"언제부터 그렇게 된 거야?"

클라라는 그건 중요하지 않은 질문이라는 듯 어깨를 으쓱거렸다.

"한 달? 석 달? 아니면 여섯 달?"

클라라가 다시 일어나려고 하자 꾸뻬는 자기가 방법을 잘못 선택했음을 깨달았다.

"좋아, 좋다고. 그것도 풀어야 해, 의혹 말이야. 말해봐. 우리가 주말에 함께 당신 부모님 집에 가기 전부터 벌써 그 스위스 남자랑 관계를 맺고 있었던 거야?"

클라라의 얼굴에 분노가 떠올랐다.

"아냐! 아니란 말이야!"

꾸뻬는 자신이 너무나도 사랑하는 사람의 얼굴에서 계속 흘러내리는 눈물을 보았다. 사랑이란 참으로 가혹하다. 사랑했던 두 사람이 도대체 어떻게 서로에게 이런 고통을 안겨줄 수 있단 말인가?

"근데 상하이에는 왜 온 거지?"

클라라가 또다시 어깨를 으쓱했다.

"나 지금 가봐야 해. 비행기가……."

"그 사람이면 당신을 회사 제트기에 태워서 여행하게 해줄 수도 있을 텐데."

꾸뻬는 이렇게 말해놓고는 아차 싶었다. 그러나 이미 엎질러진 물이었다. 그는 클라라를 품에 안고 싶은 욕구와 다른 남자와 바람을 피운 여자를 품에 안아서는 안 된다는 생각 사이에서 갈등했다. 그러는 사이 클라라는 로비를 가로질러 밖으로 사라졌다. 그 모습을 그저 바라만 보고 있던 꾸뻬는 가슴이 미어지는 듯 자신의 가슴을 움켜잡았다.

장 마르셀은 그 모든 장면을 지켜보았다. 바일라가 소파 뒤에 숨어서 그들의 모습을 지켜보는 것까지도. 그는 눈에 띄지 않게 다른 출구로 나가 호텔 입구에서 꾸뻬를 기다렸다. 택시 안에서 장 마르셀은 어색한 침묵을 깨기 위해 꾸뻬에게 미소를 지었다.

"상황이 그렇게까지 안 좋은 건 아니군요. 어쨌거나 당신은 행복한 고민을 하고 있잖습니까? 당신을 좋아하는 여자가 두 명씩이나 있으니까 말예요."

"천만에요. 클라라는 내가 아닌 다른 남자를 사랑하고 있단 말입니다!"

"그런데 상하이에 와서 당신을 보자마자 눈물을 흘려요?"

"그건 그녀가 내게 애착을 갖고 있다는 뜻이지 여전히 날 사랑한다는 뜻은 아니에요."

"사랑하는 건 아니라고요? 누군가에게 애착을 느끼는 게 곧 사랑 아닌가요?"

꾸뻬는 사랑을 이루는 두 가지 구성 요소—물론 아직 명확해지지 않은 다른 요소들에 대한 언급은 피했다—에 관한 교수의 관점을 장 마르셀에게 설명해주었다. 첫 번째 구성 요소는 욕망과 열정이다. 육체관계를 맺고 싶은 욕구, 도파민. 이 첫 번째 요소는 처음 만나자마자 표면화될 수도 있다. 그런데 이 요소는 그 다음 만남 때 사라져버리기도 한다.

그리고 짧게는 몇 시간에서 길게는 며칠까지, 만들어지는 데 시간이 좀 더 오래 걸리는 두 번째 구성 요소는 애정이다. 이는 상대에게 잘해주고 상대를 가까이 두고 싶은 욕망, 부모와 자식 간에 느끼는 그것과 거의 흡사하게 매우 강렬하면서도 더 평온한 감정, 옥시토신의 부드러운 맛이다.

그러나 문제는 둘 중 한 사람 혹은 두 사람 모두에게 이 두 가지 구성 요소가 일치하지 않는다는 점이다. 코르모랑 교수가 알약을 만든 건 바로 이 같은 이유에서다. 하지만 장 마르셀에게는 이 얘기를 하지 않았다.

꾸뻬는 설명을 하면서 오히려 자신의 마음이 안정되는 것을 느꼈다. 꾸뻬의 설명에 장 마르셀이 머리를 끄덕였다.

"으음, 나도 아내랑 좀 그랬었는데……. 애정은 느껴지는데 욕망은 그다지 안 생기더란 말입니다. 그리고 내가 여행을 하는 동안에는 정확히 그 반대 현상이 일어나더라고요!"

"통역하시던 리 부인은 잘 있나요?"

장 마르셀이 거북스러운 표정을 지으며 중얼거렸다.

"일과 사랑을 혼동해선 안 되는 법인데……."

"그런 식으로 얘기하기 시작한다는 건 곧 그것들이 이미 뒤섞여 있다는 뜻인데, 안 그래요?"

장 마르셀이 살짝 미소를 띠었고 꾸뻬는 그가 자신의 통역사와 사랑에 빠졌다는 걸 눈치챘다. 한 남자가 어떤 여자에 대해 말하기를 거북해한다는 건 대부분은 그가 그 여자를 사랑하게 되었기 때문이다. 장 마르셀같이 진짜 우직한 남자들은 자신이 사랑 때문에 약해질지도 모른다는 것을 분명히 느낀다. 그런데 그들은 언제 어느 때나 강한 남자가 되어야 한다는 말을 어렸을 때부터 귀가 닳도록 들으며 커서 그런 경우가 많다.

호텔방으로 들어온 꾸뻬는 어느 정도 마음이 진정되었고 글을 쓰기 위해 노트북을 열었다. 그러나 '군테르'라는 이름만 생각하면 화가 치밀어 오르는 바람에 모처럼 떠올랐던 영감이 사라져버리곤 했다.

실연의 아픔을 구성하는 세 번째 요소

세 번째 구성 요소는 분노다. 두 번째 구성 요소에서는 잘못을 저질러서 상대방을 떠나게 만들었다며 자신을 나무랐던 반면 세 번째 요소에서는 자신에게 부당하게 행동했다며 상대를 비난한다. 자신의 곁을 떠난 그(그녀)는 악의적이고 경박하고 배은망덕한 존재, 한마디로 말하자면 비열한 인간이나 구제 불능의 바보 멍청이로 간주된다. 자신이 그(그녀)를 다시 만나려고 하는 건 그(그녀)에 대한 자신의 사랑이 여전히 변함없고, 진심으로 후회하고 있다는 말을 하려는 게 아니라 자신이 얼마나 크게 분노하고 있는가를 보여주기 위해서다.

그러므로 이 세 번째 구성 요소는 꾹 참고 있던 분노가 한꺼번에 터지면서 표면화되는데, 거의 대부분은 사랑했던 그(그녀)가 지난 몇 주일 동안 자신에게 저질렀던 온갖 잘못들이 떠오르면서 꼭 일제사격을 할 때처럼 폭발한다. 그(그녀)는 앞으로도 계속 자신이랑 연락을 취하겠다는 약속을 해놓고서도 며칠 동안 감감 무소식이다. 그때부터는 온갖 상상과 더불어 그를 원망하고 의심하게 된다. 여러 가지 정황으로 볼 때 그(그녀)가 자신과 완전히 헤어지기 훨씬 전부터 다른 여자(남자)를 만나고 다닌 것은 아닌가? 그게 언제부터였는지를 밝히기 위해, 공룡의 턱뼈가 얼마나 오래된 것인지를 밝혀내려고 애쓰는 고생물학자에게 지지 않을 정도의 집요함을 보인다. 결별 직전까지도 그(그녀)는 귀에 달콤한 말을 쏟아부으며 사랑한다고 안심시켰다. 그러므로 그는 밥 먹듯이 거짓말을 늘어놓은 경박하고 변덕스럽고 무책임한 존재, 비열한 이중인격자였던 것이다.

이 같은 원한이 너무나 사무쳐서 기어이 폭발하고 말 때도 있다. 혼자서 중얼거리기 시작하고 상상한다. 사랑했던 그(그녀)에게 비난을 퍼붓고 미친 듯이 화를 내고는 그(그녀)가 온몸을 떨고 울면서 후회하는 장면을 상상하는 식이다.

정도가 심해지면 사랑했던 그(그녀)를 비난하는 내용의 메시지를 그(그녀)의 휴대 전화에 남기거나 이메일로 발송하기도 하고, 그(그녀)에게 상처를 줄 만한 단어들만 골라 쓴 편지로 분노를 표출하기도 한다.

꾸뻬는 여기서 글 쓰는 걸 멈추었다. 밤에는 자신의 침대 속으로 들어오고, 동시에 낮에는 군테르와 관계를 맺은 클라라에 대한 생각으로 분노가 치솟은 것이다. 몇 개의 보복성 문장들이 머릿속에 떠올랐다. 그걸로 지금 당장이라도 편지를 쓸 수 있을 것 같았다. 하지만 꾸뻬는 클라라에게 이메일 보내는 걸 자제했다. 정신과 의사인 그는 인간들에 대해서 다른 사람들보다 조금 더 많이 배웠다. 감정에 북받쳐 쓰는 편지가 결코 잘하는 일이 아님을 아는 그는 스스로 자제하고는 세 번째 구성 요소에 관한 글을 계속 써나가기로 했다.

이처럼 복수를 시도하는 것은 권장할 만한 일이 못된다. 왜냐하면 메시지를 남기고 이메일을 보내자마자 두 번째 구성 요소—자신이 과거에 저지른 잘못에 대해 죄의식을 느끼며 반추하는—가 놀랍게도 다시금 공격해오는데, 이 공격은 방금 돌이킬 수 없는 행동을 저지름으로써 그(그녀)가 마음을 돌이키는 것—점점 더 가능성이 없어지는 걸 알면서도 바랐던—을 불가능하게 만들어버렸다는 급작스러운 인식에 의해 한층 더 격렬한 양상을 띠게 된다.

글을 쓰자 좀 진정이 되는 것 같았다. 그는 글로 써야 할 다른 구성 요소들이 이것 말고도 또 있다는 걸 느꼈다. 구성 요소는 도대체 몇 가지나 되는 것일까?

그는 문득 프랑수아를 생각했다. 그는 사랑의 고통에 대해 상당히 깊이 생각해본 듯했고 꾸뻬의 생각에도 관심을 가진 게 분명하므로 틀림없이 이 문제에 대해서도 나름대로의 견해를 갖고 있을 것이다. 꾸뻬는 인터넷에 접속해서. 세 개의 구성 요소에 대해 쓴 글을 프랑수아에게 보냈다.

그때 방으로 들어온 바일라가 꾸뻬에게 다가와 그의 목에 팔을 둘렀다.

"노블렘(아무 문제 없어요)?"

그녀가 그의 머리칼을 흩뜨리며 물었다.

"노블렘(아무 문제 없어)."

그들은 서로를 바라보다가 별안간 웃음을 터뜨렸다. 그러나 바일라의 눈가에는 눈물이 맺혀 있었다.

얼마 후 꾸뻬와 바일라는 비행기를 타고 하늘을 날고 있었다. 바일라는 꾸뻬의 어깨에 기대 잠잘 수 없게 되었다며 불평을 늘어놓았다. 좌석 사이의 거리가 너무 떨어져 있는 데다가 팔걸이도 엄청나게 컸기 때문이다. 꾸뻬는 바일라가 편히 잠들 수 있도록 의자를 완전히 펴서 침대로 만들어주었다. 바일라는 꾸뻬가 좋아하는 포즈를 하고 곧 잠이 들었다. 그 모습을 한참 동안 지켜보던 꾸뻬는 압사라가 하늘을 나는 것 같다는 생각을 하며 흐뭇하게 웃었다.

바일라는 어렸을 때 방 하나에서 다른 가족들과 함께 생활하고 잤을 것이다. 프랑스에서는 부모들이 육체관계를 나누고 있는 장면을 어린아이가 보았을 때 받을 수도 있는 충격에 대해 정신과 의사들이 자주 언급한다. 그런데 아주 어렸을 적부터 늘 한방에서 지냈을 때는 어찌 되겠는가? 그로 인해 평생 지워지지 않을 정신적 외상을 입게 되는 것은 아닐까? 그렇다면 수십억에 달하는 전 세계의 어린아이들은 평생 정신적 외상으로 고통받게 된다는 얘기가 되나?

하지만 그 반대의 경우도 그 가능성은 마찬가지 아닐까? 자연 속에서는 모든 종種들의 새끼가 항상 제 어미 옆에서 지내는 데 반해 프랑스 같은 나라들에 살았던 사람들은 갓난아기였을 때 자기 방에서 혼자 지낸 것 때문에 정신적 외상을 입을 수도 있다는 얘기다. 물론 그들을 위해 프랑스는 정신과 의사들을 탄생시켰지만 말이다. 그런데 지금 그들은 무엇이 정상이고 무엇이 그렇지 않은지를 결정한다.

기껏 세 열밖에 되지 않는 일등석 뒤편에서는 장 마르셀과 나트가 이야기를 나누고 있었다. 그들은 교수가 이미 가 있는 바일라와 나트의 나라를 향해 가고 있었던 것이다. 꾸뻬는 스스로가 생각해도 유치하다 싶었지만 군테르가 이번 임무에 지불한 비용을 상사에게 보고하면서 어떤 표정을 지을까 생각하니 그들과 함께 같은 칸에 타고 여행하는 게 한층 더 기분 좋게 느껴졌다. 군테르 같은 사람에게도 대주주라 불리는 상사는 불편하고 골치 아픈 존재일 것이다. 사람의 행복은 상대적인 것이어서 누구 고추가 더 큰지 비교하면서 재미있어하는 소년들처럼 높은 지위의 남자들도 연봉이나 회사 규모 등을 비교하곤 한다.

꾸뻬는 편안히 자리를 잡고 앉아서 나트가 건네준 교수의 편지를 다시 꺼내 읽었다.

친애하는 친구,

모든 게 발각되었으니 도망쳐야겠네! 자세한 얘기는 나중에 하겠지만, 웨이 씨가 다른 출자자들을 끌어들인 것 같네. 그래서 새로운 중국인 파트너들이 나타났지만 새로운 연구 방법을 내게 강요하는 자들이네. 게다가 금니와 금시계를 자랑스럽게 내보이고 경호원들이라는 자들은 내 좁은 연구실에 들어와 곤봉을 휘두르고 다니는군. 나는 그런 자들과 함께 일하고 싶지는 않네.

그리고 루와 위도 믿지 못하게 되었어. 그자들 행동이 수상쩍어. 중국인인지도 모르겠고, 아니, 이젠 그자들이 진짜 남자인지도 모르겠네. 내가 편집증 환자가 되었다고는 생각하지 말게. 난 진작부터 편집증을 앓고 있었으니까 말일세! 하하하! 어쨌든 이런 정신적 성향을 갖고 있었기 때문에 나는 순식간에 하드디스크를 다 비우고 미립자 샘플들을 불활성화시킬 수 있는 준비를 갖추고 있었다네. 그러고는 얍! 하고 코르모랑 교수는 순식간에 사라져버리는 거지. 그가 머물렀던 흔적이라곤 사랑에 빠진 원앙새 한 쌍뿐이라네. 내가 어디로 가는지에 대해서는 우리 어여쁜 나트가 바일라에게 알려줄 걸세. 서로의 귀에 대고 속삭이는 이 두 압사라야말로 정보망으로부터 절대 보호받을 수 있는 최고로 안전한 통신수단 아니겠는가? 자네는 이들의 안내만 받으면 되네!

잘 있게.

체스터

p.s.

웨이 씨의 새 파트너들은 황소처럼 집요한 사람들 같네.

미행 안 당하도록 조심하게나.

조심하라는 교수의 말에 꾸뻬는 장 마르셀에게 함께 가자고 권유했다. 그런데 장 마르셀은 기다렸다는 듯이 그렇잖아도 사업 때문에 캄보디아에 가려고 했다며 잘되었다고 반겼다.

바일라는 새근새근 숨소리를 내며 자고 있었지만 꾸뻬는 잠을 이룰 수 없었다. 여전히 클라라 생각을 하고 있었기 때문이다. 그는 결핍과 죄의식, 분노라는 실연의 세 가지 구성 요소를 차례로 혹은 동시에 통과했다. 그는 바일라를 바라보며 결핍을 충족시켰고, 군테르를 생각하며 죄의식을 잠재웠다. 그리고 클라라와 그 자신이 과거에 저지른 잘못을 떠올리면서 분노를 억눌렀다. 또 이 모두를 억제하기 위해 주조연도가 붙어 있는 고급 샴페인을 연거푸 몇 잔 마셨다.

군테르 또한 클라라가 돌아오기를 기다리며 결핍과 분노를 느끼고 있었다. 그러나 그에게 죄의식은 없었다. 군테르는 가족들과 친구들에 대한 의무감도 가지고 있었지만 클라라를 만나고 있었고, 대주주들에게 질책당하고 세무서로부터 추적당하는 골치 아픈 일도 피하곤 했지만 그런 일에는 전혀 죄의식을 느끼지 않았다.

군테르는 지금 클라라가 두 사람 관계를 꾸뻬에게 털어놓은 게 아닐까 걱정하고 있었다. 만일 그랬다면 꾸뻬는 코르모랑 교수를 찾아내고야 말겠다는 의욕을 잃어버렸을 것이다. 그렇게 되면 이번 계획 자체가 큰 난관에 부딪히게 된다.

꾸뻬에게 맡긴 카드의 사용명세서를 보며 군테르는 짜증이 났다. 실적에 비해 비용이 적지 않은 데다 그 사용 용도가 전혀 예상치 못한 것이었기 때문이다. 더구나 항공사로 빠져나간 금액을 보고는 화가 치밀었다. 군테르를 한층 짜증나게 만든 건 비용 절감 원칙의 일환으로 회사의 최고위층도 비즈니스 클래스를 타도록 되어 있는데 꾸뻬는 퍼스트 클래스를 이용했을 뿐만 아니라 다른 사람들까지 같은 클래스에 태웠다는 사실이었다. 그나마 그 영수증이 꾸뻬의 이동 경로를 추적할 수 있는 단서가 되고 있어 그것이 위안이라면 위안이었다. 무엇보다도 지금 그가 우선시해야 하는 건 미립자가 사람들로 하여금 마음껏 사랑을 할 수 있게 만듦으로써 가져다줄 엄청난 이익이다.

군테르로서는 자신의 목표를 늘 염두에 두고 있어야 할 필요가 있었다. 그렇게 해야만 클라라 생각을 할 때마다 느껴지는 그 끔찍한 고통을 피할 수 있기 때문이다. 그러나 군테르는 한 가지 사실을 확인하면서 서글픈 느낌이 들었다. 이번에야말로 진정으로 한 여성을 사랑한다고 느꼈는데, 오히려 그것 때문에 벌을 받는 셈이 된 것이다.

지금까지 그가 여자들과 맺은 모든 관계는 가정생활의 불행을 잘 견뎌내기 위한 일종의 유익한 기분전환과 같은 것이었다. 군테르는 아내를 사랑했다. 코르모랑 교수 같았으면 그건 특히 자기 딸의 어머니에 대한 애착이며 또 어떻게 보면 의무감이기도 하다고 말했을지도 모른다. 사실 군테르는 남자들이 가끔씩 바람은 피우지만 아내와는 절대 헤어지지 않는 그런 집안에서 태어났다. 이런 남자들이야말로 진짜 가증스럽고, 소름이 끼칠 만큼 위선적이고, 정말 비겁하다고 말할 사람도 있을 것이다. 그렇다고 만일 군테르가 아내와 딸을 버리고 아름다운 정부들 중 한 명과 산다면 그걸 용기 있고 감탄스러운 행동이라고 말할 수 있을까? 군테르가 아내에게 충실하다면야 얼마나 좋겠는가마는 바람을 한 번도 피우지 않은 CEO들을 찾기란 쉬운 일이 아니다.

군테르가 꾸뻬의 신용카드 사용명세서를 들여다보고 있는데 휴대 전화가 울렸다. 클라라였다.

"상하이에서 전화하는 거야?"

"공항이에요."

"꾸뻬 봤어?"

"네."

"우리 얘기 했어?"

"지금 날 심문하는 거예요?"

꾸뻬가 그랬듯이 군테르도 아차 싶었다. 남자들은 어떤 사실에 대해 항상 지나치게 명확한 질문을 던지는 반면 여자들은 흔히 진실이 사실 너머에 존재한다고 느낀다. 군테르는 재빨리 사과했다.

"미안해. 당신이 멀리 떨어져 있으니까 너무 걱정돼서 그런 거야. 당신이 너무 보고 싶어."

"나도 당신이 보고 싶어요."

그들은 사랑의 말을 속삭였지만 군테르는 클라라가 몹시 혼란스러워하고 있다는 것을 평소와 다른 그녀의 어조에서 느꼈다. 군테르는 모든 일정을 취소하고 아시아로 가기로 결정했다.

"거기 그냥 있어. 내가 금방 갈 테니까."

실연의 아픔을 구성하는 네 번째 요소 - 자기 비하

페에엡! 페에엡!

숲에서 뭔가가 우는 소리가 들려왔다. 꾸뻬가 장 마르셀에게 물었다.

"저거 원숭이인가요?"

"아니, 호랑이예요. 사냥을 하고 있는 겁니다."

호랑이 소리에 놀란 일행은 4륜구동 텐트카로 돌아가기로 했다. 뒷좌석에 앉은 바일라와 나트는 이곳에서 태어나서 살아온 터라 이 지역에 호랑이가 출몰한다는 사실을 알고 있었다. 장 마르셀이 투덜댔다.

"당신 친구라는 그 교수님은 정말 보통 사람이 아니군요. 산속에 있는 소수부족 마을에 은둔하다니! 마지막 몇 킬로미터도 자동차로 갈 수 있을지……."

"그럼 호랑이는요?"

꾸뻬는 거친 도로 사정보다 호랑이가 더 걱정이었다.

"이 정도의 고지라면 그렇게 많지는 않을 겁니다."

그렇게 많지는 않다는 말에 꾸뻬는 언젠가 열대지방의 바다에서 해수욕을 하려고 했던 일이 떠올랐다. 그는 거기에 살고 있던 친구에게 혹시 상어가 출몰하는 건 아닌지 물었다. 그러자 그 친구는 "거의 안 나타나"라고 대답했다. 꾸뻬는 수영하는 척하다가 금세 바다에서 나오고 말았다.

꾸뻬는 용의주도한 장 마르셀의 트렁크 속에 든 총 한 자루와 위성 전화, 위성 안테나를 눈여겨보았다. 인터넷 접속으로 자신의 사업을 언제든 체크하기 위한 장비인 듯했다. 꾸뻬는 도착하자마자 클라라에게 이메일을 보내야겠다고 생각하다가 문득 뭐라고 써야 할지 막막해졌다.

도로 상태는 예상대로 그다지 좋지 않았다. 정확하게 말하면 비포장도로에 가까웠고, 그것마저도 군데군데 끊겨 있었다. 숲이 환해지기 시작했다. 정글이 끝나가고 있다는 의미였다. 뒷좌석에 앉은 바일라와 나트는 시종일관 즐거운 목소리로 얘기를 나누고 있었다. 생전 처음 자기 나라를 여행하는 것이라서 그런지 기분이 들떠 있는 듯했다. 정글이 끝나가자 장 마르셀은 여유를 찾은 듯 그제야 꾸뻬의 기분을 살폈다.

"기분이 좀 풀린 것처럼 보이는데……."

"해결책이 없는 문제들도 있는 법이죠. 그걸 찾겠다고 굳이 애쓸 필요는 없다는 생각이 드는군요."

"칩거 콤플렉스를 갖기 시작하시는 것 같은데 조심하세요. 그걸 극복하지 못하면 여길 떠날 수가 없게 됩니다."

꾸뻬는 나무들이 빽빽하게 들어찬 야산을 바라보았다. 아침 안개 사이로 푸르른 산비탈이 언뜻언뜻 드러나곤 했다. 칩거 콤플렉스를 극복하지 못한다 해도 뭐가 문제인가 싶어졌다. 꾸뻬는 기둥을 박고 그 위에 세운 긴 나무집들 중 한곳을 차지하고 바일라랑 살 수 있을 것도 같았다. 하지만 그는 바일라조차 이런 계획을 반기지 않을 거라는 사실을 알고 있었다. 대부분의 여성들과 마찬가지로 그녀 역시 이런 첩첩산중보다는 도시를 더 좋아하는 것이다.

꾸뻬가 사념에 젖어 있는 동안, 운전대를 잡은 장 마르셀은 길이 험해질 때마다 투덜댔다.

"젠장, 예정대로라면 벌써 오래전에 도착했어야 하는데……."

그들은 온통 헐벗은 거대한 언덕의 비탈길을 달리고 있었다. 다른 쪽 산비탈의 숲이 언뜻 눈에 들어왔다. 하지만 말이 숲이지 여기저기 만든 논으로 인해 민둥산에 가까웠다.

장 마르셀이 고개를 돌려서 나트와 바일라에게 지도를 보여주며 설명을 부탁했으나 두 사람은 지도를 읽을 줄 모르는 게 분명했다. 그녀들과 간단한 대화를 나눈 장 마르셀은 한숨을 내쉬며 말했다.

"두 사람 말은, 이런 마을들은 가끔씩 옮겨 다니기 때문에 찾기가 힘들 수도 있다는데요."

"왜 그렇게 옮겨 다니죠?"

"마을 사람들이 화전火田을 해서 먹고 살거든요. 그래서 몇 년에

한 번씩은 지역을 바꿔야 하는 겁니다. 논에서 더 이상 소출이 안 나서 그래야 할 때도 있고 악운이 닥쳐서 신들의 환심을 사야 하기 때문에 그래야 할 때도 있죠. 때로는 호랑이들이 출몰해서 그래야 할 때도 있고요."

"하지만 논이 있는 걸 보면 마을이 멀지는 않은 것 같은데요."

여기서는 한 치 앞의 일도 짐작할 수 없다는 것을 아는 장 마르셀은 어깨를 으쓱했다. 그건 어느 정도 사실이었다. 그들은 그곳이 정확히 어느 지역인지조차 모르고 있었기 때문이다. 이 지역은 프랑스의 식민지였던 세 나라의 경계에 자리 잡고 있다. 프랑스는 이곳을 떠나면서 산악지방의 국경선이 명확하게 표시된 도면을 가져가버렸다. 그런데 높은 산이라든가 큰 강 같은 지표가 될 만한 곳 없이 이리저리 옮겨 다니는 마을 몇뿐이라서 이곳을 경계로 둔 세 나라는 국경 문제를 해결하겠다는 별다른 의지도 없이 방치하고 있었다.

한 시간 전 그들은 순찰대와 마주쳤다. 이들은 증명서를 요구했고 장 마르셀은 여권을 내밀었다. 내미는 장 마르셀의 여권이 이상할 정도로 두꺼웠는데 되받을 때는 다시 얇아진 것을 꾸뻬는 눈여겨보았다. 만족스러운 미소를 짓는 군인들을 뒤로하고 그들은 아무 문제 없이 다시 출발할 수 있었다. 다른 두 나라의 군인들에게는 이 방법이 통하지 않지만 관청에서 발행한 서류를 갖고 왔으니 문제없다고 장 마르셀은 설명했다. 그는 사업을 하기 때문이어선지 많은 특권을 누리고 있는 듯했다.

자질구레한 사건들이 계속되다 보니 꾸뻬는 조금 무심해졌다.

그러자 클라라 생각으로 머릿속이 들끓었다. 클라라 없이 남은 인생을 보내야 한다는 생각을 할 때마다 그는 마음속에 떠오르려는 네 번째와 다섯 번째 구성 요소를 떨쳐버릴 수가 있었다. 이 구성 요소들은 호시탐탐 나타날 기회를 노렸지만, 그는 잠이 든 나트의 어깨에 몸을 기댄 채 잠을 자고 있는 바일라를 한 번씩 쳐다보는 것으로 그것들을 쫓아냈다.

그는 바일라처럼 그냥 보고만 있어도 기분이 편해지는 여자는 지금껏 만나본 적이 없다. 틀림없이 코르모랑 교수가 제조한 옥시토신 미립자가 약효를 발휘한 덕분일 것이라고 그는 생각했다. 그렇다면 알약을 한 번 더 복용하는 것으로 클라라를 잊을 수 있을지도 모른다는 생각에 잠시 희망이 솟구쳤지만 이내 그는 고개를 떨궜다. 그렇게 되면 이번에는 바일라에게 얽매이게 될 것이기 때문이다. 구속, 그것은 코르모랑 교수가 한 번도 입에 올린 적 없는 단어였다.

한참을 달리다 보니 비포장도로를 걸어가고 있는 그림자 세 개가 그들의 시야에 들어왔다. 벌써 처녀티가 나기 시작한 소녀들이었다. 그녀들은 걸음을 멈추더니 그들이 다가오는 걸 바라보았다. 세 소녀는 얌전하게 생긴 얼굴에 아름다운 색깔의 꽃무늬를 수놓은 긴 옷을 입고 맵시 있게 생긴 작은 진홍색 머리쓰개를 하고 있었다. 그들은 먼지 속을 맨발로 걷고 있었지만 그 자태는 패션쇼를 하는 모델들만큼이나 우아해 보였다. 그녀들은 침착했지만 또 한편으로는 낯선 사람들을 가득 태운 자동차가 달려오는 걸 보자 몹시 당황스러워하는 것 같았다.

그들을 보자 바일라와 나트의 얼굴에는 웃음이 가득했다. 장 마르셀은 자동차를 세우고 그 소녀들에게 이것저것 물어봐달라고 두 사람에게 부탁했다. 하지만, 바일라와 그 소녀들은 사용하는 언어가 서로 달랐다. 소녀들이 속한 그나 도아족은 티베트어로부터 파생된 그들 고유의 언어를 사용하고 있었다. 꾸뻬는 가이드북에서 이미 읽어 알고 있었다.

결국 바일라와 나트는 산에 사는 이 소녀들을 자동차에 태웠고, 그녀들은 뭐가 그렇게 즐거운지 자리에 앉자마자 어여쁜 새들처럼 웃고 종알거렸다. 저것 역시 행복한 순간의 모습이라고 꾸뻬는 생각했다.

잠시 후부터는 그중 키가 큰 소녀가 장 마르셀의 어깨를 가볍게 톡톡 쳐가며 길을 안내하기 시작했다. 아직 어린 나이였지만 나름대로 권위가 느껴졌다. 마음이 가벼워진 듯 장 마르셀이 웃으며 말했다.

"만일 아내가 나랑 이혼하겠다고 하면 여기 와서 정착할 겁니다. 운송사업도 하고, 보건소도 세우고, 이곳 여자랑 결혼도 할 거예요. 그럼 온갖 골치 아픈 일 안 당해도 되겠지요."

꾸뻬는 그를 조금은 이해할 것 같았다. 산악지방에 있으면 떠나온 도시에 대한 거리감을 시골에 가 있을 때 느끼는 것보다 훨씬 더 많이 느끼게 되는 것이다. 그러나 꾸뻬는 이런 종류의 감정이 기만적인 것임을 안다. 결국에는 이미 익숙해진 것을 아쉬워하게 될 것임을. 또 이런 벽지에 사는 여자랑 변함없이 다정하게 지낸다는 것도 결코 쉬운 일은 아닐 것이다. 프랑스 여자와 함께 사는 것과는 다르겠지만, 산다는 것은 그리고 사랑은, 항상 사람 그리고 신비로운 사랑의 연금술과 관련된 문제이기 때문이다. 물론 코르모랑 교수의 알약이 있으면 일이 상당히 쉬워지기는 할 것이다.

비포장도로를 돌아서는 순간, 기둥 위에 세워진 집들이 나타났다. 벌채된 언덕 한가운데에 세워진 집들에서는 젊은 사람들이 벼를 타작하고 있었고 노인들은 자기네 집 문턱에 앉아 파이프담배를 피우고 있었다. 또 돼지와 닭 몇 마리가 한가로이 돌아다니고 있었다. 엔진 소리가 나자 그들은 일제히 소리 나는 곳을 쳐다보았다. 그 순간 나트가 소리쳤다.

"코르모랑!"

긴 꽃무늬 옷을 입은 코르모랑 교수가 웃으며 그들을 향해 달려왔다.

꾸뻬는 말뚝을 박고 그 위에 세운 그나 도아족의 집에서 밤을 맞게 되었다. 돗자리 위에 누운 그는 노트북을 펼쳐놓고 글을 썼다. 바일라는 애정을 표시하느라 그러는지 아니면 그냥 추워서인지 꾸뻬에게 몸을 바싹 갖다 붙이고 잤다. 밖은 고산지대 특유의 깊은 정적에 싸였다.

실연의 아픔을 구성하는 네 번째 요소

네 번째 구성 요소는 자기 자신에 대한 과소평가다. 사랑하는 사람이 떠나면 자신감을 상당 부분 상실하게 된다. 상대가 당신의 진짜 모습을 알게 되자 당신에게 더 이상 매력을 느끼지 못하게 되었고 그래서 떠났다고 생각하기 때문이다. 그(그녀)를 유혹하는 동안에는 당신이 보잘것없는 사람이라는 사실을 그(그녀)에게 감출 수 있고, 또 그(그녀)도 경험이 부족해서 그 사실을 알아채지 못했을 것이다. 하지만 몇 주일, 몇 달, 혹은 몇 년이 지난 후 그(그녀)는 결국 그 사실을 깨닫고 당신에게 싫증을 내는 것이다. 이로 인해 그(그녀)가 떠난 지금, 당신도 알고 있었지만 잊거나 상대화하는 데 성공했던 당신의 모든 신체적, 정신적, 지적, 사회적 열등함은 도저히 극복할 수 없는 약점으로 당신에게 다가온다.

꾸뻬는 글 쓰는 걸 멈췄다. 그는 군테르 생각을 하지 않을 수가 없었다. CEO인 군테르에게 그는 열등감을 느끼고 있었다.

그는 버림받은 사람들이 어떤 반응을 보이는지 관찰해본 적이 있었다. 물론 예외는 있었지만 대체로 여자들은 라이벌의 신체적 조건—라이벌의 그것이 자기의 그것보다 떨어질 경우에도—때문에, 남자들은 좋아하는 여자를 빼앗아간 남자의 사회적 지위나 위세 때문에—상대방 남자의 그것들이 자기의 그것보다 낫지 않을 경우에도—자기가 그렇게 되었다고 생각했다.

경험 많은 정신과 의사인 그는 이것과 반대되는 상황이 일어날 수도 있다는 사실을 알고 있었다. 즉 그 자신이 군테르 같은 남자에게 더 이상 사랑을 느끼지 않는 여성들을 사로잡았던 적이 있었던 것이다. 다른 사람 눈에는 그가 권태기에 접어든 남녀 관계를 혼란에 빠뜨리는 바람둥이로 비쳤을 수도 있다.

그는 클라라가 떠났다고 해서 자기가 군테르보다 열등하지 않다는 정도의 추론은 충분히 할 수 있는 능력을 갖고 있었다. 그러나 이성보다는 감정이 더 우세했고 그리하여 열등감을 떨쳐버릴 수가 없었다. 그렇다고 바일라에게 사랑의 감정을 불러일으켰다는 생각으로 위안받을 수도 없었다. 그녀와의 사랑이 물론 진지하기는 하지만 변형된 미립자에 의해 시작되었다는 사실을 잘 알고 있었던 것이다. 그는 다시 글을 쓰기 시작했다.

이 같은 결점으로 인해 당신은 철저히 고독한 생활을 하든지, 아니면 별로 탐탁지 않은 상대를 선택하고 나서 사랑했던 존재를 영원히 그리워하는 경우를 선택하게 될 것이다. 이 단계에서는 첫 번째와 두 번째 구성 요소가 공격해올지도 모르니 조심해야 한다.

사랑하는 존재와 나누었던 사랑에 대해서 당신은 또 이렇게 생각하게 된다. 그것은 당신이 누릴 자격도 없었고 오래도록 지속될 수 있을지도 몰랐던 하나의 행운에 불과하며 사랑하는 존재가 극진한 호의를 베풀어야만 그 안으로 들어갈 수 있는 천국이었다고.

지난날 당신은 바닷물이 담긴 대형 풀에 갇혀 있으면서도 그 안에서는 자기가 왕이라고 믿는 바다표범 같았다. 그러므로 당신의 보잘것없는 영역 안에 있는 동안에는 편안하게 우월감을 즐길 수가 있었다. 하지만 사랑하는 사람을 쫓아다니며 구애를 하다 보니 당신은 오직 탁월한 능력을 가진 자들끼리만 맞서 싸울 수 있는 먼 감정의 바다로 나갈 수밖에 없었다. 당신이 지금 느끼는 숨 막히는 고통은 사실 당신의 자만과 무능에 대한 속죄 의식에 불과하다.

'이 부분은 약간 과장된 것 같군.' 꾸뻬는 자기가 이렇게까지 형편없는 인간이라고는 생각하지 않았다. 꾸뻬는 위로라도 받으려는 듯 바일라의 볼에 자신의 볼을 갖다 대고 눈을 감았다. 그러고는 바일라의 숨소리로 스며들었다.

펩! 펩!

잠결에 이상한 소리를 들은 꾸뻬는 퍼뜩 잠에서 깨어나 신경을 잔뜩 곤두세웠다. 그들이 지금 묵고 있는 집은 마을 변두리에 위치해 있었다. 호랑이들이 집 안으로는 들어오지 못하고 말뚝만 치고 있는 듯했다. 대나무로 엮은 바닥이 떨렸다. 꾸뻬는 소리 나는 쪽으로 컴퓨터를 집어던지려고 했다. 그 순간 석유등에 불이 켜지더니 아직 잠이 덜 깬 장 마르셀이 헝클어진 머리를 하고 나타났다.

"들었습니까?"

"예."

주변에 있는 집들에서 사람들이 웅성거리는 소리가 들려왔다.

장 마르셀이 꾸뻬를 안심시키려는 듯 여유가 묻어나는 말투로 설명했다.

"사냥감이 풍부할 때는 호랑이들이 마을에 나타나지 않아요. 여의치 않으면 마을의 물소를 공격하기도 하죠."

말이 채 떨어지기 무섭게 멀리 떨어진 물소 우리에서 물소들의 울부짖는 소리가 들려왔다. 장 마르셀은 쭈그리고 앉아서 두 다리를 허공 속에 늘어뜨렸고, 그때서야 꾸뻬는 그가 그나 도아족의 총을 들고 있는 걸 보았다. 그는 행복해 보였다. 꾸뻬는 수첩에 이렇게 썼다.

스물네 번째 작은 꽃 어떤 임무를 맡아서 완수하는 것이야말로 사랑의 고통을 이겨내는 가장 좋은 방법이다.

꾸뻬 씨, 오랑우탄과 그나 도아족을 만나다

우우우우 우우우우. 인간의 울부짖음에 가까운, 탄식하는 듯한 고함소리가 앞쪽 숲에서 들려오자 코르모랑 교수가 기뻐하며 소리쳤다.

"그놈들이야! 그놈들이 저기 있다고!"

잡목림 속으로 사라져버리곤 하는 좁은 산길을 그들은 일렬종대로 걷고 있었다. 탐험을 떠나게 된 게 너무 신나는 듯 보이는 '긴 팔의 아앙'이라는 마을 청년이 앞장을 서고, 코르모랑 교수와 꾸뻬 그리고 구식 총을 든 장 마르셀이 그 뒤를 따라갔다.

그들은 동이 트자마자 출발했다. 그래야만 호랑이로부터 공격당할 위험이 줄어든다는 것이다. 안개 자욱한 산 중턱에는 금빛 햇살이 이따금씩 비쳐들었다.

숲 속에서 들려오는 고함소리를 따라가던 아앙이 소리 내지 말라는 신호를 보냈고 코르모랑 교수 일행은 쭈그린 채 살금살금

전진했다. 병풍처럼 펼쳐진 나무들 사이로 오렌지색 털이 얼핏 보이나 했더니 엄청나게 큰 원숭이 한 마리가 느릿느릿 겨드랑이를 긁고 있었다. 털이 나지 않은 얼굴, 뭔가를 골똘히 생각하고 있는 듯한 온화한 표정, 근육이 발달한 상체와 두 팔, 구부러진 작은 다리로 보아 그것은 오랑우탄이었다. 코르모랑 교수가 낮은 목소리로 속삭였다.

"암컷일세. 내가 멜리쌍드라는 이름을 붙여주었지."

바로 그 순간 또 다른 오랑우탄 한 마리가 나무에서 뛰어내려 멜리쌍드 옆에 유연하게 내려앉았다. 하지만, 멜리쌍드는 그에게는 전혀 관심을 보이지 않은 채 불안한 표정으로 주변만 바라보고 있을 뿐이었다. 수놈은 멜리쌍드보다 조금 더 크고 근육도 더 발달한 것 같았다.

"수놈인 펠레아스라네."

펠레아스가 멜리쌍드에게 다가가 콧구멍을 킁킁거렸지만, 멜리쌍드는 아무 관심 없다는 듯 무뚝뚝하게 돌아서더니 계속해서 겨드랑이를 긁어댔다. 펠레아스는 작전을 바꿔서 멜리쌍드의 등을 긁어주기 시작했다. 그러자 멜리쌍드의 표정이 환해지더니 얼굴을 돌려 펠레아스와 입을 맞추었다. 교수가 꾸뻬의 귀에 대고 속삭였다.

"보다시피 펠레아스가 멜리쌍드보다 약간 더 크지. 일부일처제를 지키는 종들은 다 그렇다네. 수컷이 암컷에 비해 지나치게 크면 클수록 그 종은 일부다처제를 따르지!"

아양이 조용히 하라고 손짓했으나 이미 늦었다. 펠레아스와 멜리쌍드가 사랑을 나누다 말고 화난 눈으로 교수 쪽을 노려보았다.

"아우-오우?"

펠레아스가 굵고 낮은 목소리로 소리쳤다. 멜리쌍드는 그의 말이 채 끝나기도 전에 숲 속으로 돌진했고, 몸을 일으킨 펠레아스는 고래고래 소리를 지르며 엄청나게 큰 주먹으로 제 가슴을 치더니 별안간 두 팔을 세 번 휘두르고 두 번 펄쩍 뛰어서 멜리쌍드를 따라 나뭇잎 속으로 사라졌다. 그 모습을 잠자코 지켜보던 장 마르셀이 말했다.

"겁나서 도망쳐버린 거야."

긴 팔의 아앙은 오랑우탄들이 너무나 잽싸게 도망쳐버렸다는 제스처를 취하더니 웃으면서 '크타르!'라는 말을 되풀이했다. 그 단어는 꾸뻬가 유일하게 기억하고 있는 그나 도아어인데, 호랑이라는 뜻이다.

"호랑이들이 언제 어디서 공격을 해올지 모르기 때문에 늘 경계를 게을리하지 않는 거라네."

코르모랑 교수가 입을 열었다.

"바로 여기에 미래가 있네. 오랑우탄과 인간은 유전자의 98퍼센트가 같아. 인간과 가장 유사한 동물인 동시에 일부일처제를 절대 고수하는 동물이지. 일단 부부가 되면 평생을 함께한다네! 오랑우탄이야말로 가톨릭을 믿는 유일한 원숭이라니까!"

교수는 이렇게 말하고 나서 웃음을 터뜨렸다. 긴 팔의 아앙이 따라 웃었다. 교수가 무슨 말을 하는지 알아듣지 못하는 사람조차 그가 재미있는 사람이라고 생각하는 모양이었다. 교수가 말을 이었다.

“작은 알약, 제조된 호르몬, 이 모든 건 초기 단계에 불과하네. 진정한 미래는 유전자 치료에 있지. 오랑우탄의 뇌 구조를 결정짓는 유전자를 찾아내야 하네. 내 말은 수컷과 암컷이 평생을 함께 살도록 만드는 그 유전자를 찾아내야 한다는 걸세.”

“그걸 찾아내서 어떻게 하실 건데요?”

“으음, 그걸 우리의 유전형질 속에 주입시키면 우린 일부일처제를 절대 고수하며 상대에게 충실한 종이 될 것이고, 우리 후손들도 그렇게 될 걸세. 자네 생각은 어떤가?”

장 마르셀이 끼어들었다.

“그거 상당히 흥미로운데요. 근데 그걸 연구하는 사람들이 있나요?”

“어쨌든 이곳이야말로 연구를 시작하기에 아주 적합한 장소라네.”

꾸뻬가 말했다.

“이곳에서는 오랑우탄이 멸종된 줄 알고 있었습니다.”

“그랬었지. 하지만 정부에서 관리소도 새로 세우고 감시관들도 내보냈지. 지금은 각 주에서도 신경을 쓰고 있어. 사실 이곳은 일종의 무인지대라고 볼 수 있지. 아니, 보다 정확히 말하자면 우리 착한 아앙처럼 지혜롭고 친절한 사람들만 이곳에 살고 있다네. 난 필요한 장비들을 날라와서…….”

별안간 아앙이 손짓을 하더니 세심한 주의를 기울이며 숲을 유심히 살펴보기 시작했다. 일행은 침묵을 지켰다. 아앙과 장 마르셀이 총을 들었다. 그들로부터 몇 미터 떨어진 덤불숲이 살그머니 움직였다. 상당히 큰 짐승이 나무들을 헤치며 걸어 나오고 있는 것 같았다. 나뭇가지들이 양쪽으로 나뉘며 흔들리는 걸 보니 생각했던 것보다 작은 동물 두 마리가 앞뒤로 걷고 있는 듯했다. 이어 고통에 찬 외침이 들려왔다. 분명 인간의 목소리였다. 장 마르셀이 물었다.

"거기 누구요?"

아앙이 자기 나라 말로 같은 질문을 되풀이했다. 나뭇가지의 움직임이 멈추었다가 다시 흔들리더니 방수모를 쓰고 위장복을 입은 미코와 시즈루가 멋쩍은 표정으로 모습을 드러냈다.

"도수가 그렇게 높은 것 같지는 않은데요."

"그래도 조심해요."

꾸빼의 말에 장 마르셀이 주의를 주었다. 그나르 촌장이 쌀을 빚어 만든 민속주 단지 속에 잔을 담갔다가 웃으며 꾸빼에게 내밀었다. 그는 촌장에게 감사하며 프랑스 말로 소리쳤다.

"건배!"

프랑스가 이 오지를 점령했던 당시에 촌장의 할아버지가 프랑스 편에 섰는지 촌장은 할아버지 덕분에 프랑스어 표현을 몇 가지 알고 있었다. 교수 일행을 맞은 촌장은 프랑스 장교들이 쓰던 챙 없는 흰색 군모를 쓰고 나타나 그들을 즐겁게 했다.

생기 넘치는 눈을 가진 촌장은 같은 나이 또래의 아내, 자기보다 나이가 어린 또 한 명의 아내—꾸뻬는 그녀가 죽은 촌장 동생의 아내였을 거라고 짐작했다—를 두고 있었다. 촌장과 교수는 이미 절친한 친구 사이가 된 듯 자주 잔을 부딪치곤 했다. 촌장은 그럴 때마다 흥분해서 토해내는 듯한 우렁찬 목소리로 건배를 외쳤다. 교수는 그나르 촌장에게 A 구성 요소로 만든 알약을 몇 개 주었노라고 꾸뻬에게 귀띔했다.

코르모랑 교수 일행과 촌장 그리고 마을 사람들은 말뚝을 박고 그 위에 세운 넓은 마을회관에 모여 앉았다. 대나무로 엮은 마을 회관의 바닥에는 술 단지 몇 개가 놓여 있었다. 여자들은 수를 놓은 긴 옷을 입고 거기서 좀 떨어진 곳에 모여 앉아 자기들끼리 얘기를 나누고 있었다. 멀리서 보니 꼭 꽃무늬 천으로 만든 꽃다발이 놓인 것처럼 보였다. 여자들은 그들이 빌려준 전통의상을 입고 있는 바일라와 나트에게 관심을 표하며 이야기를 나누었는데 술은 입에 잘 대지 않았다. 날이 어둑어둑해지자 아이들도 그리로 몰려와서 긴 방의 다른 쪽 끝에서 놀았다.

그나르는 귀빈인 꾸뻬와 장 마르셀, 코르모랑 교수 그리고 각자 자기 차례가 되면 역시 쌀로 빚은 술을 마셔야만 하는 미코와 시즈루에게 둘러싸여 있었다. 은은한 황금빛과 어슴푸레한 푸른빛을 발하는 태양이 산 너머로 뉘엿뉘엿 넘어가고 있었다. 미코와 시즈루는 남자들 사이에 끼어 있는 게 편한 것 같지는 않았지만 그럼에도 다정스러운 표정으로 하옹-자오-토라고 말하곤 했다. 이 말은 한 해 동안 잘 지내고, 풍년이 들고, 호랑이들이 나타나지 말고, 전쟁이 일어나지 않기를 기원한다는 뜻이었다.

갑자기 긴 팔의 아앙이 몸을 불쑥 일으키더니 노래를 흥얼거리기 시작했다. 어린아이들을 포함한 모든 마을 사람이 환호성을 내질렀다. 코르모랑 교수가 꾸뻬 쪽으로 몸을 기울였다.

"이곳에서의 삶이야말로 행복 그 자체가 아닐까?"

"전 이 사람들이 어떻게 사랑을 나누는지 알고 싶은데요."

"이들에게는 아주 복잡한 법칙이 있다네. 근데 그게 무슨 내용인지 생각이 잘 안 나는군. 촌장한테 물어봐야겠네."

그는 그나르 촌장을 향해 몸을 굽히더니 질문을 던졌다. 그나르는 미소를 짓더니 오랜 시간에 걸쳐 설명을 해주었다.

"이곳 사람들은 외가 쪽으로 같은 조상이 있으면 서로를 형제자매로 부른다네. 정상적으로는 이부異父 삼촌들 중에서 어떤 사람이 자기 아버지의 조카딸들과 결혼을 하든지, 혹은 부득이하게 자기 사촌들의 형수가 낳은 자식과 결혼한 경우를 제외하고는 서로 혼인할 수가 없다는군. 좀 복잡하지 않나?"

"정말 그렇군요. 기억력이 좋아야겠는데요?"

"하지만 그런 경우들만 제외하면 얼마든지 원하는 사람과 육체관계를 맺을 수 있다네! 물론 들키지 않는다는 조건으로 말일세!"

교수는 이렇게 말하고 웃음을 터뜨렸다.

"들키면 어떻게 되죠?"

"그런 죄를 저지른 사람은 빚을 져서라도 물소를 한 마리 사서 제물로 바쳐야 한다네. 마을에 저주가 내리는 걸 피하기 위해서 행하는 의식이지. 하지만 들키지 않으면 신의 저주가 내릴 위험이 없다고 하는군. 내가 그나 도아족의 법에서 맘에 들어 하는 게 바로 이 부분일세!"

"그런데 남자 여자는 함께 사나요?"

"그렇다네."

"저 사람들한테 무슨 비밀 같은 건 없습니까?"

"다른 부족들과는 달리 저들은 더 이상 납치에 의한 결혼을 하지 않는다네. 그것 때문에 온갖 불행한 일이 다 일어나거든. 여기서는 구혼자가 촌장을 통해 결혼 신청을 하면 촌장은 청혼을 받은 여성의 가족에게 중재를 하지. 그러면 여자 측 가족이 결혼 신청을 받아들이거나 거절한다네. 여기선 여자도 싫다고 말할 권리를 가지고 있네. 그리고 저들에게는 아주 흥미로운 관습이 있는데, 결혼 신청이 받아들여지면 식을 올리기 전에 두 남녀가 함께 하룻밤을 지낸다는군. 그러고 나서 다시 한 번 여자는 결혼을 거부할 권리를 갖게 된다네. 그나 도아족은 부부 관계가 형성되는 초기의 육체적 사랑이 얼마나 중요한지를 알고 있는 거지."

"그러고 나서는요? 그다음엔 어떻게 사랑을 지속시키는 거죠?"

꾸뻬는 이 질문이야말로 중요한 것이라고 생각했다. 거의 모든 사람들이 자기 인생의 어느 순간에 사랑에 빠질 수는 있다. 하지만 그렇다고 해서 그 모든 사람이 사랑을 지속시키는 데 성공한다고는 말할 수 없다. 코르모랑 교수가 멀찌감치 떨어져 있는 아이들과 젊은이들을 가리켰다.

"여기 사람들은 하루 종일 함께 생활한다네. 아이들도 함께 키우고 일도 함께 하기 때문에 남자 여자들은 우리와는 달리 서로 마주 본 상태에서의 고독을 느낄 순간이 거의 없지. 한 쌍의 남녀는 밤이 되면 그제야 단둘의 공간과 시간을 갖게 된다네. 그들에게는 이 순간이 참 기묘하고 소중하게 느껴지겠지. 아마도 사랑을 지속시킬 수 있는 방법은, 단둘이서만 있는 기회를 너무 자주 갖지 않는 것인지도 몰라."

"하지만 우리는 이 고독의 부재를 견뎌내지 못할 겁니다."

그러자 교수는 몹시 행복한 표정을 짓고 있는 아이들을 가리키며 말했다.

"우리가 각자 자기 방에서 그렇게 키워졌기 때문일세. 하지만 저 아이들을 보게."

그때 차를 타고 오면서 만났던 소녀들이 같은 나이 또래의 소년 세 명과 함께 그들 쪽으로 다가왔다. 그중에서 한 소년은 플루트처럼 생긴 악기를 그리고 한 소녀는 줄 두 개짜리 기다란 기타를 들고 있었다. 소년 소녀들이 그들을 환영하기 위해 넓게 벌려 섰다. 그러고는 침묵 속에서 연주하기 시작했다. 감미로운 플루트 소리가 가냘픈 기타 소리를 휘감고 흐르는 동안 다른 소년 소녀는 얼굴에 미소를 띤 채 제자리에서 뱅뱅 돌며 다소곳하게 춤을 추었다.

꾸뻬는 평화롭고 행복한 이 광경을 보면서 깊은 감동을 느꼈다. 그러면서 문득 자신도 너무나 쉽게 그 같은 행복에 도달할 수 있으리라는 생각이 들었다. 그는 자신을 바라보는 바일라와 눈길을 교환하면서 약을 먹어서 그렇게 된 것이든 아니든 두 사람이 서로 사랑하고 있다는 생각을 했다.

아이들의 악기 연주와 춤이 끝나자 사람들은 환호하며 갈채를 보냈다. 아이들은 겸손하게 고개를 숙여 절을 한 다음 춤 동작을 몇 번 보여주고 나서 친구들에게로 돌아갔다. 코르모랑 교수가 속삭였다.

"정말 멋지지 않나? 내가 아는 인류학자들 중에는 저런 광경을 볼 수만 있다면 한쪽 팔이라도 떼어줄 각오가 되어 있는 친구들이 있다네!"

꾸뻬는 그의 말에 맞장구를 쳤다. 촌장이 따라주는 대로 술을 마신 미코와 시즈루는 나들이 가는 게이샤처럼 양쪽 광대뼈가 새빨갰다. 두 사람은 그들을 고용한 환경보호단체로부터 이 지역 오랑우탄들의 상황을 알아보라는 임무를 부여받고 그나 도아족 지역에 오게 되었다고 설명했다. 그녀들의 말이 의심스러웠지만 꾸뻬는 믿는 척했다. 아시아에서는 항상 예의바르게 행동하고 다른 사람들의 체면도 세워주는 게 미덕이라고 들었기 때문이다. 그녀들도 그들이 자기 말을 믿는다고 믿는 척하는 것 같았다. 하지만 두 사람은 여전히 불편해하는 표정이었다.

얼큰하게 취한 와중에도 꾸뻬는 미코의 귀에서 반짝이는 자그마한 보라색 보석에 눈이 갔다. 익숙한 그 보석을 한참 쳐다보던 꾸뻬는 그 보석이 교수의 연구실에서 만났던 루가 달고 있던 것과 똑같다는 사실을 불현듯 기억해냈다. 동양은 정말 수수께끼에 싸인 곳이라고 생각하던 그는 뭔가 짚이는 게 있는 듯 눈빛을 빛냈다.

잠시 자리를 비운 그나르 촌장은 담근 시기가 다른 술 두 병을 들고 다시 나타났다. 곤충들이 여러 세대에 걸쳐 가장자리를 톱니 모양으로 만들어놓은 빛바랜 상표를 자세히 들여다보니 원추형 모자를 쓴 이 나라의 젊은 여성이 미소 짓고 있었고, 그 위에는 '샴 · 통킨 주류'라고 쓰여 있었다.

그나르가 환하게 웃으며 소리쳤다.

"추움-추움!"

"저거 마시고 술병 나는 거 아냐?"

이미 많이 취했지만 기분은 좋은 듯 장 마르셀이 장난스럽게 말했다.

스파이들의 정체가 밝혀지다

꾸뻬는 동틀 무렵 잠에서 깨어났다. 방의 다른 쪽 끝에서 장 마르셀의 코 고는 소리가 들려왔다. 바일라는 모로 누워 잠을 자고 있었다. 그녀의 모습을 조각하는 어떤 조각가를 위해 꿈속에서 또 다른 포즈를 취해주고 있는 듯한 모습이었다.

꾸뻬는 상쾌한 공기를 한껏 들이마셨다. 그러고는 소리가 나지 않도록 조심하면서 사다리를 걸쳐놓고 조심조심 내려갔다. 그나 도아족의 사다리에는 지주支柱가 가운데 하나뿐이어서 부주의한 사람은 사고를 당할 우려가 있었다.

몇몇 여자들은 아직 안개도 걷히지 않은 논에서 벌써 일을 시작하고 있었다. 또 여자 몇은 집 문턱에서 베를 짜고 있었다. 어린아이들도 열심히 좁쌀을 줍고 있었다. 남자들은 눈에 띄지 않았다. 코르모랑 교수는 그나 도아족이 전통적인 명절에만 술을 마신다고 설명해주었지만, 꾸뻬는 그 명절이 자주 돌아온다는 사실을 눈치챘다.

그는 미코와 시즈루가 잠자고 있는 집을 향해 걸어갔다. 사다리가 벌써 내려져 있었다. 그는 소리를 내지 않으려고 조심하면서 올라갔다. 일본어로 속삭여대는 소리가 들려왔다.

큼지막한 배낭 옆에 서 있는 걸 보니 그녀들은 출발 준비를 이미 끝낸 듯했다. 그녀들은 꾸뻬가 루와 위의 이름으로 인사를 건네자 눈을 동그랗게 뜨고 그를 쳐다보더니 곧 서로를 쳐다보았다. 그 순간 꾸뻬는 영어를 못하는 걸로 알고 있었던 시즈루가 미코의 상관이라는 걸 알았다.

일단 그들을 편하게 해주어야 한다고 생각한 꾸뻬는 그들이 정체를 밝히면 자기도 흥미로운 얘기를 해줄 준비가 되어 있다고 말했다. 그런데 그가 이미 어느 정도 짐작하고 있었듯이 이런 거래를 해봤자 이익을 보는 건 두 사람뿐일지도 몰랐다.

그가 그녀들처럼 책상다리를 하고 앉자 시즈루가 유창한 영어로 말하기 시작했다. 그녀는 자기들이 자연보호를 목적으로 하는 비정부기구에서 일하는 건 사실이라고 말했다. 그런데 이 기구에서 코르모랑 교수의 연구에 관심을 갖고 있었다. 그가 소기의 성과를 거둘 경우 상하이 동물원의 판다들처럼 멸종 위기에 처해 있거나 갇힌 상태에 있는 수많은 종들을 번식시킬 수 있을지도 모르기 때문이었다. 그래서 그들이 일하는 비정부기구는 호감이 느껴지는 이 동물을 로고로 정하기까지 했다는 것이다.

꾸뻬는 매우 흥미로운 얘기이기는 하지만 그처럼 터무니없는 얘기를 계속한다면 자기는 그보다 훨씬 더 터무니없는 얘기를 들려줄 수도 있다고 말했다. 그리고 미코와 시즈루가 가장 큰 관심을 기울여야 할 멸종 위기의 종은 혹시 일본 아기들이 아닐까 하는 생각을 한다고 덧붙였다.

미코와 시즈루 사이에 다시 무언의 협의가 이루어지는 듯했다. 이번에는 미코가 나섰다. 그녀는 일본 아기들에 관한 이야기에는 어느 정도 진실이 존재하는 것 같다고 말했다. 그녀의 설명에 따르면 일본 인구는 심각할 정도로 노령화하고 있는데, 그 이유 중 한 가지는 젊은 여성들이 아기를 낳지 않고 독신으로 지내기 때문에 더더욱 그렇다는 것이다. 그때 시즈루가 끼어들었다.

"일본 남자들은 남성 우월론자들이에요. 그렇지만 여자들은 변했다고요! 일본 남자들은 일벌레에다 항상 자기네들끼리만 어울려서 코가 비뚤어지도록 술을 마시고 집으로 돌아오죠. 게다가 집에서는 상냥하게 굴지도 않아요! 그러니 일본 여자들은 독신으로 지내면서 여자 친구랑 같이 휴가를 다니는 거라고요! 일 잘하고 돈 잘 버는데 괜히 결혼해서 맘고생할 필요가 뭐 있겠어요?"

그 말을 듣는 순간 꾸뻬는 과연 자기 나라를 찾는 일본 관광객들 대부분이 미코와 시즈루처럼 젊은 여성끼리 짝을 지어 온다는 사실을 기억해냈다.

어쨌든 그녀들은 그러한 사정으로 인해 일본 정부는 남자와 여자가 지속적으로 사랑을 나눌 수 있게 해주는 미립자에 깊은 관심을 보이는 것이라고 설명했다.

꾸뻬는 상하이에서 웨이 씨가 했던 말을 떠올렸다. 코르모랑 교수의 알약은 개인의 행복을 보장해줄 뿐만 아니라 나아가서 한

국가의 운명과 인류 전체의 미래에까지 결정적인 영향을 미칠 수 있다는 얘기였다.

그러나 미코는 거기서 말을 중단했다. 이제 꾸뻬 차례였다. 꾸뻬가 옥시토신과 도파민에 관해 영어로 힘들게 설명하고 있는데, 갑자기 바일라가 나타났다. 사다리를 올라온 그녀는 불안한 얼굴로, 그러면서도 단호한 걸음걸이로 그들을 향해 다가왔다. 그러더니 바일라는 꾸뻬가 무슨 등받이라도 되는 양 그의 다리 사이에 앉고는 몸을 기댔다.

"자, 이제 됐어요."

미코와 시즈루는 꽤나 놀란 듯 서로를 쳐다보았다. 시즈루는 자기들이 직접 코르모랑 교수의 알약을 시험 삼아 먹어볼 수 없는지 물었다. 각자 좋아하는 남자 앞에서 그 남자와 동시에 먹어야 한다는 말을 하려던 꾸뻬는 미코와 시즈루가 단순히 직장 동료만은 아닐지도 모른다는 사실을 문득 깨달았다. 그리고 그는 정말 이지 많은 사람들이 코르모랑 교수의 연구에 관심을 갖고 있다고 생각했다.

장 마르셀은 불을 피우고 있었다. 그 앞에는 그나 도아족 아이들이 모여서 그의 동작 하나하나에 관심을 보였다. 그가 꾸뻬에게 말했다.

"저 아이들, 귀엽지 않아요?"

동양의 동화에나 등장할 법한 꽃무늬 옷을 입고 총명한 눈빛으로 생글생글 웃고 있는 아이들은 텔레비전 광고와 대량 생산되는 달디단 과자로부터 절대 보호되어야 할 순수한 경이 그 자체로 보였다. 고개를 끄덕이며 꾸뻬가 장 마르셀에게 말했다.

"기분 좋아 보이는군요."

"맞아요, 아내랑 이메일을 교환했거든요."

"부인께선 뭐라시던가요?"

"나쁜 얘기는 아니었어요. 스스로를 다시 형성하고 있다고 말하더군요. 이게 무슨 뜻인지 아시죠?"

"당신을 새로이 맞아들이기 위해 새집을 꾸미듯 그렇게 자신을 꾸미고 있다는 얘기 아닌가요?"

"바로 그거예요! 어쨌든 난 그렇게 믿고 싶네요."

"그럼 그 중국인 통역사랑은 어떻게 되는 겁니까?"

"어쨌거나 그 사람과는 아무 일도 없었는데요, 뭘."

장 마르셀은 리 부인과 서로 꽤 끌리기도 했고 또 차디찬 녹차를 앞에 놓고 서로에 대한 그 같은 감정을 고백하기도 했지만, 결국은 회복시키려고 각자 애쓰는 중인 부부 관계를 파탄내지 않는 게 더 현명하다는 결론을 내렸다고 털어놓았다. 그 말에 꾸뻬가 소리쳤다.

"정말 잘됐네요!"

"어쨌거나 쉬운 일은 아니었습니다. 하지만 난 내가 그제야 어른이 됐다는 느낌이 들더군요. 마음이 끌리기도 하고 한층 더 가까워질 가능성도 있는 상대를 내 쪽에서 먼저 포기한 건 평생 처음이거든요."

꾸뻬는 이런 식의 포기야말로 가장 확실한 사랑의 증거라고 생각했다. 물론 대체로 그 증거는 비밀로 남아 있어야 하지만 말이다. 그러니까, 집으로 돌아가서 이렇게 말할 수는 없는 노릇 아닌가? '여보, 하마터면 바람을 피울 뻔했는데 당신을 진정으로 사랑하기 때문에 마지막 순간에 참았어'라고 말이다.

많은 사람들에게 이상적인 사랑이란 비록 단 한 순간이라도 다른 남자 혹은 다른 여자에게 끌리지 않는 것이다. 하지만, 그런 사랑이 존재하기는 하는 걸까? 결국 유혹에 대한 저항, 그것이야말로 전혀 유혹을 느끼지 않는 것보다 더 큰 가치를 가지는 게 아닐까? 그는 작은 수첩을 펼치고 이렇게 써넣었다.

사랑한다는 것, 그것은 포기할 줄 아는 것이다.

바일라가 두 사람 쪽으로 다가오더니 그가 기록하는 모습을 호기심 어린 눈으로 쳐다보았다. 그녀는 그가 쓴 문장이 무슨 뜻인지 몹시 궁금해하는 것 같았다. 그 뜻만 알면 그를 더 확실하게 이해할 수 있기라도 할 것처럼 말이다.

"내 장비를 이용해서 호텔에 있는 누군가에게 크메르어로 메일을 보내달라고 바일라가 부탁했었어요. 그건 당신에게 보내는 편지인데 그녀는 그게 영어로 번역돼서 돌아오기를 기다리고 있는 것 같아요."

바일라는 그들이 무슨 말을 하는지 이해한 듯 자신이 한 행동에 흡족해하는 표정을 지으며 꾸뻬를 보고 웃었다.

"근데 일본 여자들은 어디 있나요?"

장 마르셀은 문득 그녀들이 생각난 듯 물었다.

"처음에는 떠나려고 했다가 좀 더 머무르기로 했다는군요."

"이상한 관광객들이로군."

"당신도 이상한 사업가잖아요?"

장 마르셀은 꾸뻬의 말을 듣지 못한 척 불 주위를 분주히 움직였다.

"그녀들이 내게 무슨 얘기를 해주었는지 알아요? 당신과 군테르의 관계에 대해서 말입니다."

장 마르셀이 문득 동작을 멈추었다. 그러더니 멋쩍게 웃고는 더 이상 숨길 것이 없다는 듯 말했다.

"좋아요. 그럼 더 이상 숨바꼭질할 필요는 없을 것 같네요?"

"그렇군요."

"단 한 가지 난처한 건, 내 정체가 당신에게 탄로 났다는 사실을 군테르가 알게 되는 겁니다. 당분간은 그 사람한테 아무 말도 하지 말아줘요."

"알았어요."

장 마르셀은 꾸뻬의 대답에 안도하는 듯했다. 그러나 꾸뻬는 장 마르셀이 쉽게 자기의 정체를 드러내는 걸 보고는 놀랐다. 심증뿐인 꾸뻬의 말에 장 마르셀은 충분히 부인할 수도 있었을 것이다. 꾸뻬는 장 마르셀이 그의 진짜 정체를 감추기 위해 방금 자기 말을 그대로 인정한 것이라고 생각했다. 그는 군테르를 위해 일하는 게 아닌 듯했다. 꾸뻬는 인민해방군의 린 자우 대위와 웨이 씨 그리고 미코와 시즈루를 진짜로 고용한 인물들을 생각했다. 그러나 꾸뻬가 지금 그것에 대해 알 수 있는 것은 아무것도 없었다. 바로 그때 나트가 나타났다. 무척 불안한 표정이었다.

"코르모랑? 코르모랑?"

그리고 그녀에 이어 그나르 촌장과 긴 팔의 아앙 역시 불안한 표정으로 나타났다. 코르모랑 교수가 사라졌다는 것이다.

장 마르셀이 속삭였다.

"그들은 나더러 당신을 보호하라고 했지 코르모랑 교수에 관한 정보를 수집하라고 하진 않았어요. 어쨌든 보고서를 작성해서 보내기로 한 사람은 당신이니까요."

그들 두 사람은 교수를 찾아 나선 마을 사람들과 함께 숲 속으로 들어갔다. 다들 코르모랑 교수가 오랑우탄을 관찰하러 갔다가 길을 잃은 게 아닐까 짐작했다. 장 마르셀이 꾸뻬에게 다시 속삭였다.

"호랑이라도 만났을까 봐 걱정되는군요."

"제 생각엔 아무리 호랑이라도 교수 앞에선 당황했을 것 같은데요."

이상한 일이지만 장 마르셀의 정체를 알았음에도 불구하고 꾸뻬는 여전히 그에게 호감을 느끼고 있었다. 사원의 지뢰, 각자의 여자에 대한 근심걱정 등 강렬한 감정을 함께 체험하다 보니 두 사람 사이에 어떤 친밀한 관계가 형성된 게 아닐까 짐작했다. 그는 장 마르셀의 궁극적인 임무가 과연 무엇일까에 대해서 생각해 보았다. 교수를 납치, 비밀정보기관으로 데려가서 심문하는 것일까? 모든 샘플과 하드 디스크에 든 내용을 압수하는 것일까?

꾸뻬에게 장 마르셀의 교수 감시 임무는 부차적인 관심거리에 불과했다. 그가 중요하게 생각하는 건 오직 해독제를 얻는 것뿐이었다. 하지만 해독제를 얻어서 뭘 하겠다는 것인지에 대해서는 생각해보지 않았다. '바일라랑 함께 먹는다면……' 하고 생각하던 그는 차라리 클라라랑 함께 먹는 게 낫겠다는 생각이 들었다. 해독제는 그녀와 헤어지도록 도와줄 수 있지 않겠는가 하고 말이다. 어쩌면 이것은 코르모랑 교수가 미처 생각하지 못한 또 하나의 약효가 아니겠는가. 즉 자연에 의해 이루어진 고통스러운 애착을 화학적인 약효의 도움을 받아 떨쳐버리는 것이다. 그렇게 된다면 실연의 아픔을 느낄 일은 더 이상 없어지지 않을까 하고 그는 생각했다.

앞서 가던 장 마르셀이 멈추라고 손짓했다. 그들로부터 20미터가량 앞의 좁은 빈터에서 코르모랑 교수가 쭈그리고 앉아 그를 관심 있게 지켜보는 오랑우탄들을 마주 보고 뭐라고 속삭이고 있는 것이었다.

"미쳐도 단단히 미쳤군!"

장 마르셀이 겨우 들릴 만한 목소리로 말했다. 꾸뻬는 틀림없이 새로운 약을 집어넣었을 쌀가루 반죽 두 개를 든 교수가 그 두 영장류에게 천천히 다가가는 것을 보았다. 펠레아스는 교수가 가까이 다가가자 문득 불안해진 듯 고함을 내질렀다. 교수는 전혀 두려워하는 기색 없이 쌀가루 반죽을 든 손을 내밀었다. 펠레아스는 계속해서 으르렁거리는 것으로 적의를 드러냈다.

바로 그 순간 꾸뻬는 옆에 있던 장 마르셀이 그나 도아족의 화승총이 아니라 최신형 권총을 오랑우탄에게 겨누는 걸 보았다.

별안간 멜리쌍드가 펄쩍 뛰어서 교수에게 다가가더니 잽싸게 쌀 반죽을 낚아채서는 단 세 입 만에 먹어버렸다. 그걸 보자마자 펠레아스도 교수에게 달려들어 또 하나의 쌀가루 반죽을 낚아챘다. 그리고 두 동물은 순식간에 숲 속으로 사라져버렸다.

장 마르셀의 이마가 땀으로 흠뻑 젖어 있었다.

"젠장! 잘만 했으면 내가……."

코르모랑 교수는 미동조차 하지 않은 채 길게 드러누워 있었다. 그들은 교수를 향해 달려갔다. 교수가 힘들게 숨을 내쉬면서 말했다.

"친애하는 친구들……."

몸을 숙여서 교수를 살펴보던 꾸뻬는 교수의 갈비뼈 한두 대가 부러졌다는 걸 알았다. 펠레아스야 온통 백발인 이 이상한 자신의 사촌에게 그냥 겁만 주려고 했을 뿐이었겠지만, 60킬로그램도 채 나가지 않는 교수에게는 그게 엄청난 충격이었던 모양이다.

클라라가 물었다.

"왜 온 거예요?"

"이번 임무가 나의 통제에서 벗어나고 있어. 내가 직접 나서야 할 것 같아."

"누구를 통제한다는 거예요? 나를요? 아니면 그 사람을?"

"임무를 통제한다는 거지."

"그 사람 만날 거예요?"

"그럴 생각이야."

"그 사람은 우리 관계를 알고 있어요."

"그건 별로 좋은 소식이 아니군."

"내가 그 사람한테 입 다물고 있기를 바란 거예요? 그 사람이 모르기를 바란 거냐고요? 당신, 혹시 날 사무실에 아무도 모르게 두고 쓰는 소모품 정도로 생각하는 거 아녜요?"

"아냐! 천만에. 그냥 시기가 좋지 않았다는 거지."

"아, 그래요? 어쨌든 우리가 관계를 갖기엔 좋은 시기였어요, 안 그래요?"

"내 말 좀 들어봐……."

"결국 우리가 이러고 다니다 보면 일도 제대로 할 수가 없어요, 안 그래요? 내가 직장을 옮길 때까지 몇 년 더 기다려야만 했다고요, 그렇게 생각 안 해요? 그랬더라면 적당한 시기를 택해서 서로 얘기를 나눌 수도 있었을 텐데! 우리 일정도 조정할 수 있었을 거고요."

"그건 과장이야. 당신은 뭐든지 항상 과장해서 말하는 경향이 있어."

군테르와 클라라는 먼 산까지 한눈에 내다보이는 정원 한가운데의 수영장 의자에 길게 드러누워 있었다. 왼쪽으로는 황금빛을 띤 사원 건물이 나뭇가지 사이로 어렴풋이 보였다. 그건 천국을 연상시키기도 했지만 또 어떻게 보면 지옥과도 같아 보였다.

그들은 가능하면 빨리 꾸뻬와 교수를 만나러 갈 수 있는 운송수단이 마련되기를 기다리고 있었다. 이번 여행에 군테르와 동행한 조수 두 사람이 호텔 어딘가에서 이곳 연구소 소장과 함께 그

일에 매달리고 있었다.

큼지막한 선글라스를 끼고 누워 있는 클라라의 구릿빛 몸을 바라보고 있던 군테르는 그녀와 단둘이서 한가롭게 시간을 보내고 싶다는 생각이 들끓었다. 그는 그녀가 사랑스러워 견딜 수가 없을 정도였다. 그는 요즘 나이 탓인지 자신이 약해지고 있다고 생각했다. 꾸뻬보다 열두 살이 더 많은 그는 요즘 들어 젊은 여자들이 예전과는 다른 눈으로 자신을 쳐다본다는 사실을 깨달았다. 그들은 군테르가 자신의 연인이 될 수도 있으리라는 생각 자체를 하지 않는 듯했다. 그렇기 때문에 그들은 더더욱 그에게 부담 없이 친절하게 대해주는지도 몰랐다. 그는 약해졌고 스스로도 그 사실을 느끼고 있었다. 만일 옆에 누워 있는 이 암표범이 그 사실을 알아차린다면 자신의 온몸을 갈기갈기 찢어놓을지도 모른다고 생각했다.

그렇다면, 코르모랑 교수의 알약을 저 암표범에게 먹인다면……. 물론 그녀는 먹지 않으려고 할 것이다. 하긴 그녀가 꼭 알아야 할 필요는 없는 것 아닌가? 최근 정보에 따르면 물잔에 따를 수 있도록 액체 형태의 애정 미립자가 만들어졌다고 하지 않았던가.

그러자 군테르는 무한한 희망이 가슴속에서 솟아나는 걸 느꼈다. 막대한 비용을 퍼부었지만 지금 수많은 문제를 야기하고 있는 이 연구가 어쩌면 처음으로 효과적인 영향을 미치려 하고 있다고 생각했다. 말하자면 클라라가 죽을 때까지 그를 사랑하게 되는 것에 말이다. 거기에까지 생각이 미친 군테르는 그와 별로 친숙하지 않은 감정인 죄의식이 마음속에서 솟아나는 걸 느꼈다. 어릴 적부터 엄격한 교육 환경에서 자란 그는 정정당당하게 이겨야 한다고 배웠는데, 만약 그녀를 속이게 된다면 자신도 고통스러워질 것이라는 것을 깨달았다.

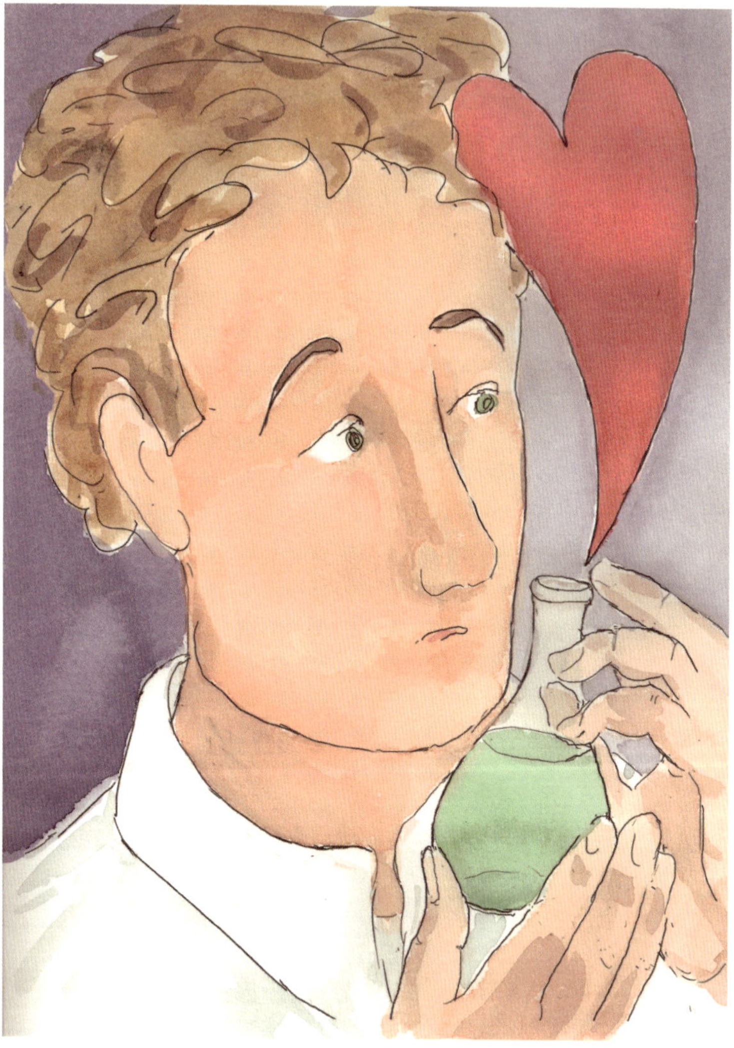

실연의 아픔을 구성하는 다섯 번째 요소 - 두려움

"펠레아스가 나쁜 의도를 갖고 그런 건 전혀 아니었네."

그러자 꾸뻬가 교수의 말을 가로막으며 충고했다.

"말씀은 그만하시고 그냥 숨만 쉬세요."

말을 하려고 할 때마다 고통이 뒤따랐지만 그건 코르모랑 교수로서는 따르기 힘든 충고였다. 교수는 어슴푸레한 빛에 잠긴 그 나르 촌장집 돗자리에 누워 있었다. 촌장은 침통한 표정으로 그를 쳐다보고 있었다. 왜냐하면 장長이란 자기 손님의 건강에 대해—비록 그 손님의 부주의 탓에 그렇게 되었다 할지라도—책임을 느껴야 하는 자리이기 때문이다. 마을 사람들도 부상자 주변에서서 심각한 표정으로 이 사건에 대해 이야기를 나누고 있었다.

나트는 교수의 머리 밑에 방석 하나를 집어넣어준 다음 다정하게 그의 손을 잡았다. 바일라는 옆에 앉아서 커다란 나뭇잎으로 교수의 얼굴에 부채질을 해주고 있었다. 교수의 잿빛 얼굴만 빼

놓으면 그것은 식민지 시대를 그리워하는 서양인들을 매혹시킬 수도 있을 만한 멋진 장면이었다.

꾸뻬와 장 마르셀은 그곳에서 좀 떨어진 곳으로 가서 얘기를 나누었다.

"안색이 영 안 좋으신데요."

"고통이 심해서 숨을 제대로 못 쉬는 겁니다."

꾸뻬는 몹시 걱정되었다. 코르모랑 교수가 군 복무를 하던 당시 차 사고를 당해서 한쪽 폐의 절반을 잘라내는 바람에 지금은 폐가 하나 반밖에 남지 않았다고 털어놓았기 때문이다. 꾸뻬가 주의 깊게 청진을 해본 결과 부러진 갈비뼈는 멀쩡한 폐 쪽에 있었다. 폐를 관통하지 않아서 그나마 다행이었지만 그렇잖아도 제한되어 있던 교수의 호흡 능력은 한층 줄어들었다.

평상시에는 없는 게 없어 보이던 장 마르셀의 약통 속에는 흔히 사용되는 진통제밖에 없었다. 그걸로 교수의 고통을 가라앉힌다는 건 힘든 일이다. 가슴에 붕대를 단단히 감아주자 교수는 통증이 약간 가라앉았다고 했지만, 앞으로 48시간 동안은 통증이 언제 어디서 다시 극심해질지 모르는 일이었다. 교수를 자동차에 태워서 가까운 도시로 데려간다는 것도 불가능해 보였다. 도로 상태로 볼 때 그가 지금보다 더 큰 고통을 당할 우려가 있었다. 헬리콥터를 이용한 후송도 고려해봄 직했으나 그러려면 시간이 필요하다. 특히 국경선이 불분명한 지역을 비행하기 위해서는 허가를 얻어야만 했다.

바일라와 나트는 서로 열심히 얘기를 나누고 있었다. 그러던 그녀들은 인근 계곡에서 가끔씩 장사를 한 덕분에 그들의 언어를 좀 아는 그나르 촌장에게로 다가갔다. 장 마르셀이 말했다.

"해결책을 찾아낸 것 같은데요."

잠시 후 그나르가 집 안으로 들어가더니 작은 마대를 가지고 다시 나타났다. 그러고는 교수에게 대나무와 상아로 된 긴 파이프를 건넸다. 교수는 모로 드러누운 채 천천히 담배를 피웠다. 나트는 그의 옆에 무릎을 꿇고 앉아 나팔 모양으로 벌어진 파이프 가장자리에 둥글둥글하게 뭉친 회색 물체를 발라주었다. 교수는 그 모습을 보자 안심이 되는 듯 자연스럽게 숨을 내쉬었다. 그의 양쪽 뺨은 원래의 붉은빛을 되찾고 있었다. 그가 중얼거렸다.

"아, 친구들, 이게 바로 화학의 힘일세."

꾸뻬는 말을 하지 않는 게 좋다는 사실을 다시 한 번 교수에게 환기시켰다. 그는 민간에서 전해져 내려오는 이 신통제가 놀라운 효과를 발휘하면서도 또 한편으로는 호흡 능력을 약화시킨다는 사실을 알고 있었다. 그는 코르모랑 교수의 안색과 호흡 속도를 가까이서 지켜보기 위해 옆에 쭈그리고 앉았다. 그러자 그나르 촌장이 꾸뻬와 장 마르셀에게 파이프를 내밀었다. 꾸뻬의 의도를 잘못 파악한 듯했다.

"아, 전……."

그러자 장 마르셀이 말리고 나섰다.

"그럼 안 돼요. 거절하면 안 된다고요."

꾸뻬는 하는 수 없이 장 마르셀과 함께 교수 옆에 드러누웠다. 황갈색 등불에 환하게 밝혀진 바일라가 그의 비상을 준비했다.

꾸뻬는 부드러운 연기를 들이마셨다. 그는 교수의 해독제도 이것이랑 좀 비슷할 거라고 생각했다.

첫 번째 파이프 담배를 피우고 난 그는 바일라가 옆에 있어서 즐겁기는 하지만 그녀가 없더라도 고통스럽지는 않을 것 같다는 느낌이 들었다. 두 번째 파이프 담배를 피우고 나자 그는 클라라를 멋진 추억으로 간직할 수 있을 것 같았고 또 그녀가 그녀 자신의 삶 속으로 돌아간다 하더라도 별 상관이 없을 것 같았다. 바일라가 세 번째 파이프 담배를 준비하려고 하자 그는 그만두라고 손짓했다. 갓난애 같은 미소를 머금은 채 잠들어 있는 코르모랑 교수를 지켜보려면 멀쩡한 정신을 유지하고 있어야 했던 것이다.

그는 피우지 않겠느냐는 표정으로 파이프를 바일라에게 돌려주었다. 그녀는 웃으며 머리를 좌우로 흔들고는 그의 뺨을 어루만졌다. 두 사람은 서로의 눈을 바라보았고, 그동안 그는 사랑이 마치 구름에 가려진 태양 아래의 푸르른 바다처럼 너무나도 평화롭게 온몸으로 퍼져나가는 걸 느꼈다.

죽도록 사랑하고파…… 마음껏 사랑하고파…… 당신과 흡사한 나라에서.

그리고 그는 잠들었다. 아침이 왔고 숲은 빛으로 깨어나고 있었다. 이슬이 다이아몬드처럼 영롱하게 빛나자 꾸뻬는 그게 좋은 징조라고 생각했다. 어젯밤 온몸으로 퍼져가는 기운을 느끼며 꾸뻬는 바일라와 나트에게 교수를 지켜보는 일을 부탁했다. 필요하면 자기를 깨우라고 한 다음 잠을 푹 자고 일어난 것이다.

그와 장 마르셀이 약 기운 때문에 무방비 상태였던 탓에 바일라와 나트는 꼬박 밤을 새워 교수를 지켜봐야 했다. 그러나 동틀 무렵에 더 이상 졸음을 이기지 못하고 교수 옆에서 두 마리의 비둘기처럼 스르르 잠들고 말았다. 꾸뻬는 교수의 뺨에 화색이 있는지, 숨이 고른지를 확인했다.

그가 숲을 바라보고 있는데 장 마르셀이 다가왔다.

"기가 막히게 좋았어요."

"그렇다고 날마다 이것만 피우고 있어선 안 될 것 같은데요."

"바로 그게 문젭니다. 거기 빠져드는 건 시간문제지요. 처음에 몇 모금이 나중엔 쉰 번이 되죠."

"그나 도아족이 그렇게까지 되지는 않은 것 같던데요."

"맞아요. 포도주가 우리에게 그렇듯이 아편도 그들에게는 문화의 일부거든요. 그래서 거기에 대한 사회적 통제 장치가 존재하는 겁니다. 아편을 지나치게 복용해서 탈선하는 사람이 있으면 그걸 빼앗고 필요할 경우에는 가둬두기도 하죠."

"그런데 아편은 어디서 가져오는 겁니까?"

그러자 장 마르셀이 웃으며 대답했다.

"그건 던져서는 안 되는 종류의 질문입니다. 눈치채셨는지 모르겠지만 이곳에서 위성전화를 갖고 있는 건 나 혼자만이 아닙니다. 우리 친절하신 그나르 촌장께서도 갖고 계시지요."

"그렇다면 그 모든 게 다 결국에는 우리가 사는 곳으로 흘러들어가는군요."

"자, 식민지 시대 때 아편 경작법을 그들에게 가르쳐준 게 바로 우리랍니다. 이런 걸 자업자득이라고 하죠."

꾸뻬는 다른 나라를 여행할 때마다 매번 마약이 거래되고 매음이 이뤄지는 걸 목격하곤 했다. 그것들이 지구 곳곳에 퍼져 있어서 그런 것인지 본인이 마약과 매음이라는 어두운 세계로 자신도 모르게 자꾸 이끌려서인지 그는 돌아가면 이 문제에 대해 정신과 의사 프랑수아와 대화를 나눠봐야겠다고 생각했다. 그런데 프랑수아를 떠올리자 그의 사랑에 관한 연설이 생각났고 그러자 클라라의 모습이 떠올랐다. 그는 아편의 약효가 다했다는 걸 느꼈다. 클라라 생각을 하자 가슴이 찢어지듯 아팠던 것이다. 꾸뻬는 가슴을 문지르며 장 마르셀에게 물었다.

"부인과의 관계가 어떻게 해서 호전됐는지 얘기 좀 해줄 수 있나요?"

"우리 두 사람 모두에게 진척이 이뤄진 것 같네요. 아내는 우리 사랑도 세월이 흐르면 변할 수밖에 없다는 것을 인정했고 내가 자신에게 꿈을 안겨주지 못했다는 원망도 더 이상 하지 않아요. 그리고 나도 이제 그만 돌아가겠다고 아내에게 약속했어요. 외국 생활을 청산하겠다고 말입니다. 어쨌든 이게 나의 마지막 임무입니다. 시간이 좀 오래 걸리긴 하겠지만 말예요."

"나중에 후회하지 않겠어요?"

"그럴지도 모르죠. 하지만 뭔가를 얻기 위해선 대가를 치러야 하는 법이니까요. 난 여행보다는 아내를 더 좋아하는 것 같아요. 아마 나이 탓도 있을 겁니다. 마흔 살 전에는 모험을 하고 여자들이랑 연애를 해도 재미가 있었는데, 이제는 그런 것이 아무 재미가 없다니까요. 이제 곧 성인이 될 아이들과 헤어져 사는 것도 지겹고 말입니다. 여기까지! 내 얘기 다 했습니다."

꾸뻬는 수첩에 꼭 적어 넣어야 할 두 개의 문장을 생각해냈다.

스물다섯 번째 작은 꽃 사랑, 그것은 꿈꿀 줄 아는 것, 그러고 나서는 꿈꾸기를 중단할 줄 아는 것이다.

스물여섯 번째 작은 꽃 사랑, 그것은 포기할 줄 아는 것이다.

하지만 왜 가정으로 돌아가는 데 대한 대가를 이렇게 고통스럽게 치러야만 했던 것일까?

장 마르셀이 불쑥 편지를 건넸다.

"아 참, 인터넷으로 이거 받았는데, 당신 앞으로 온 거더군요."

그건 프랑수아가 보낸 편지였다. 꾸뻬는 그걸 차분히 읽기 위해 집으로 돌아갔다. 그는 아직 잠들어 있는 바일라 옆에 앉았다.

친애하는 친구,

실연의 아픔을 구성하는 요소들에 관해 쓴 자네의 편지 고맙게 받았네. 자네가 쓴 글의 스타일과 정확성은 높이 평가할 만하네. 하지만 나는 선배로서 자네가 다섯 번째 구성 요소를 잊어버렸다는 말을 해주고 싶군. 자, 나도 자네가 편지를 쓰는 스타일대로 한번 써보겠네.

실연의 아픔을 구성하는 다섯 번째 요소

다섯 번째 구성 요소는 두려움일세. 영원토록 계속될지도 모르는 공허감에 대한 두려움이지. 사랑하는 사람이 떠나버리고 난 뒤 자신의 삶이 일체의 감정이 결여된 시간에 불과해질 것이라는 직관 말일세. 그전에는 어떤 사건을 겪거나 모험을 벌이면 감동도 되고 즐겁거나 슬프기도 했는데 이제는 아무런 느낌도 안 느껴지는 거지. 사랑하는 사람이 자신의 삶에서 사라져버린 이후로는 모든 게 다 시들해져버린 거야. 바로 그때 다섯 번째 구성 요소가 등장하여 사람을 불안하게 만든다네. 감각이 완전히 마비되어버린 게 아닌가 하는 의문이 드는 거지. 물론 계속 일도 하고, 새로운 사람을 만나기도 하고, 연애를 하거나 관계를 맺기도 하고, 자기를 좋아하는 사람이랑 결혼을 할 수도 있지만, 이 모든 것에서 다른 할 일이 없어 건성으로 틀어놓은 텔레비전 연속극처럼 별다른 흥미를 느끼지 못하지. 물론 삶이 또다시 다양성을 가질 수도 있겠지만 그것 또한 버라이어티 쇼만큼이나 재미없을 수도 있다네. 그렇지만 우리는 이 맛없는 수프 그릇을 매일같이 비워야만 하지.

물론 실연의 아픔을 구성하는 다른 구성 요소들은 조금씩 사라질 것이고, 아주 오랫동안 마약을 복용하지 않은 마약중독자들에게서 일반적으로 금단 증상이 나타나듯이 그렇게 결핍감도 사라질 걸세. 가끔은 어떤 장소라든지 음악, 향수가 사랑했던 사람에 대한 추억을 일깨우면서 일시적인 그리움을 불러일으킬 것이고, 친구들은 자네가 잠시나마 혼란스러워하는 걸 눈치채겠지. 그들은 자네 얼굴을 보면서 불안한 기색이 보일 듯 말 듯 그 위로 스쳐 지나가는 것 같은 느낌을 받게 될 거야. 어떤 친구들은 자네에게 무슨 일이 일어났는지 눈치채고 그 즉시 자네의 기분을 풀어주려고 애쓸 것이며, 자네가 술집에 죽치고 앉아 술을 퍼마셔가며 신세 한탄을 늘어놓도록 내버려두지도 않을 걸세. 그리하여 자네는 술 대신 물을 마심으로써 금주에 성공하겠지. 머지않아 삶이 술독에 빠져 허우적대던 때보다 훨씬 더 알차고 풍요로워지고 재미있어졌다는 사실을 인정하게 될 거야.

그렇지만 사는 게 여전히 지겹다고 고백하는 사람들도 있을 걸세. 이런 사람들은 아주 상냥하고 쾌활한 배우자와 함께 살고 있는데도 불구하고 어딘가 모르게 활기가 없어 보이지. 다섯 번째 구성 요소의 유일한 장점이 있긴 하네. 마치 다른 항해자들은 다들 벌벌 떨고 있는 동안 울부짖는 바다와 마흔 번이나 대결을 벌이고도 여전히 침착하게 돌풍과 맞서고 있는 어느 항해자처럼, 살아가다 보면 흔히 겪게 되는 권태라든가 이따금 품게 되는 불만에 대해 한층 더 차분하게 대응할 수 있다는 것일세. 그리고 자신을 계발하기 위해 애썼다고 생각하면서 위안도 얻게 될 걸세. 즉 사랑했던 사람과의 그 모든 이야기가 자네를 더 강하고 더 차분하게 만들어놓은 거지. 그리하여 자네는 소중하게 얻은 이 평정의 가치가 얼마나 큰지를 믿게 되는 거라네.

꾸뻬는 왜 프랑수아가 때때로 그렇게 우울한 표정을 짓고 있었는지를 이해하게 되었다. 그는 이미 여러 차례나 마음속에서 치밀어 오르는 게 느껴졌던 다섯 번째 구성 요소에 대해 너무 많이 생각하지 말아야겠다 다짐하면서 편지를 도로 접었다.

바일라가 잠에서 깨어났다. 그녀는 자기가 거기 있다는 게 좀 놀랍게 여겨지는 듯 어리둥절해하더니 그를 보자 안심한 듯 미소를 지었다.

사랑은 어느 한쪽을 택하는 것

커다란 철제 트렁크를 코르모랑 교수에게 가져간 꾸뻬는 교수가 보는 앞에서 그걸 열었다.

"보다시피 모든 게 다 그 안에 있네. 실험 데이터와 미립자들의 3차원 지표들, 암축된 형태 등 수많은 자료들이."

꾸뻬는 여러 가지 시험관과 반응 테이프들이 들어 있어 꼭 화학자의 실험도구 상자처럼 보이는 트렁크의 다른 절반을 가리키며 물었다.

"그럼 여기엔 뭐가 들어 있나요?"

"샘플일세. 그리고 그것들을 변형시키기 위한 최첨단 소형 기계 장치들도 있지. 물론 사용법을 알아야겠지만 말일세."

"그럼 해독제는요?"

"화합물들이 거기 있으니까, 몸이 좀 나아지면 만들어줌세. 그런데 좀 어떤가? 바일라와의 관계 말일세."

꾸뻬는 바일라에 대해 깊은 애정과 강한 욕망이 느껴지지만 그러면서도 클라라에 대한 그리움 때문에 고통스럽다고 대답했다.

"동시에 말인가?"

"아녜요. 사실 동시에 그렇게 느끼진 않아요. 바일라가 날 안고 있는 동안에는 클라라가 멀어지죠. 하지만 그녀가 나타나면 그때는 바일라가 사라져요."

"흥미롭군, 흥미로워. 자네의 뇌 구조를 꼭 연구해보고 싶네!"

교수가 그렇게 말한다고 해서 꾸뻬의 걱정거리가 덜어지는 건 아니었다. 교수가 말을 계속했다.

"자네의 뇌에서 글루코스가 얼마나 소비되는지를 보고, 자네가 바일라를 생각할 때 활성화되는 부위와 클라라를 생각할 때 불그스레한 빛을 띠는 부위를 구분 지어야겠군. 여러 가지 종류의 사랑에 관여하는 부위들을 해부학적으로 구별할 수 있을 걸세! 우와, 이거 신나는 일인데!"

너무 열광한 나머지 코르모랑 교수는 가능하면 말을 삼가야 한다는 사실을 또 잊어버리고 말았다. 그가 한숨을 내쉬며 말을 이어갔다.

"여기에 자기공명장치만 있으면 안성맞춤일 텐데 말이야! 그랬더라면 이번 연구를 진행시키는 데 여기만큼 좋은 데가 없는데 말이지! 게다가 오랑우탄들까지 있잖아?"

"그런데 펠레아스와 멜리쌍드에게 뭘 먹이신 겁니까?"

"그들이 애정을 품을 수 있도록 만들어주는 약일세."

"하지만 오랑우탄들은 벌써 서로에게 강한 애정을 갖고 있고,

제 생각엔 그거야말로 그들의 장점이 아닌가 싶은데요?"

"그래, 자기들끼리는 애정이 있지만 나한테는 아냐."

교수는 펠레아스와 멜리쌍드가 교수 자신에게 강한 애정을 품도록 해서 보다 더 수월하게 그들을 연구할 수 있게 만드는 것이 자신의 의도라고 설명했다.

"그렇게 되기 위해선 약효가 발휘되는 동안 내가 그놈들이랑 함께 있었어야 했는데, 그놈들이 그만 도망쳐버리는 바람에 실패한 걸세. 자기들끼리의 애정이야 한층 더 깊어지겠지만……."

조금 더 멀리 떨어진 곳에서는 바일라와 나트가 텔레비전을 보고 있었다. 교수가 심심해할 거라며 촌장이 방에 올려 보내준 것이었다. 태양열 배터리로 텔레비전의 전원을 공급하는 걸 보면 그나르에게는 정말이지 없는 게 없는 것 같았다.

그런데 별안간 바일라가 고함을 질렀다. 꾸뻬는 화면을 향해 나가갔다. 서로 다정하게 얼싸안고 있는 판다의 모습이 화면에 비춰지더니 꼭 범죄인의 사진처럼 카메라 플래시 불빛으로 눈부시게 밝혀진 히의 사진이 나타났다. 꾸뻬는 해설을 듣고 경악했다.

바일라는 뭐가 뭔지 이해하지 못한 것 같았다. 하지만, 그녀는 아나운서의 아연실색한 표정을 보자 뭔가 비극적인 일이 벌어졌다는 걸 느낀 모양이었다.

"노블렘(아무 문제 없죠)?"

"리틀 블렘(약간 있어)."

그러자 그녀가 불안한 표정으로 물었다.

"블렘(문제 있어요)?"

"노블렘 포 바일라 앤드 꾸뻬(바일라랑 꾸뻬한테는 아무 문제 없어)."

그녀는 안심한 듯 나트에게 말을 전했다. 그런 다음 조금 전에 막연하게 느꼈던 불안한 기분을 씻어버리려는 듯 채널을 음악방송으로 돌렸다.

꾸뻬는 다시 교수 옆으로 돌아갔다. 교수는 그 소식을 쉽게 믿기 힘들겠지만, 어쨌든 그건 사실이었다.

"히가 하를 먹어버렸다는군요."

그러자 코르모랑 교수는 뭔가를 골똘히 생각하는 표정으로 이렇게 대답했다.

"아, 그래? 그럴 줄 알았지. 그 샘플이 제대로 정화되질 않았었거든. 자네도 알다시피 애정 중추는 식욕 중추에서 그다지 멀리 떨어져 있지 않아. 게다가 상대를 먹어서 내 것으로 만들고 싶다는 욕망은 연인들에게 흔히 나타나는 환상이지. 문학에서는……."

"코르모랑 교수님, 이건 문학이 아니에요! 히가 하를 먹었다고요! 제 말 들리세요? 히가 하를 먹어버렸다니까요! 그러니 나도 바일라를 먹게 될 거 아닙니까?"

꾸뻬는 갈비뼈가 부러졌건 말건 코르모랑 교수를 잡고 흔들려 했고, 교수도 그걸 느낀 듯했다.

"그럴 위험은 없네, 친구! 전혀 없다니까!"

"무슨 근거로 그렇게 자신 있게 말씀하시는 거죠?"

"왜냐하면…… 자네와 바일라에게는 내가…… 플라시보(가짜

약. 약효는 없으나 생체에 유효한 약제의 효용 실험을 위해 대조약으로서 투여하는 물질-옮긴이)를 주었거든."

교수의 말에 안심이 되면서도 화가 솟구친 꾸뻬가 교수를 거칠게 흔들어댈까 아니면 더 자세히 설명해달라고 요구할까 망설이고 있는데 장 마르셀이 번역된 바일라의 편지를 들고 나타났다.

사랑하는 꾸뻬,

드디어 당신에게 말을 하게 되었군요. 아니, 당신에게 글을 쓰게 되었다고 해야겠지요. 난 배운 것도 별로 없는 그냥 평범한 여자예요. 그래서 당신이 혹시나 내게 실망하게 될까 봐 두려워요. 난 내가 아무 말 않고 가만히 있는 걸 당신이 더 좋아한다고, 당신에게 난 언젠가는 버려질 귀여운 인형에 불과하다고 생각하곤 했어요. 실컷 갖고 놀다가 팽개쳐버리는 인형 말이에요.

하지만 또 어떤 때는 내가 당신을 사랑하는 것만큼 당신도 날 사랑한다는, 그리고 우리에게 일어난 일은 기적이나 다름없다는 생각을 하기도 했어요. 물론 교수가 만든 약 덕분일 수도 있겠지만, 난 그렇게 안 믿어요. 단순히 백인 교수 한 사람이 마술을 부렸다고 해서 내가 이렇게까지 당신을 깊이 사랑하게 된다는 건 있을 수 없는 일이라고요. 당신은 다른 사람들이랑은 달랐어요. 우리나라에도 있고 당신 나라에도 있는, 단지 쾌락을 위해 상대 여성의 육체를 농락하려는 남자들이 음흉한 눈길로 바라볼 때의 그 모멸감, 당신은 아마 모를 거예요. 우리가 처음 만나서 당신이 내게 교수에 대해 물었을 때 당신이 날 예쁘다고 생각하면서도 날 존중해주고, 또 나를 돈만 몇 푼 쥐여주면 즉시 드러눕는 그런 여자로 취급하지 않는다는 걸 느꼈답니다. 그리고 영어를 할 줄 아는 그 호텔 지배인이 나를 함부로 대하는 걸 보고 당신이 언짢아한다는 걸 알아차렸지요.

난 어느 순간에는 당신이 내게 너무나 가까이 있다고 느끼면서도 또 어느 순간에는 당신이 내게서 너무 멀리 떨어져 있어서 모든 게 우리를 갈라놓는 것처럼 느껴지기도 해요. 그래서 슬퍼질 때가 있답니다. 내가 당신 언어를 배우면 우리가 가까워지지 않을까 하는 생각도 들지만, 또 한편으로는 그렇게 했다가 오히려 더 멀어지는 건 아닐까 하는 생각이 들기도 해요. 왜냐하면 우리가 지금까지 살아온 세계가 너무나 다르고, 난 학교도 다니다 말았거든요.

당신은 나의 사랑인 동시에 나의 걱정거리예요.

하지만 난 우리의 만남을 하나의 선물로 생각합니다. 그 만남이 지속되는 하루하루는 내게 선물이나 다름없답니다.

바일라

꾸뻬는 편지를 다시 접었다. 바일라는 아무것도 보지 못한 채 나트와 MTV 아시아 채널을 보고 있었다. 그동안 코르모랑 교수는 들어주는 사람이 없는데도 아랑곳하지 않고 설명을 계속했다.

"자네도 알겠지만 플라시보는 실험에 어느 정도의 정확성을 기하기 위한 실험이네. 내가 나트와 함께 복용한 진짜 약이 어떤 효과를 나타낼지를 알 수 있는 비교의 한 방법이지. 하지만 실험 대상이 좀 더 필요해. 그리고 물론 자기공명장치도 있어야 하고."

꾸뻬는 그의 말을 듣고 있지 않았다. 은하수 모양으로 뿌려진 장미꽃잎 위를 걸으며 〈난 당신 마음을 사로잡았어요〉라는 노래를 부르는 마돈나를, 넋을 잃고 바라보는 바일라의 어린애 같은 표정을 보고 있었다.

그 만남이 지속되는 하루하루는 내게 선물이나 다름없답니다.

장 마르셀이 물었다.

"별문제 없죠? 나, 그 편지 프린트만 했지 읽진 않았거든요."

"아무 문제 없습니다."

"근데 무슨 걱정거리라도 있어요? 얼굴 표정이 좀 그래 보이는데……."

"혹시나 지금의 이 행복이 깨질까 봐 불안해서 그러는 겁니다."

꾸뻬는 바일라를 집으로 데려가서 편지를 읽었다는 말을 해주어야겠다고 생각했다. 그때였다. 지평선 쪽에서 헬리콥터 엔진 소리가 들려왔다. 모두들 달려가서 하늘을 쳐다보았다. 소리가 점점 더 커지더니 멀리 보이는 언덕 모퉁이에 헬리콥터 한 대가 나타났다.

"크기로 봐서 군용 헬리콥터군."

장 마르셀이 전문가답게 한마디 했다.

마을은 금방 혼란스러워졌다. 여자들은 노는 아이들을 이끌고 집 안으로 들어갔다. 남자들 대부분은 숲 속으로 도망쳤는데 허리가 휠 정도로 황마黃麻를 잔뜩 짊어진 사람도 있었다.

카키색 벌처럼 생긴 헬리콥터가 바람을 일으키며 가까이 다가

왔고, 얼마 지나지 않아 동체에 그려져 있는 이웃나라 국기를 구별할 수가 있었다. 헬리콥터를 쳐다보던 장 마르셀은 큰 소리로 꾸뻬에게 말했다. "어쨌거나 경찰이 무슨 작전을 펴려고 온 건 아니네요. 아마도 멀찌감치 내려앉을 겁니다."

헬리콥터가 논 근처의 숲 속 빈터로 다가가자 놀란 물소들이 우리 쪽으로 몰려갔다. 헬리콥터는 흔들거리면서 지상을 향해 접근하더니 가볍게 내려앉았다. 두 명의 조종사는 군복을 입고 있었다. 헬리콥터 문이 열리자 젊어 보이는 사복 차림의 동양인 두 명이 내렸다. 그리고 이어서 서양인 남자와 여자가 헬리콥터에서 내려왔다. 클라라와 군테르였다.

코르모랑 교수가 무슨 일이 일어났는지 보려고 현관에서부터 엉금엉금 기어갔다. 그러고는 소리쳤다.

"저자는 안 돼! 저자가 그걸 가져가게 내버려둬선 안 돼!"

꾸뻬와 장 마르셀은 서로를 쳐다보았다.

군테르가 말했다.

"좋아요, 우리에겐 공통 관심사가 있지요. 우선 의견 일치를 봐야겠군요."

코르모랑 교수를 중심으로 꾸뻬와 군테르, 건장하고 날렵해 보이는 군테르의 조수 데릭과 랄프 등이 둘러앉았다. 거기에는 여성 잡지에나 등장할 법한 아주 멋진 정글복 차림의 클라라도 있었다. 그녀는 꾸뻬 쪽으로 눈을 안 돌리려고 애썼다. 나트는 교수의 손을 꼭 붙잡은 채 부채질을 해주고 있었고, 잘만 하면 거래를 성사시킬 수도 있겠다는 걸 눈치챈 그나르와 영어를 좀 알아듣는 긴 팔의 아앙도 그 자리에 참석했다. 그런데 장 마르셀의 모습은 보이지 않았다. 그는 군테르가 도착하기 전에 어디론가 사라져버린 것이다.

텔레비전 앞에는 바일라가 앉아 있었다. 그녀는 텔레비전을 보는 척하면서 꾸뻬와 클라라를 곁눈질했다. 이야기를 시작하던 군테르는 텔레비전 소리가 신경에 거슬렸는지 그쪽을 향해 소리쳤다.

"텔레비전 소리 좀 낮춰주면 안 되나? 일 얘기를 좀 해야 하는데……."

군테르의 말에 그의 조수 랄프가 바일라에게 소리를 좀 줄여달라는 말을 하기 위해 일어나려 하자 꾸뻬가 한마디 했다.

"내버려둬요. 괜찮은데 뭘."

꾸뻬의 말투에서 텔레비전 소리보다 더 중요한 뭔가를 건드렸다고 느낀 랄프는 그냥 가만히 앉아 있는 쪽을 택했다.

데릭이 불안한 표정으로 물었다.

"교수님은 괜찮으실까요?"

나트가 보살피고 있는데도 불구하고 코르모랑 교수의 상태는 군테르가 나타난 이후 갑작스레 악화되었다. 꾸뻬가 나섰다.

"갈비뼈가 부러진 데다 폐가 하나뿐입니다."

그러자 군테르가 단호하게 말했다.

"우리가 모셔가야겠어요. 헬리콥터로 한 시간만 가면 좋은 병원이 있습니다."

그 말에 교수가 가쁜 숨을 쉬며 중얼거렸다.

"말도…… 안 돼. 난…… 여기 내 친구들이랑…… 같이 있겠소. 내 연구…… 오랑우탄들……."

교수의 말에 군테르가 물었다.

"무슨 말씀을 하시는 겁니까? 헛소리를 하시나?"

"천만에요. 코르모랑 교수께선 오랑우탄들을 연구하시려는 겁니다. 왜 오랑우탄들이 일부일처제를 유지하는지 알아내시려는 거죠."

"그거 정말 좋은 생각이군요. 우린 교수님을 위해서 이곳에 연구소를 차려드릴 수 있습니다. 필요한 장비는 헬리콥터로 날라다 드릴 수 있을 겁니다."

그러자 코르모랑 교수가 힘없는 목소리로 말했다.

"자기공명장치가 있어야 해요."

그 말에 군테르가 불만스러운 듯 입을 삐죽거렸다.

"정말입니까? 하지만 그건 도시에 설치하는 게 더 낫지 않을까요? 게다가 전기는 어떻게 공급한단 말입니까?"

그때 그나르 촌장이 소리쳤다.

"전기, 그거 문제없습니다! 아무 문제 없다니까요! 발전기만 있으면 돼요!"

군테르는 촌장이 느닷없이 끼어들자 놀란 모양이었다. 촌장은 열을 내며 말했다.

"발전기랑 태양열 배터리, 수력 터빈만 있으면 됩니다! 그럼 전기, 문제없어요! 아무 문제 없어요! 헬리콥터가 다 가져오면 돼요!"

그러자 데릭이 군테르에게 말했다.

"으음, 촌장이 잘 알고 있는 것 같은데요."

교수가 힘들게 말을 이었다.

"내 실험에 필요한 장비는…… 크로마토그래피랑 전자음향 합성장치 등이야."

교수의 말에 그나르 촌장은 고개까지 끄덕이며 맞장구를 쳤다.

"아주 훌륭한 장비들이야! 헬리콥터가 다 싣고 오면 돼!"

아앙도 열의를 다하는 자기네 마을 촌장에게 보탬이 되려고 한마디 거들었다.

"장비는 아앙이 다 설치할 겁니다."

군테르는 클라라를 쳐다보았지만, 그녀는 바일라만 뚫어지게 주시하고 있었다. 군테르는 심장이 가슴에서 떨어져 나가는 듯했다. '젠장! 내가 왜 이렇게 마음이 약해지는 거지? 지금은 그럴 때가 아닌데!' 그러나 군테르는 속마음을 재빨리 흩뜨리고 본론으로 돌아갔다.

"교수님, 대단히 흥미로운 계획을 갖고 계시는군요. 그런데 현재까지의 결과와 샘플들은 다 어디 있습니까?"

교수가 문과 그 너머의 산, 숲 어딘가를 막연하게 손으로 가리켰다. 꾸뻬가 대신 말했다.

"우리가 잘 보관해놓았습니다."

"보관해놓았다고요?"

군테르의 넓은 얼굴이 붉으락푸르락했다. 꾸뻬는 군테르의 눈빛을 애써 피하며 아무렇지도 않은 듯 말했다.

"너무나 많은 사람들이 이번 연구에 관심을 갖고 있어서요. 중국인들, 일본인들까지. 그래서 교수님과 난 이번 연구 결과를 비밀에 부치기로 결정했습니다."

"물론 우리를 그곳으로 안내해주시겠지요."

"안 됩니다."

그러자 군테르의 얼굴이 창백하게 변했다. 그는 애써 흥분을 가라앉히려는 듯, 이를 악문 소리로 말했다.

"우리가 이번 연구에 재정 지원을 했으니 거기서 나온 결과는 당연히 우리 소유입니다."

데릭과 랄프가 불안한 표정으로 서로를 쳐다보았다. 그들은 군테르가 화내는 걸 이미 본 적이 있었다. 그나르와 아앙 역시 신경을 잔뜩 곤두세우고 있었던 듯 여차하면 뛰쳐나갈 자세로 엉거주춤 몸을 일으켰다.

꾸뻬는 속으로 쾌재를 불렀다. 그는 군테르가 자신에게 달려들기만을 기다리고 있었다. 그렇게 되면 그의 얼굴에 주먹을 한 방 날려주어 정신과 의사들에게도 감정이 있다는 걸 보여줄 셈이었다. 그러나 조용히 앉아 있던 클라라가 나섰다.

"자, 다들 진정하는 게 좋을 것 같아요. 문제의 요인들이 뭐죠?"

일상적인 회의를 이끌어갈 때처럼 침착하게 자신을 다스려가며 부드러운 목소리로 말하는 클라라를 보며 꾸뻬는 감탄과 동시에 사랑을 느꼈다. 그러나 냉정을 되찾고 그녀를 바라보고 있는 군테르를 보는 순간 꾸뻬는 복잡한 감정에 사로잡혔다.

그는 무력감으로 인한 비탄(분명히 군테르는 클라라를 곁에 두기 위해서라면 무슨 짓이라도 할 것이다)과 안도감(클라라가 그녀를 사랑하지도 않는 남자에게 시달리고 있다는 얘기를 들었다면 견딜 수 없어 하며 살의를 느꼈으리라)을 동시에 느꼈다. 이상한 일이지만 바로 이 순간 그는 군테르에 대해 일종의 형제애를 느꼈다. 같은 배를 타고 거친 바다를 항해한다는 감정과 동시에 각자가 상대방을 물속에 빠뜨리기 위해 죽어라고 싸우는 항해라는 생각이 들었다.

바일라는 텔레비전 보는 걸 그만두고 꾸뻬 뒤에 와서 앉았다. 클라라가 약간의 동요가 느껴지는 목소리로 말했다.

"좋아요. 여러분의 요구사항이 무엇이든 간에 여러분은 나름대로 뭔가 생각들을 갖고 계실 테니 우선 그걸 들어보기로 하죠."

꾸뻬는, 코르모랑 교수가 아직 완성 단계에 도달하지 않았다고 생각되는 자신의 연구가 서둘러 이용될까 봐 걱정하고 있다고 설명했다. 불완전한 미립자를 시장에 내놓는 걸 원하지 않는다는 것이었다. 그러자 군테르가 나섰다.

"우린 절대 그렇게 안 할 겁니다! 그건 우리로서도 이익이 아니란 말입니다!"

교수가 들릴락 말락 한 목소리로 말했다.

"결정은 당신 혼자 내리는 게 아니오. 난 내가 지금 하고 있는 연구를 내 뜻대로 진행시키고 싶어요. 이 계획에 다른 사람들을 참여시키고 싶지 않단 말이오."

군테르는 아무 대답도 하지 않았다. 꾸뻬는 왜 코르모랑 교수가 그동안 이리저리 도망쳐 다녔는지를 알 수 있을 것 같았다.

“코르모랑 교수님은 이곳에서 연구를 계속하고 싶으신 겁니다. 평온한 분위기 속에서 말예요.”

“자기공명장치를 도시에 설치하는 건 좋은데, 그 대신 필요할 땐 언제라도 헬리콥터를 이용하도록 해주시오.”

교수의 요구에 군테르는 생각이 많아지는 듯했다. 그때 클라라가 눈물 어린 눈으로 꾸뻬를 바라보았다. 꾸뻬 역시 금방이라도 눈물이 쏟아질 것 같았다. 두 사람 모두 질투심 때문에 마음이 흔들리고 있지만 그것만 갖고는 여전히 서로를 사랑하고 있는지 알 수 없다고 그는 생각했다. 그는 수첩에 이렇게 써 넣기로 했다.

‘사랑이 끝나도 질투심은 존재한다. 그렇다고 질투심을 사랑의 일부라고 할 수 있을까?’

군테르는 결정을 내린 듯 입을 열었다.

“알았습니다. 여기서 연구를 계속하시는 건 교수님 좋으실 대로 하십시오. 하지만 제겐 어떤 증거 같은 게 필요합니다. 우리 연구가 제대로 잘 진행되고 있다는 걸 본사에 보여줄 만한 뭔가가 있어야 한다는 얘기지요. 그러니까 샘플 몇 개만 저한테 좀 넘겨주시죠!”

코르모랑 교수는 군테르가 지겹게 느껴진 듯 슬그머니 눈을 감았다. 그러고는 잠든 척 아무 대답도 하지 않았다. 교수의 반응에 군테르의 얼굴은 분노로 새빨개졌다.

“그게 내 손에 들어올 때까지는 연구고 뭐고 없습니다! 군대를 보내서 여기는 물론 주변 정글까지 샅샅이 뒤질 겁니다!”

바로 그 순간, 오랑우탄들의 우우 하는 긴 울음소리가 들려왔다. 꾸뻬는 그게 이 협상을 마무리해야 한다고 알리는 신호라고 생각했다. 그는 그나 도아족처럼 생각하기 시작한 것이다.

NH2
HO
OH
OH
Tyr
H2N
Cys
Ile
Cys
Pro
Leu
Gln
Asn
NH2
H2N
Gly
NH2

꾸뻬 씨, 그나 도아족의 지혜를 배우다

꾸뻬는 긴 팔의 아앙을 따라 정글 속을 걷고 있었다. 그들은 숲 속 빈터에 교수의 철제 트렁크를 놓고 그 위에 앉아 있는 장 마르셀을 발견했다.

"어쩌기로 했어요?"

"샘플을 몇 개 주는 대신 이곳에 남기로 했습니다."

"브라보! 잘됐군요!"

"군테르에겐 오직 한 가지, 가능하면 빨리 여기서 벗어나야겠다는 생각뿐이었을 거예요. 그래서 협상이 이뤄질 수 있었던 것 같아요."

"얼간이 같으니라고! 여기가 얼마나 좋은 곳인데!"

아편의 효과는 이미 사라졌지만, 장 마르셀은 꾸뻬가 지금까지 보았던 것보다 훨씬 더 차분한 표정을 짓고 있었다. 그가 눈앞에 펼쳐진 풍경을 가리키며 말했다.

"저 산들…… 저 숲…… 호감이 느껴지는 사람들…… 난 아예 여기 정착해서 살고 싶어요. 진정한 삶을 살겠다는 거죠. 사냥, 낚시…… 아편도 가끔 하고. 이럴 게 아니라 아내가 될 여자를 구해줄 수 있는지 그나르한테 물어봐야겠네요. 여기 여자들은 다들 상냥하니까."

"그럼 부인은 어떻게 하고요?"

그러자 장 마르셀이 펄쩍 뛰었다.

"이런, 낭만이란 걸 이해 못하시는구먼. 난 그냥 꿈을 한번 꿔본 거라고요. 그건 그렇고 진짜로 바보 멍청이들한테 샘플을 줄 겁니까?"

"교수가 라벨이 CC와 WWW로 시작되는 샘플을 다 주라던데요."

그들은 트렁크를 열고 가지런히 정돈되어 있는 시험관을 하나씩 살펴보기 시작했다. 그때 뒤쪽에서 목소리가 들려왔다.

"비켜서요!"

데릭과 랄프였다. 그들은 젊은 아시아계 군인 네 명을 데리고 나타났다. 장 마르셀이 거칠게 대들었다.

"젠장, 무슨 권리로 이러는 거요?"

그러나 데릭은 침착하게 대답했다.

"어리석은 짓만 안 하면 아무 일 없을 겁니다. 우리가 원하는 건 트렁크뿐이니까."

긴 팔의 아앙은 꼼짝 않고 있었지만 꾸뻬는 분노가 치밀어 오르는 걸 느꼈다.

"노 프로블렘."

아앙이 그의 어깨를 붙잡으며 말했다.

그는 그 젊은 군인들이 아앙 같은 사람을 향해 방아쇠를 당기는 건 식은 죽 먹기보다 더 쉬운 일이라는 걸 깨달았다. 랄프가 열린 트렁크를 향해 다가가며 말했다.

"드디어 투자 금액을 회수할 수 있게 됐군."

"근데 이걸 갖고 뭘 할 거요? 교수는 더 이상 연구를 안 하려고 할 텐데."

트렁크를 닫아 그걸 들고 병사들 쪽으로 걸어가던 랄프가 대답했다.

"우리가 그 미친 늙은이랑 계속 일을 할 것 같습니까? 그 사람은 벌써 우리 골치를 썩일 만큼 썩였어요. 그 사람이 천재인 건 사실이지만 앞으로는 성실한 사람들한테 일을 맡길 겁니다. 이걸 갖고 뭘 만들어도 만들 수 있겠지요."

꾸뻬는 군테르가 처음부터 그럴 생각을 갖고 있었음을 그제야 깨달았다. 협상은 샘플이 어디 있는지 알아내기 위한 시늉에 불과했던 것이다. 군테르의 간계에 속았다는 생각이 든 꾸뻬는 별안간 화가 치밀어 올랐다. 이번엔 장 마르셀이 그를 타일렀다.

"어리석은 짓 하지 말고 침착해요."

그러자 데릭이 그들을 향해 소리쳤다.

"귓속말들 하지 마십시오. 우리는 이대로 돌아갈 텐데 따라올 생각일랑 안 하는 게 좋을 겁니다. 이곳 군인들은 점잖지 않은 데다 내가 알기론 여기 사람들을 별로 좋아하지 않는다고 들었어요. 만일 내가 당신네들 같으면 우리가 그냥 떠나도록 가만 내버려둘 겁니다."

그는 몇 발자국 걸다가 몸을 획 돌리더니 또 한 번 그들을 향해 소리쳤다.

"그보다 더 좋은 건, 꼼짝 않고 있다가 헬리콥터 소리가 나면 그때 움직이는 겁니다."

한 가지 생각이 꾸뻬의 머릿속에 퍼뜩 떠올랐고, 그 순간 그는 몽둥이로 얻어맞는 것만큼이나 끔찍한 고통을 느꼈다. 샘플. 군테르는 플라시보가 아니라 코르모랑 교수가 개발한 진짜 미립자를 손에 넣을 수 있게 된 것이다. 그렇다면 클라라, 클라라와 군테르가 그 약을 먹는다면…….

거기에까지 생각이 미친 꾸뻬는 달렸다. 아앙과 장 마르셀이 그의 뒤를 따랐다. 꾸뻬의 목적은 오직 한 가지, 데릭과 랄프 그리고 군인들보다 먼저 숙영지에 도착하는 것이었다. 그는 산비탈을 전속력으로 달려 내려갔다. 어떻게 해야 할지 확실하게 생각해둔 건 없었지만 그는 헬리콥터가 출발하지 못하도록 하는 게 그렇게까지 어려운 일은 아니라고 생각했다. 하지만 장 마르셀은 이렇게 말했다.

"기술적인 측면에서 보면 한번 해볼 만해요. 하지만 조종사가 두 명인 데다 분명히 무장을 하고 있을 겁니다."

"그럼 당신 총을 쓰면 안 될까요?"

장 마르셀은 잠시 생각에 잠겼다.

"이건 내 호신용입니다. 물론 당신 호신용일 수도 있죠. 하지만 전쟁을 하는 것도 아닌데 이걸 가지고 이 나라 군인들과 맞설 수는 없어요."

"그들이 진짜 군인이라고 생각하는 겁니까?"

"여기 사람들이 다 그렇듯이 그들도 불법적으로 일을 하는 겁니다. 어쨌든 가능성은 별로 없어 보이네요."

꾸뻬는 다시 달리기 시작했다. 황혼녘의 베니스, 멋진 야회복 차림으로 군테르에게 등을 돌린 채 태양의 황금빛이 서서히 사라져가는 대운하를 바라보고 있는 클라라, 그리고 냉소를 지으며 시험관의 내용물을 몰래 그녀의 샴페인 잔에 털어 넣는 턱시도 차림의 군테르 모습이 그의 머릿속을 떠나지 않았다.

꾸뻬는 여전히 인적이 끊긴 마을 근처에 도착했다. 두 명의 조종사들이 헬리콥터 근처에서 담배를 피우고 있는 모습이 눈에 들어왔다. 그나 도아족만 도와준다면 두 명은 많은 수가 아니라고 꾸뻬는 생각했다. 그는 그나르 촌장에게 도움을 청하기 위해 아앙과 함께 사다리 위로 뛰어올랐다.

교수는 돗자리 위에 누워 있었고, 나트는 그의 머리맡을 지키고 있었으며, 군테르와 클라라, 촌장은 녹차를 마시는 중이었다. 거기서 좀 떨어진 곳에 있던 바일라는 그를 보자 즐거운 탄성을 내질렀다. 꾸뻬가 군테르를 향해 소리쳤다.

"비열한 인간 같으니! 당신은 트렁크를 훔쳐갔어!"

군테르가 입꼬리를 올리며 그를 쳐다보았다.

"자기 걸 훔치는 법은 없습니다."

"협상은 함정이었어."

그러자 군테르는 어깨를 으쓱하며 대답했다.

"사업이란 게 원래 그런 거지요."

꾸뻬가 클라라에게 물었다.

"당신은 어떻게 이런 비열한 인간이랑 같이 있을 수가 있지?"

군테르가 소리쳤다.

"클라라는 끌어들이지 마!"

"당신한테 얘기한 게 아냐."

"당신, 계약서를 한 번 더 읽어봐야 될 것 같은데, 미련한 인간 같으니."

군테르의 말에 꾸뻬는 클라라를 쳐다보며 말했다.

"내가 말하고 싶었던 게 바로 그거야."

그 말을 듣자 군테르는 흥분해서 몸을 일으켰다.

결국 그나르와 아앙이 그들을 떼어놓았다. 꾸뻬는 코에서 피가 흐르는 걸 느꼈다. 하지만 그 와중에도 꾸뻬는 군테르의 이가 하나 부러졌으니 당분간 웃을 때마다 바보처럼 보일 거라는 생각에 만족스러웠다.

"이런 젠장!"

이가 부러졌다는 걸 막 알게 된 군테르가 소리쳤다.

촌장과 아앙은 계속 그들을 뜯어말리면서 놀랍기도 하고 약간 감탄스럽기도 하다는 표정을 짓고 있었다. 차가워 보이고 속으로 무슨 생각을 하는지 전혀 짐작이 가지 않던 이 백인들도 진짜 남자들처럼 치고받으며 싸울 수 있다는 게 신기하게 느껴진 듯했다.

그러나 바일라는 울먹이며 달려와 꾸뻬의 코에서 흘러나오는 피를 낡은 헝겊으로 닦아냈다. 하지만 그때 그가 보게 된 광경은 깨진 코보다 더 큰 고통을 안겨주었다. 클라라가 군테르에게 달려가 그의 터진 입술을 살펴보는 것이었다. 그 순간 모든 게 다 끝났다고 그는 생각했다.

군테르가 성난 표정으로 소리쳤다.

"아직 다 안 끝났어, 이 비열한 인간아!"

그러자 꾸뻬도 지지 않고 일어서면서 소리쳤다.

"뭐가 어째?"

격렬한 증오에 휩싸여 있던 꾸뻬는 왜 항상 환자들에게 증오심을 극복하라고 권유했을까 생각했다. 촌장과 아앙이 다시 두 사람을 뜯어말렸다.

코피를 멈추기 위해 앉아 고개를 뒤로 젖힌 꾸뻬는 바일라의 얼굴 옆에 있는 클라라의 얼굴을 보았다. 두 사람은 이해가 안 된다는 눈길을, 한편으로는 미친 남자들이라는 식의 암묵적인 동조의 눈길을 교환하더니 불안한 표정으로 그를 지켜봤다. 꾸뻬는 너무나 흡사해 보이면서도 또 너무나 달라 보이는 그녀들의 눈길을 받으며 잠시나마 완벽한 행복을 느꼈다. 그러나 이건 실낙원에 대한 기억 혹은 술탄의 꿈이란 걸 알았다.

클라라는 그의 상태가 그다지 나쁘지 않다는 데 안도하면서 멀어져갔다. 그리고 잠시 후 군테르를 위로하는 클라라의 목소리가 들려왔다. 꾸뻬는 별안간 자신이 부끄러워졌다. 싸움질을 했다는 게 창피하게 느껴졌기 때문이다. 군테르와 그는, 섬에서 죽기 살기로 싸우던 그 게들과 다를 게 없었다. 그리고 이것 역시 사랑의 결과다. 군테르가 트렁크를 가져간 게 이 싸움의 발단이었지만, 군테르와 그는 그게 전부가 아니라는 걸 잘 알고 있었다.

그들이 어느 정도 진정되자 나트의 부축을 받으며 나타난 교수가 꾸뻬에게 물었다.

"도대체 무슨 일이 일어나고 있는지 내게 설명 좀 해줄 수 있겠나? 내 트렁크는 어디 있지?"

나트는 사랑하는 교수가 두 남자의 싸움에 말려들까 봐 두려웠던 나머지 그를 다른 방으로 데려갔었다.

"군테르가 교수님 트렁크를 빼앗아갔습니다. 랄프와 데릭 그리고 군인들을 시켜서 말이죠."

"뭐라고? 그게 사실이야?"

그러자 군테르가 아픈 듯 혀로 입안을 훑으면서 소리쳤다.

"뭘 바라시는 겁니까? 우리가 교수님 같은 양반이랑 일을 계속할 거라고 믿으시는 건 아니겠죠?"

그 말을 들은 코르모랑 교수는 별안간 몸을 일으키더니 소리를 질렀다.

"이건 내가 하는 연구야! 어쨌든 나 없이는 아무것도 할 수 없을걸!"

그의 얼굴은 분홍빛을 띠었고, 잠에서 완전히 깨어난 듯 보였다. 군테르가 이죽거렸다.

"천재의 외침이군."

클라라가 매서운 눈길로 쏘아보자 그는 고쳐 말했다.

"코르모랑 교수님, 여러 가지 훌륭한 아이디어를 갖고 계시니 충분히 천재라는 소리를 들으실 만하죠. 하지만 이젠 열심히 일을 하실 때가 된 것 같은데요."

"이런 젠장, 자넨 내가 이런 조건에서 일을 할 거라고 믿나? 천만의 말씀!"

군테르는 그건 큰 문제가 되지 않는다는 듯 아무 대답도 하지 않았다. 코르모랑 교수의 머릿속에 불현듯 어떤 생각이 떠오른 듯했다.

"뤼페르를? 설마 자네, 그 비열한 뤼페르를 이번 연구에 참여시키려는 건 아니겠지?"

교수가 펄쩍 뛰어오르자 꾸뻬는 그가 군테르에게 덤벼들려는 줄 알았다. 이번에도 촌장과 아앙이 개입했다. 촌장은 같은 말을 되풀이했다.

"노 프로블렘(아무 문제 없어요). 노 프로블렘(아무 문제 없다니까요)."

아앙도 맞장구를 쳤다.

"노 프로블렘(아무 문제 없어요)."

꾸뻬가 말했다.

"천만에. 빅 프로블렘(큰 문제야)."

촌장은 미소를 짓더니 밖의 풍경을 손으로 가리켜 보였다. 촌장은 자연을 관조하는 것이야말로 정말 중요한 일이며, 인간들의 쩨쩨한 다툼은 허망한 것이라는 말을 하려던 걸까?

숲 가장자리에 그나 도아족 몇 명이 나타났다. 사냥을 마치고 돌아오는 것 같았다. 어깨에 걸친 긴 장대에는 그날 잡은 짐승이 매달려 있는 것처럼 보였다. 그러나 꾸뻬는 데릭과 랄프 그리고 군인 네 명이 두 손과 두 다리가 묶인 채 매달려 있는 걸 또렷하게 보았다. 헬리콥터에도 조종사들은 더 이상 보이지 않고 그나 도아족들만 모여서 요란하게 웃어대고 있었다.

꾸뻬 씨, 사랑을 구하다

"바보 같은 놈들! 이번에도 또 사람을 잘못 뽑은 거야! 싸움이라곤 생전 해본 적 없는 녀석들을 군인이라고 데려오다니, 참! 신싸 익센 놈들이나, 아니면 산을 잘 아는 놈들을 데리고 왔었어야지! 그러게, 이런 일을 하려면 탄탄한 조직망을 갖춰야 한다니까요!"

장 마르셀은 랄프와 데릭의 전격작전이 실패로 끝난 원인을 분석하는 게 무척이나 재미있는 모양이었다.

"게다가 미국놈들은 비정규전에 약하죠. 그것도 그나 도아족의 안방이나 다름없는 곳에서 싸우겠다고 나섰으니. 지는 게 당연하지! 조상 대대로 게릴라전을 벌여온 사람들이랑 말이야! 그나마 내가 있어서 다행이었지, 안 그랬으면 그 사람들, 아마 소리 소문 없이 개미 밥이 됐을 겁니다. 그나 도아족은 권력을 대표하는 자들과 늘 문제를 일으켜왔거든요."

꾸뻬와 장 마르셀 그리고 그나르 촌장은 트렁크를 낮은 테이블 삼아 차를 마셨다. 마치 적의 해골에 술을 따라 마시며 승리를 자축하는 분위기가 되고 있었다.

반면 군테르와 데릭, 랄프, 조종사들 그리고 군인들은 통나무로 지은 돼지우리에 갇혔다. 꾸뻬는 좀 심하지 않은가 생각했지만, 장 마르셀은 그 정도는 그나 도아족의 나라를 무력으로 침략한 데 대한 최소한의 징벌이라고 설명했다.

사실 네 명의 군인이 은밀하게 헬리콥터에서 내려 숲 속으로 사라지는 모습이 마을 어린아이들의 눈에 띈 순간, 랄프와 데릭의 작전은 이미 실패가 예정되어 있었다. 위급함을 알린 남자 혹은 여자아이는 지금쯤 그들 주변에서 놀이를 하며 깔깔대고 있을 것이다. 왜냐하면 아이들은 포로로 잡힌 이 어른들 옆에서 그것도 시끄럽게 떠들며 놀아도 괜찮다는 허락을 받은 것에 너무나 만족스러워하고 있었던 것이다.

코르모랑 교수가 차를 마시고 있는 세 사람에게 다가왔다. 아직 몸이 성치 않지만 그래도 혼자 걸어왔다. 가까이 앉은 교수가 말했다.

"문제는, 그들이 또다시 내게서 모든 걸 빼앗으려 할지 모른다는 두려움을 앞으로도 내가 갖게 될 거라는 사실이야. 그래서 이번에도 나의 나트를 데리고 이곳을 떠나기로 했다네."

나트 또한 바일라에게 떠난다는 얘기를 하는 듯했다. 그리고 방 한구석에는 꾸뻬가 나서준 덕분에 돼지우리 신세를 가까스로 면한 클라라가 그녀들을 지켜보고 있었다. 꾸뻬는 그녀에게 가서 얘기를 나눠보고 싶은 생각이 굴뚝같았지만 사람들이 지켜보는 가운데 그러고 싶지는 않았다. 감정이 북받친 나머지 서로 얼싸안게 될까 봐 걱정되기도 했고, 바일라 생각도 해주어야만 했다.

그때 사다리를 올라오는 발소리가 들리더니 미코와 시즈루가 나타났다. 두 사람은 처음에는 좀 당황한 표정들이더니 곧, 가운데 있는 코르모랑 교수의 트렁크에 깊은 관심을 보였다. 그나르 촌장은 환영한다는 동작을 취하며 그들을 맞아들이더니 바일라와 나트가 있는 한쪽 구석을 손으로 가리켰다. 코르모랑 교수가 얘기를 계속했다.

"유감이야. 펠레아스와 멜리쌍드가 나한테 길들여지기 시작했는데 말이야."

"어떤 방법으로 여길 떠나실 겁니까?"

장 마르셀이 교수에게 물었다.

"자네 자동차로 날 도시까지 좀 데려다줄 수 있겠나? 거기까지만 가면 비행기를 구해서 어딘가 멀리 갈 수 있을 걸세. 아니면 기차를 이용할 수도 있지. 식민지 시대 때 건설된 구舊노선이 있는데, 철로변의 경치가 아주 환상적이라더군. 나트도 분명히 좋아할 걸세."

나트는 정글 속의 다른 외진 마을보다는 상하이로 가는 걸 더 좋아할 거라고 꾸뻬는 생각했다.

"자, 다들 이제 어떡할 건가?"

장 마르셀이 대답했다.

"아. 그 사람들은 풀어줄 겁니다. 촌장께서는 군테르가 밀렵하거나 인질로 잡기엔 지나치게 큰 사냥감이라는 사실을 깨달으셨거든요. 제 말 맞죠, 촌장님?"

그러자 그나르 촌장은 재미있다는 듯 웃기 시작했다. 장 마르셀의 말이 옳다는 걸 인정해서일 수도 있고, 승리를 거두고 난 뒤인지라 기분이 좋아서였을 수도 있다. 그것도 아니면 오직 그만의 이유가 있는지도.

"차보다 더 좋은 걸로 이 일을 축하할 수도 있을 것 같은데요."

장 마르셀이 넌지시 암시하자 그나르 촌장이 한층 더 유쾌하게 웃었다. 그 와중에도 꾸뻬의 머릿속에는 오직 한 가지, 클라라와 얘기를 나누고 싶다는 생각밖에는 없었다.

나중에 꾸뻬는 집 밖의 사다리 밑에서 클라라를 만났다. 그녀는 이제 막 군테르를 만나고 오는 길이었다. 그녀는 무기를 든 두 명의 그나 도아족이 지키고 서 있는 축사 문을 통해 그와 얘기를 나누었다.

꾸뻬가 먼저 말을 건넸다.

"우리 얘기 좀 해."

어둠이 내리고 있었고 그들 머리 위에서는 장 마르셀과 촌장의 웃음소리가 터져 나왔다. 쌀로 빚은 술이 불러일으키는 즐거움을 이제야 발견한 듯한 코르모랑 교수의 웃음소리도 들려왔다.

클라라가 슬픈 표정으로 대답했다.

"무슨 얘기를 하자는 거야?"

"나한테 뭐 할 얘기 없어?"

클라라는 아무런 대답도 하지 않은 채, 인생이란 게 원래 그런 것이어서 맞서는 것밖엔 달리 도리가 없다는 걸 알고 있는 고집 센 어린 황소처럼 이마를 꾸뻬의 어깨에 기댔다. 꾸뻬는 조금 떨리는 목소리로 말했다.

"우린 아직도 서로를 사랑하고 있는 것 같아."

"그리고 앞으로도 영원히 사랑할 거야."

잠시 침묵이 이어졌다. 꾸뻬는 기다렸다.

"하지만 지금은 안돼."

그들의 머리 위에서 어둠 속을 살펴보고 있는 바일라를 본 순간, 꾸뻬는 그녀가 자기 두 사람을 알아볼 수도 있겠다고 생각했다. 그는 클라라로부터 한 발자국 떨어졌다.

"꾸뻬……."

클라라가 온갖 감정을 담은 눈길로 꾸뻬를 쳐다보았다.

꾸뻬는 잠을 이루지 못했다. 악몽이라도 꾸고 있는 듯 불규칙한 바일라의 숨소리를 들으며 그는 어둠을 응시하고 있었다. 두 사람을 동시에 사랑한다는 건 불가능한 일이며 그건 진정한 사랑이 아니라고 말했던 사람들을 떠올렸다. 그렇지만 그는 또한 두 사람을 동시에 사랑하는 경우를 환자들의 입을 통해 빈번하게 듣곤 했었다. 남자들뿐만 아니라 여자들도 그런 은밀한 얘기를 그에게 털어놓았다. 그런데 이제 다른 사람이 아닌 자신이 어렸을 때 크게 감명받았던 영화 〈닥터 지바고〉의 경우를 당하게 된 것이다.

하지만 어떤 사랑을 하든지 간에 두 사람 모두를 파탄에 빠뜨리지 않기 위해서는 선택을 해야만 한다. 그는 수첩에 이렇게 써넣기로 했다.

스물일곱 번째 작은 꽃 사랑이란 하나의 사랑을 선택하는 일이다.

하지만 이 글귀는 사랑이란 포기할 줄 아는 것이라는 글귀와 좀 비슷했다. 슬슬 졸음이 몰려오기 시작했다. 바일라의 숨결이 뺨에 느껴졌다. 그가 바일라를 포옹하려고 하자 그녀가 불안한 표정으로 그의 몸을 흔들었다. 그녀는 열려 있는 문을 가리키며 그의 귀에 대고 속삭였다.

"블렘(문제가 있어요)."

해가 떠오르면서 하늘을 물들이기 시작했지만 마을은 여전히 어둠에 잠겨 있었다. 바일라는 장 마르셀과 코르모랑 교수가 잠을 자고 있는 촌장네를 손가락으로 가리켰다. 뭔가를 건드리는 소리가 났다. 그 전날 부어라 마셔라 술을 퍼마신 사람들이 그렇게 일찍 일어날 리는 없었다. 그때 바일라가 눈썹을 찌푸리며 또다시 속삭였다.

"블렘(문제가 있어요)!"

두 개의 작은 그림자가 촌장네 사다리를 내려가기 시작했다. 그 중 하나가 들고 있던 뭔가가 동트는 하늘의 희미한 빛을 일순 반사했다. 교수의 트렁크였다. 미코와 시즈루가 그걸 들고 도망치려는 거였다.

어두운 숲 속을 달리면서 꾸뻬는 일본 무술이 무시무시하기는 하지만 그래도 자신의 무거운 체중과 긴 다리가 결정적인 이점은 이점이라고 생각했다. 다시 코피가 흐르기 시작했고, 갈비뼈가 한 대 부러진 것도 같았다. 게다가 품에 안고 있는 트렁크도 꽤 무거웠다. 하지만 그의 몸은 날개가 달린 듯 가볍기만 했다.

달리는 소리를 듣고 사냥감을 찾던 호랑이가 달려들지도 모르는 일이었지만 그런 일은 다행히 일어나지 않았다. 그는 걸음을 멈추었다.

뒤에서는 아무런 소리도 들려오지 않았다. 귀여우면서도 무시무시한 그 두 일본 여성을 떨쳐버리는 데 성공한 것이다. 그는 숨을 가다듬고 다시 걷기 시작했다.

점차로 나무 색깔이 밝아지더니 지평선까지 펼쳐진 평원이 한눈에 내려다보이는 절벽이 나타났다. 멀리 보이는 사원 유적지는 첫 햇살을 받으며 잠에서 깨어나는 듯 보였다. 그의 발밑, 높이가 100미터는 되어 보이는 암벽 아래로 급류가 흐르고 있었다.

꾸뻬는 떠오르는 해를 마주보며 생각에 잠겼다. 트렁크 속에는 무시당한 사랑과 지나친 사랑, 부족한 사랑, 종말을 맞은 사랑 등으로 인해 고통받는 사람들을 치료해줄 수 있는 해결책이 들어 있다. 하지만 그는 히와 하, 웨이 씨, 미코와 시즈루 역시 기억하고 있었다. 그리고 군테르를 비롯한 자들이 그걸 어떻게 사용할 것인가 생각하면서 느꼈던 두려움도 떠올랐다. 그들은 사람들을 자신의 노예로 만들 것이고 몰래 약을 먹여서 자신을 사랑하게 만들 것이다.

사랑은 복잡한 것이며 괴로운 것이고 온갖 불행의 원천이다. 그는 결심한 듯 큰 소리로 외쳤다.

"하지만 사랑, 그건 곧 자유다!"

꾸뻬는 트렁크를 급류 속으로 집어던졌다.

사랑을 구성하는 다섯 가지 요소

그날 밤, 꾸뻬는 바일라의 숨결을 목덜미에 느끼며 잠이 들었다. 그리고 긴 꿈을 꾸었다. 꾸뻬는 지난번 여행에서 알게 된 나이 든 승려와 아름다운 중국 산 정상에 서 있었다. 승려는 꾸뻬가 가져다준, 실연의 아픔을 구성하는 다섯 가지 요소에 관한 글을 꼼꼼히 읽어 내려갔다. 그들 주변에는 태양과 구름이 있었고, 바람이 불자 늙은 승려의 손에 들려 있던 종잇장들이 파닥거렸다. 글을 다 읽은 승려가 미소를 지었다.

"잘 쓴 글이로군요. 하지만 선생께서는 사랑의 어두운 면만 보고 있소."

"밝은 면은 어떤가요?"

"어두운 면과 같지!"

승려는 이렇게 말해놓고 웃었다. 그 순간 꾸뻬에겐 모든 게 분명해졌다. 사랑의 밝은 면을 이루는 다섯 가지 구성 요소와 어두운 면을 이루는 다섯 가지 구성 요소.

사랑을 구성하는 첫 번째 요소 충만함(결핍의 이면), 사랑하는 사람 옆에 있을 때 느껴지는 소박한 행복, 사랑하는 사람이 웃고 잠자고 생각하는 걸 보면서 느끼는 안도감, 서로 껴안고 있을 때 차오르는 더없는 기쁨.

꾸뻬는 이 같은 감정을 클라라에게 느꼈었다. 그리고 바일라에게도 똑같은 감정을 느꼈다는 것을 인정해야만 했다.

두 번째 구성 요소 사랑하는 사람에게 뭔가를 베풀 때의, 사랑하는 사람을 행복하게 만들어서 자기도 행복하다고 느낄 때의 만족감(죄의식의 이면). 사랑하는 사람이 오직 나와 함께 있을 때만 행복하다고 느끼며, 그(그녀)가 나의 삶에 새로운 빛을 던져주었듯이 나도 그(그녀)의 삶에 새로운 빛을 던져주었다고 생각할 때의 그 만족감(죄의식의 이면).

꾸뻬는 이 두 번째 구성 요소가 지난번 여행에서 나이 든 승려로부터 받은 가르침(행복, 그것은 자기가 사랑하는 사람들의 행복을 생각하는 것이다)과 흡사하다는 사실을 기억해냈다.

세 번째 구성 요소 감사(분노의 이면). 내게 즐거움을 안겨준 데 대해, 나를 안심시켜주고 이해해주고 기쁨과 슬픔을 함께 나누어준 데 대해 그(그녀)에게 고마움을 표하는 것.

꾸뻬는 클라라가 어느 날 자기에게 했던 말을 기억해냈다. "당신이란 사람이 존재한다는 사실을 고맙게 생각하고 있어." 그리고 그 역시 그녀에게 같은 말을 해줄 수도 있었을 것이다. 그는 바일라의 편지 내용도 기억해냈다.

네 번째 구성 요소 자기 자신에 대한 믿음(자기 비하의 이면). 내가 나 자신임을 행복하게 느끼는 것(사랑받는 존재가 그냥 느끼게 되는, 사랑하는 사람이 나를 사랑하므로, 사랑하는 사람이 나름대로의 장점과 약점을 지닌 나를 사랑하므로). 시련과 불운에도 불구하고, 다른 사람들의 비난과 세상의 냉혹함에도 불구하고 어느 정도의 자신감을 갖는 것(우리에게 정말 중요한 것, 즉 사랑하는 사람의 사랑 덕분에).

꾸뻬는 그가 도와주었던 모든 사람들을 생각했다. 하지만 그는 알고 있었다. 그들의 좋은 결과는, 다른 어떤 사람이 온갖 고난을 무릅쓴 채 계속해서 그들을 사랑해주었기 때문이라는 사실을 말이다.

다섯 번째 구성 요소 평정(두려움의 이면). 인생이라는 배가 언제 어디서 무슨 불행을 당하든 사랑하는 사람은 늘 내 곁에 있을 것이라는 믿음. 시간의 시련과 질병. 하지만 사랑하는 사람만 내 곁에 있다면 동고동락하며 이 모든 걸 견뎌낼 수 있으리라.

꾸뻬는 아직 젊기 때문에 이 구성 요소에 대해서는 별로 생각해

보지 않았지만, 미소를 짓고 있는 승려의 모습을 보니 그게 얼마나 중요한 것인가를 깨달을 수 있었다.

나중에 그는 사랑을 구성하는 다섯 가지 요소에 관한 글을 나이 든 정신과 의사 프랑수아에게 보냈다. 이 글로 그의 마음이 조금이라도 더 편해지길 바라면서, 물론 그가 이 글의 이면에 더 신경을 기울이지 않기를 바라면서 말이다.

당신은 사랑을 찾았나요?

그럼에도 사랑은 우리의 현실이 꿈으로 변하는 유일한 순간이다.

꾸뻬가 트렁크를 급류 속에 집어던지는 바람에 코르모랑 교수의 연구는 완전히 중단되었다. 군테르는 엄청난 액수의 손해배상 소송을 하겠다고 꾸뻬를 위협했다. 꾸뻬는 히와 하의 죽음에 얽힌 진실을 공개하겠다고 맞섰다. 그러자 모든 게 일시에 해결되었다. 군테르는 자기네 연구소가 건강과 환경을 소중히 여긴다는 내용의 광고에 수억 달러를 들였다. 그들은 이 연구소가 미치광이 학자, 귀여운 판다를 제 암컷을 잡아먹은 짐승으로 돌변시킨 그런 학자를 고용한 곳으로 알려지기를 원하지 않았던 것이다.

코르모랑 교수는 나트를 데리고 다시 어디론가 사라졌다. 이 천재 심리학자가 언젠가 다시 경탄할 만한 것 혹은 어떤 무시무시

한 것을 들고 나타날지도 모른다. 물론 그가 아닌 다른 사람들이 그렇게 할 수도 있다. 지금 많은 사람들이 사랑의 메커니즘에 대해 관심을 갖고 있고 그들은 풍부한 자금도 보유하고 있다. 그것은 반가운 소식이 될 수도 있고 불안한 소식이 될 수도 있다.

물론 교수는 트렁크 사건 이후로 꾸뻬를 몹시 원망했다. 교수는 꾸뻬와의 연락을 끊었지만 꾸뻬는 교수가 다시 자신에게 연락을 취할 것이라 믿고 있다.

장 마르셀은 아내와 자식들에게로 돌아갔다. 가족과 함께 살면서 사업은 계속하되 여행은 가능한 한 자제하기로 했다. 그들은 지금 행복하다. 그리고 앞으로도 계속 행복하게 살기 위해서는 각자의 노력이 필요하다는 사실을 그들은 알고 있다.

장 마르셀도 꾸뻬가 트렁크를 내던졌다는 사실을 알고 몹시 화를 냈다. 그는 그나 도아족 마을을 떠나 프랑스로 돌아가는 동안 꾸뻬에게 아무 말도 하지 않았다. 그러나 여행이 끝나고 공항에서 헤어질 때가 되자 장 마르셀은 그의 귀에 대고 이렇게 속삭였다.

"이런 말 당신한테 하면 어떨지 모르겠는데, 그 같은 상황에서라면 나도 아마 당신이랑 똑같이 행동했을 겁니다."

그리고 두 사람은 좋은 친구로 헤어졌다.

미코와 시즈루는 일본으로 돌아갔다. 일본의 설혼율은 몇 달 전부터 상승하기 시작했다고 한다. 루와 위라는 가명으로 코르모랑 교수와 함께 일했던 그녀들이 자신의 고국에 어떤 기여를 한 것인지 꾸뻬는 짐작만 할 뿐이다.

그나 도아족들은 여태까지 살았던 것처럼 그렇게 잘, 다시 말하자면 다른 사람들로부터 침략도 당하지 않고 아주 행복하게 살고 있다. 아이들 웃음소리를 들어보면 그들이 행복하게 잘 살고 있다는 걸 누구라도 알 수 있을 것이다.

펠레아스와 멜리쌍드는 여전히 그곳에 살고 있다. 그놈들을 보면 교수의 연구가 순방향으로 진행되고 있었음이 분명하다. 펠레아스는 멜리쌍드를 잡아먹지 않았고, 이 두 오랑우탄은 서로를 더 깊이 사랑하게 된 듯 보인다.

꾸뻬는 그곳 산속에서 바일라와 함께 말뚝을 박고 그 위에 세운 집에서 살고 있다. 보건소를 운영하고 있는 그는 이따금 사원들이 있는 도시로 내려와 쇼핑을 한다. 꾸뻬와 바일라는 아기를 가질 생각도 하고 있다. 그는 클라라와도 이메일을 주고받는다. 비록 지금은 다른 사람을 사랑하게 되었지만, 그들은 평생 서로에게 애착을 갖게 될 것임을 알고 있었다. 바일라와 군테르 또한 그걸 이해해주었다. 그들은 지나온 사랑 또한 현실세계의 일이라는 사실을 인정한 것이다.

사랑이란 복잡하고 까다롭고 때로는 괴롭지만, 나이 든 정신과 의사 프랑수아가 말했듯이 우리의 꿈이 현실로 변하는 유일한 순간이다. 그들은 모두 그 사실을 겪었다.

한국어판 저자 서문

행복하기 위해서 우리는 사랑해야 한다

첫 여행으로 꾸뻬 씨는 행복을 찾아 떠났습니다. 행복하지 않다며 자신을 방문하는 환자들을 치료하기 위한 것이었지만, 이 여행을 통해 꾸뻬 씨도 자신의 인생이 행복에 가까워지는 데 큰 도움을 받았습니다.

저는 '사랑'이라는 주제가 행복과 밀접하게 연관되어 있다고 생각했고, 이는 자연스레 꾸뻬 씨가 떠나게 될 다음 모험의 주제가 되었습니다. 이 친구는 다른 주제와 마찬가지로 사랑 역시 우리 삶 속에서 행복을 이루는 가장 큰 요소라는 것을 이미 알고 있었습니다. 사랑은 커다란 고통을 유발하기도 하고, 사랑 때문에 사람들은 자기 같은 정신과 의사에게 상담을 청하기도 합니다.

꾸뻬 씨 또한 저처럼, 사랑이 이번에도 우리에게 멋진 충고들을 해줄 거라는 걸 알아차렸답니다. 이번 책에서는 꾸뻬 씨가 사랑에 관한 성찰에 '작은 꽃'이라는 이름으로 번호를 매겼는데, 사랑이란 본질적으로 시적인 관념이기 때문이지요.

독자 여러분이 빠른 리듬으로 흘러가는 이야기 속에 몸을 맡겨 주셨으면 좋겠습니다. 인생을 살아가는 지금, 우리 모두가 사랑을 추구하는 순간에 있지는 않으니까요. 이 이야기는 제가 아시아로 여행을 많이 다닐 때 쓰였습니다. 여행에서 겪은 우연한 조우에 놀라고 다양한 경험을 하며, 개인적으로도 파란만장한 인생을 보내던 때이지요. 이 이야기 속의 꾸뻬 씨처럼요.

한국에 대해 아주 잘 알지는 못하지만, 드라마 〈겨울연가〉의 몇몇 에피소드를 언뜻 본 적이 있습니다. '사랑'이 한국 문화에서 얼마나 큰 부분을 차지하고 있는지 어느 정도 이해하는 계기가 되었습니다.

『꾸뻬 씨의 사랑 여행』을 읽다 보면 자연스럽게 이 모든 만남의 형태가 우리와 닮아 있다고 생각하게 될 것입니다. 남자건 여자건, 조금 더 나은 삶을 살기 위해 노력한다는 것이지요. 아마도 우리 존재의 가장 중요한 요소일 '사랑'을 통해서요.

파리에서

프랑수아 를로르

옮긴이 이재형

한국외국어대학교 프랑스어과 박사 과정을 수료하고 한국외국어대학교, 강원대학교, 상명여대 강사를 지냈다. 지금은 프랑스에 머무르면서 프랑스어 전문 번역가로 일하고 있다. 옮긴 책으로 『프로이트: 그의 생애와 사상』『마법의 백과사전』『지구는 우리의 조국』『밤의 노예』『말빌』『세월의 거품』『신혼여행』『레이스 뜨는 여자』『눈 이야기』『시티 오브 조이』 등이 있다.

꾸뻬 씨의 사랑 여행

초판 1쇄 발행 2013년 7월 10일
초판 9쇄 발행 2019년 12월 20일

지은이 프랑수아 를로르
옮긴이 이재형
펴낸이 정중모
펴낸곳 도서출판 열림원

등록 1980년 5월 19일(제406-2000-000204호)
주소 경기도 파주시 회동길 152
전화 031-955-0700 | 팩스 031-955-0661~2
홈페이지 www.yolimwon.com | 이메일 editor@yolimwon.com

ISBN 978-89-7063-775-4 03860
• 책값은 뒤표지에 있습니다.